SHERWOOD ANDERSON

舍伍德·安德森
作品集

马与人
HORSES AND MEN

〔美〕舍伍德·安德森 著
林晓筱 译

人民文学出版社
PEOPLE'S LITERATURE PUBLISHING HOUSE

图书在版编目(CIP)数据

马与人/(美)舍伍德·安德森著;林晓筱译.—北京:人民文学出版社,2021
(舍伍德·安德森作品集)
ISBN 978-7-02-016470-7

Ⅰ.①马… Ⅱ.①舍… ②林… Ⅲ.①短篇小说-小说集-美国-现代 Ⅳ.①I712.45

中国版本图书馆CIP数据核字(2021)第058825号

责任编辑　卜艳冰　李　翔
封面设计　钱　珺

出版发行　人民文学出版社
社　　址　北京市朝内大街166号
邮政编码　100705

印　　刷　山东新华印务有限公司
经　　销　全国新华书店等

开　　本　890毫米×1240毫米　1/32
印　　张　11.375
字　　数　170千字
版　　次　2021年9月北京第1版
印　　次　2021年9月第1次印刷

书　　号　978-7-02-016470-7
定　　价　59.00元

如有印装质量问题,请与本社图书销售中心调换。电话:010-65233595

译　序

　　舍伍德·安德森六岁时家道中落。讲述美国中西部地区心碎家庭的故事中又添新页。至此之后，父亲酗酒、行为纨绔，家庭重担落在了家中老三舍伍德身上。他为了生计，抛下童年的天真，先后当过农夫、食品运送员、自行车装配工和报童。当然，在随后的岁月里，这份工作简历还可以继续延伸下去，直至作家生涯的开启。母亲略带苦涩地给他取了个昵称："工作迷"（Jobby）。自那时起，他身上的螺纹已被磨平，再也没有拧紧、固定在任何地方。奔波的足迹，频繁的转行，多变的婚姻，他一直在寻找落脚点。

　　1912年，三十六岁的舍伍德·安德森突发精神崩溃，毫无征兆地离开了位于伊利里亚的办公室。这件事被视为他一生颇具传奇色彩的转折点。在此之后，他开启了写作生涯。不过，这不是一则通过写作克服精神疾病的故事，而是一段借助写作，发现乃至发明自我的经历，两者都很励志，只不过对于舍伍德·安德森来说，意义却不一样。写作生涯并没有改变安德森的一贯状态，他并未安定下来专注于写作长篇故事，而是兜转于短篇小说的创作之中，成了哈罗德·布鲁姆口中，1920—1930年代美国短篇小说发展史上的重要人物。

有趣的是，他在给好友本杰明·许布希（Benjamin Huebsch）的信中曾这样解释他创作短篇小说的理由："我根本没有机会不受打扰地进行长时间的思考或写作，只有将构思的角色存入意识，并与之共存，不得不用支离破碎的方式来构思。于是，这些独立的故事变得清晰而浓烈起来。在我准备好将其中一篇写出来时，它就会一下子冒出来，像馏出物，像喷射物。"这样的理由发生在舍伍德·安德森身上并不意外。毕竟他是"工作迷"。但他所说的"清晰而浓烈"则更有深意。

1919年发表的《俄亥俄，温斯堡》（*Winesburg, Ohio*，又译《小城畸人》）成了舍伍德·安德森的代表作，也为他一生的短篇小说创作奠定了基本风格。一般认为这部作品借鉴了詹姆斯·乔伊斯的《都柏林人》，但严格意义上来说，这种观点并不能成立。

舍伍德·安德森最初想要以第一篇故事《怪诞者之书》命名这部小说，后改为《俄亥俄》，但在许布希的建议下，加入了虚构的小镇"温斯堡"。许多批评者都认为许布希才是读过《都柏林人》的那个人，由此才提出了在《俄亥俄》之中加入虚构地名的建议。而在安德森出版《俄亥俄，温斯堡》之后，第一次提出这部作品与乔伊斯有关的是《七艺》杂志的编辑、安德森的朋友沃尔多·弗兰克，他对这部作品赞不绝口，写信给安德森说："没人会写出这种好到令人叫绝的文字，除了乔伊斯……你应该读一读。"此外，从作家的回忆录和权威传记中，并无法找到直接能佐证安德森在1919年前读过《都柏林人》的记录。诚然，安德森或许会在1918年3月至1920年12月期间，借助当时往返于欧洲和美国两地的小杂志《小评论》读到乔伊斯的作品，但这部作品是《尤利西斯》而非《都柏林人》。1921年，舍伍德·安德森抵达巴黎，在乔伊斯的出版人比奇的引荐下，的确拜访过乔伊斯。这位爱尔兰作家给他留下了以下印象："他长着一双我所见之人中最为纤细的手，有着能抵消忧愁的爱尔兰式的智慧和微笑。"此外，在他的笔记本中，他写道："他的命运或许是最为多舛的，而《尤利西斯》无疑会是我们这一代出版的作品中最为重要的一部。"随后，受到《尤利西斯》的影响，他创作出为数不多的长篇小说中最有名的一部——《暗笑》。除此之外，未见他对《都柏林人》有任何评价。

相较于考证式的比对，文学史更为绮丽的一面在于作家基于时代的风格共鸣。乔伊斯的《都柏林人》和安德森的《俄亥俄，温斯堡》应当放在这一维度上进行阐述和对比。首先，两人都在不同程度上革新了短篇小说的写作和陈列方式。自此之后，短篇小说的成书形式从"集"变成了"套"，后世批评家把这种将故事按组呈现，并要求读者在不同故事间相互借鉴，形成统一阅读经验的短篇小说命名为"成套短篇小说"（the short story cycle）。通常，所谓的"成套"需借助两个因素：限定的空间和内嵌的理念。比如，乔伊斯正是怀着对都柏林这座城市架构"良心实验室"的愿望，借鉴圣·阿奎那的神学理念，通过"灵光乍现"（epiphany）直抵都柏林人麻痹和瘫痪的中心。而舍伍德·安德森也有一套相对世俗一些的创作理念。

安德森在往返于芝加哥和克莱德镇的岁月中，时常会住在寄宿公寓（boarding house）中。这种公寓在美国二十世纪初的工业化进程中十分多见，为许多类似安德森这样来自中西部的"工作迷"提供了临时居所。住在这里的人流动性很大，但大体相似，他们沉默不语，神色黯然。按理说，这样的地方是故事的荒漠。但安德森恰恰在这些人的木然中发现了故事。他在《回忆录》中写道："房子里的人似乎都怀着强烈的渴望，却无人具备与生活搏斗的能力，反而以非常古怪的方式把我当成一件乐器。我觉得，他们不想亲口说出，而是通过我……以更为真实、更令人信服的方式将故事说出来。"

如何从沉默中生发出故事来？乍看之下，的确有些捕风捉影。封闭的环境，沉默的人物，这对传统小说来说无疑折断了"行动"和"对话"这两大小说要素。文学史上也并非没有生发自类似封闭空间中的小说，比如《高老头》。一座公寓，各色人群，巴尔扎克依靠的是人物外在的经历，以主角拉斯蒂涅的成长，碰撞所有因欲望膨胀、身份陨落而凋零的人，所谓事件的冲突就来自"成长"与"凋零"的相向而遇。当然，这是十九世纪的小说创作，人道主义的关怀势必会沾染上批判的锋刃。说到底，巴尔扎克不是住在公寓中的人，但舍伍德·安德森却是房客中的一员。与其说他感受到的是缄默之人的共性，不如说体会到的是藏在沉默中的通病——怪诞。所谓怪诞，在安德森看来就是"所有人抓取了世上真理的一部分，成为各自的真理，并依照这个真理而活，于是人就成了怪诞之人"（《俄亥俄，温斯堡》中的《怪诞人之书》）。这种极具寓言色彩的说理背后，其实暗指安德森关注的不是事件，而是事件残余在人身上挥之不去的内心隐痛或精神伤疤，正是这两样东西不断翻滚，变成了寄宿公寓里沉默的君王。这个君王从不发号施令，却用静谧控制着人的表情。安德森和乔伊斯一样，对人物现状的背后成因不做溯源式的追踪，却聚焦人物处在某种状态中的关键时刻。从描绘转向显现，这的确是欧美现代主义文学的重要转变。当然，这种转变之所以会发生，恐怕还与他们这一代人对作家身份的全新认识有关。

安德森曾在自传《讲故事的人的故事》（*A Story Teller's Story*）中向人们描述过这样一个场景："拥挤的街道上，突然浮现出一张脸。这张脸有故事要说，想要大声将自身的故事说出来，但是人们最多只能听到故事的一部分。"而艺术家的目的，就是要"在绘画、故事、诗歌中固定此刻"。因此，固定此刻（fix the moment）可以说就是安德森版本的"灵光乍现"。

"固定此刻"并不意味着人物僵住不动，毋宁说是对推动情节发展的人物行动进行降速、停滞，乃至最大限度的弃绝，从而将人物固定在作家犀利的目光下。如果说十九世纪的作家在书桌前进行的是手术般的剖析（比如那幅著名漫画中所描绘的福楼拜），那么在安德森面前，人物更像是被固定在祭坛上进行启灵。他企图召唤出的是人物抵达"此刻"的压缩经验，并通过作家的才华将其显现出来。

通过"固定此刻"将人物的内心召唤出来，并将不同人物的"此刻"连接在一起，构成普遍的"怪诞"，进而创作出"成套短篇小说"，这成了安德森短篇小说创作的核心理念。所谓"清晰而浓烈"的风格应作如是观。

但是，要将这些人物真正联系在一起，还需要一个呈现的空间。表面上来看，所谓的"成套短篇小说"都有人物展开行动的场域，它可以是真实存在的"都柏林"，也可以是完全虚构的"温斯堡"，但安德森似乎并没有满足于发明一个地方。他在创作完《俄亥俄，温斯堡》之后，企图在人物的内心气质中再开凿出一块区域来。在这块区域中，所谓的"怪诞"将进一步明晰起来。这也构成了《俄亥俄，温斯堡》之后的短篇小说创作的一大特色。幸运的是，他在欧洲找到了将这一切明晰起来的方法。

安德森1921年的欧洲之旅很短（5月23日至8月18日），并只去了巴黎和英国。彼时的巴黎，1922年那场现代主义盛宴的开胃菜已准备停当，但走马观花的安德森匆匆品尝之后就离开了。这位"工作迷"来欧洲更像是在经纪人的陪同下来大洋彼岸开阔眼界和开拓业务。当他在莎士比亚书店的橱窗里看到自己的《俄亥俄，温斯堡》后喜出望外，忙不停地向店主西尔维娅·比奇介绍起自己来。从比奇撰写的《莎士比亚书店》一书中，我们可以看到，安德森的自我介绍带有推销的性质，给比奇留下深刻的印象。敏感的比奇认为："安德森充满魅力，非常讨人喜欢。我将他看成是诗人和福音传道者的混合体（但他并不布道），当然，略带一点演员的感觉。"正是凭借这种"演员的感觉"，安德森把自己塑造成了与巴黎这座城市相匹配的不羁艺术家："他一下子就决定放弃家庭，还有他那非常成功的油漆生意，离家出走，永远放弃了那种为了得到别人尊重而受的局限，还有为了寻求安全感而要背负的重担。"不过，这倒不是说安德森就想一心融入巴黎的作家圈，乃至成为另一个来巴黎的美国人——埃兹拉·庞德。

安德森在遇见庞德之后，对后者做出了如下评价："此人空空如也，没有什么可以给予的。"考虑到庞德为当时活跃在欧美两地的"小杂志"做出的贡献，并且安德森的创作和收入无不受益于这样的杂志，所以安德森所说的"没有什么"指的更多是精神或写作上的启示。无论是艺术追求和写作风格，他和庞德都的确不是一路人。庞德身上的漂泊感以及艺术风格上的猛烈转向，对于"工作迷"安德森来说，无疑是难以接受的，前者是一种漂泊他乡的精神扬弃，而后者更多的是依附土地的生存焦虑。在因《暗笑》遭到海明威的讥讽，从而与之一度交恶之后，安德森曾在信中对海明威说：

"你说要给我来上一拳,语气多么令人遗憾,又那么温柔,听起来就像埃兹拉·庞德老叔。"从这个侧面,或许可以看出他对庞德的态度。更重要的是,安德森所说的"空空如也"更像是庞德身上的"美国性"。这一点体现在他对格特鲁德·斯泰因采取的截然不同的态度上。在安德森看来,这位"双腿如大理石柱般敦实"的美国女人,除了是他写作上的引路人之外,更是"用一种美国人的精明在讲故事,并把这一特性掷地有声地融入讲述方式之中"。无论是斯泰因身上的"敦实",还是"掷地有声"的美国式精明,与上述语境中庞德或海明威式"遗憾而带温柔"的轻浮形成了鲜明反差。安德森在与斯泰因谈论美国时曾毫不避讳地说:"你瞧瞧,我由衷相信我们这个大杂烩国家。奇怪了,我就是喜欢它。"在斯泰因身上,安德森确认了精神气质上的美国性。弗吉尼亚·伍尔夫为这一点提供了注脚,在她看来,安德森就像一个在不断给自己施加催眠术的人,不断强调自己就是美国人。这种"被淹没的,然而却是基本的欲望"既是厄运,也是成为美国人的契机——不当英国或者欧洲人(弗吉尼亚·伍尔夫《论美国小说》)。

从欧洲带回美国,从彼岸的先锋艺术中闻到家乡的泥土气息,舍伍德·安德森是那个时代所谓"现代主义洲际化运动"中的另类,这种精神性的乡愁,日后将在威廉·福克纳,乃至加西亚·马尔克斯等人身上不断重现。这位匆匆离开"流动的盛宴"的过客于1921年8月23日抵达纽约。事实上,在归乡的航船上,他就已经开始构思并创作新的短篇故事了。他对一直关心他写作的本杰明·许布希承诺说,他将要写的小说将与之前写的完全不同,更具有"个人性"和"社会意义"。

接下来,摆在安德森面前的任务无疑就成了书写美国人眼中的美国人,先前在《俄亥俄,温斯堡》中定义的怪诞,将进一步染上时代气息后变成美国式"麻痹的中心",这块中心将持续成为他于1920—1930年代创作的短篇小说中的核心。换言之,安德森创作短篇小说的转向将在更为清晰的美国性中扎根下去。

此刻,在欧洲度过的夏天已成回响,在写给友人的信中,安德森说:"与我之前的远行相比,这个夏天给了我前所未有的感受,凭借这种感受,我能够调整自己的生活,也就是说,再也不会离开自己的生活和所写的故事了。"所谓"再也不会离开"与他在欧洲确立的"美国性"有关,它不再仅仅是乡愁,而是掺杂着略带民族意味的、对小说形式的全新认识:"长篇小说的形式(novel form)并不适合一个美国作家,这种形式是舶来品。真正需要的是一种全新的松散性(looseness)……生命就是一件松散的东西。在生命中并不存在故事情节。"这种创作思绪最终演变成《讲故事的人的故事》中,安德森最为著名的论断:

> 有一种观念贯穿于美国所有的故事讲述中,亦即,故事必须建立在某个情节之上,这种荒谬的盎格鲁-撒克逊式的观念认为,故事必须指向道德,指向高尚的人,引领人们成为更好的公民,等等。杂志上充斥着这些情节故事,我们的舞台上出演的大部分戏剧也都是情节剧。我在与朋友谈起这一点时,曾称其为"毒药般的情节"。因为在我看来,有关情节的认识,毒害了所有的故事叙述。我想要的是形式,而不是情节,一种更加难以捉摸、更难以实现的东西。

且不论这种对美国长篇小说的偏见是否正确,仅从安德森对"情节"的认识上来看,他的确处在现代主义文学精神的延长线上,这条线将直指小说中人物的内心。自这一刻起,摆在安德森面前的那座祭坛将更具有美国中西部的气息。而他对许布希所说的"个体性"和"社会意义"则是这一写作诉求的具体展现。

相较于"个体性"而言,"社会意义"更容易辨别。在安德森之后创作的短篇小说中,人物活动的地方不再是虚构的"温斯堡",而成了实实在在的美国小镇。他不再借助虚拟的城市勾勒真实的人物状态,所谓的"怪诞"逐渐变成了人物心中的底板,他要做的是从这些底板中将真实活在时代中的人的照片冲印出来。他将借助真实的城市,书写隐藏在人物内心的真实品质。只不过,在将人物的精神照片冲印出来的过程中,安德森不可避免地染上了自己的指纹。

哈罗德·布鲁姆将安德森笔下人物的境遇概括为:"无法成功进入内心隐藏的现实"和"无法在机器时代的现实以及传统场景的拘囿生活中找到个体的目的"。由此可见,一方面,安德森和乔伊斯一样,企图勾勒出个体处在成长临界点时的精神裂变;另一方面,乔伊斯笔下的人物在经历了"灵光乍现"之后就消失在幻灭的灯火、起航的船只、飘落的大雪等挥别的灰烬中,无从得知接下来的行踪,而安德森的短篇小说多数都带有回溯性,其浓重的回忆笔调将人物带回到成长的临界点,并再次经由"固定的此刻"放大人物当时的心理,给读者带来一种审视的眼光。从这里开始,安德森的短篇小说与乔伊斯拉开了距离,这一点在他的《马与人》中得到了具体的展现。

在发表于1923年的《马与人》中，《俄亥俄，温斯堡》的影子依稀可辨。细心的读者可以发现，这也是一部"成套短篇小说"（比如，其中第一篇故事中刻意抹去的信息将在最后一篇中补全）。但更为重要的是，安德森强化了《俄亥俄，温斯堡》中扑朔迷离的"怪诞"，将它放在"言说"的层面进行书写。

探索"言说自我"与"艺术创作"之间的关系一直是安德森关注的主题。他曾在给儿子的信中指出，艺术创作是一场救赎，而"创作冲动的麻烦之处在于……它总是会将一个人抬得过高，进入某种醉态，随后将你摔到很低的地方。每个人身上都潜伏着一个艺术家。他就像怀孕的女人一样，即便怀上孩子之后，也要在分娩之前长时间地背负重担。"事实上，将艺术创作比作怀孕，继而将分娩视为通过文字拯救自我，这样的观点在舍伍德·安德森的私人信件中不断重复："每个艺术家身上都隐藏着一个女人。就像女人一样，会怀孕，会生育。当艺术家的孩子被粗鲁地谈论，或因他人的愚笨而不被理解时，就会产生一种伤痛，这种伤痛是那些没有怀过孕，没有生过孩子的人无法理解的。"

如此一来，艺术创作就是一场分娩，是言说内在自我的拯救行为，但关键在于，安德森也看到了这种言说拯救行为失效时，会给人带来的负担。他不仅要写言说的"分娩"之痛，也要写因不能"分娩"而承受的"难产"之苦。这种"痛"与"苦"构成了《马与人》这部短篇小说中，继"怪诞"主题之后，更清晰的人物空间。

《马与人》共包含十一篇，其中严格意义上的故事只有九篇（另加一篇题记和一篇致敬西奥多·德莱塞[1]的文字）。从题记的内容来看，安德森拿吃苹果作为隐喻，表明人们在对待实体时内心升起的思绪。吃下实体的苹果无疑能滋养肉身，此外，它还会激发一股思绪："关键在于，苹果的形状吸引了我之后，我常常发现自己根本无法触碰它了。我的双手朝我的欲念之物伸去，随后又缩了回来。"安德森强化了因欲念而生的隔阂，它构成人内心的延宕，阻碍了人的行动。于是，"伸出又缩回"的状态就影射了人如鲠在喉的表达困境，也成了统领整部小说的内在主题。至于个中原因，安德森借助《德莱塞》这篇文字表明，作家德莱塞身上所具备的那种"看到什么就简单诚实地说出来"的真诚在现代作家身上已经

---

[1] 西奥多·德莱塞（Theodore Dreiser，1871—1945），美国现代小说的先驱、现实主义作家，代表作《嘉莉妹妹》。

遗失。现代作家辞藻华丽，自认为能用文字击穿现实的外壳，却在外壳之下只能构建出"美的梦境"，从而沉迷在这场梦境之中，无法抵达内心的真实。结合起来看，安德森通过肚中苹果的"饱腹感"和脑中苹果的"累赘感"之间的矛盾，意图探索的是构建言说行为与现实感知之间的隔阂问题。显然，整体而言，安德森对此是持悲观态度的。

在《一个男人的故事》中，他借助文中那位作家的文稿揭示出的"墙"和"井"的主题，可视作整部小说集的统领意象。"墙"将人们围起来，越砌越高，同时，人们在墙内不断挖"井"，且越挖越深。"墙"让人越来越封闭，"井"让人越陷越深，这个无限接近卡夫卡式的隐喻，勾勒出的其实是人隔绝外部，又幽闭于内心的状态。当然，安德森并没有花费许多笔墨去揭示筑墙、挖井的原因，而是重点描绘了这两种状态给人物带来的影响。结合安德森有关"表达"与"生育"的隐喻来看，整部小说可以围绕"井"和"墙"分为两组故事。其中，"墙"象征着人物用虚设的现实隔离众人，达到一种"难产之苦"；而"井"则是人物沉迷于虚设的现实之中，催生一个全新的虚设自我所经历的"分娩之痛"。

具体来看，《我是傻瓜》《一位现代派的胜利》《久未使用》这三篇可以视为"难产之苦"。这三篇故事中的主人公，无论出于炫耀,还是出于骗财,或为了躲避他人的目光,都选择了杜撰谎言。这类谎言都有一个共同的特质:不是对事件层面的掩盖,而是发明、重塑一个新的自我。或许,用安德森的话来说更为准确:孕育全新的自我。这些人物原本只想通过杜撰自我来躲避或接近人群,却在构建谎言的过程中逐渐搭建起一道道高墙,甚至还一度沉迷于不断抹去自我与重生自我的双重快感之中。安德森所描写的不是向外撒谎、骗取利益,继而自食其果的道德训诫小说,而是着重勾勒谎言向内装点、粉饰,乃至重塑自我的诱惑。诱惑是危险的,同时也是反讽的。谎言不再是因果律上人为的逻辑作弊,也不再是对惯常生活的暂时脱轨,撒谎的人更像是迁徙于事实与虚构中的个体,他们怀着发明的快感,不断在自己身上构建世界和自我,并与此同时,与外界越来越远。这种构建和躲避,原本是为了获得内心的安宁,却给故事中的主人公带来了更为不安的心境。他们不断构建高墙的同时,也在不停地拆解自我,直至自我的碎片在虚构和现实的任何一方都荡然无存。
"墙"与"谎言"是安德森小说中的空间隔绝。从小说所构建的氛围和主旨来看,这是安德森与乔伊斯最大的不同。乔伊斯的人物一闪而过,遁入"灵光",而安德森的人物却不断让人看到落在地上的残影,他们不再隐遁在光焰之后,而是浸润于黑暗之中，用安德森自己的比喻来说，实则就是一次言说的"难产"——用内心最喧嚣的故事，言说最沉默的自我。

相比言说的"难产"主题，"分娩"主题更令人惊悚。这部短篇小说集中的其他六篇故事都与此有关。在这六篇故事中，主人公不再是主动选择"谎言"来建构躲避他人的堡垒，而是揭示出一个古怪自我诞生于言说行为的"分娩"过程。在《成为女人的男人》这篇故事中，一直对自己的性别有所怀疑的男性主人公，在险些遭受男人的强暴之后，躺在了一座废弃的屠宰场里，他被其中一具骇人的马的骨架给包裹住。在这种死亡气息中，主人公突然感受到一种洗涤：

> 现在，我油然而生一种新的恐惧，这种感觉似乎深入我的内心，深入骨髓。我就像看见谷仓里的老鼠被狗叼着晃动一样。当你走在海滩上看见巨浪向你袭来，就会感到类似的恐怖。你看到它向你打来，你试图逃跑，但当你开始向岸边奔跑时，却出现了一个你无法翻越的石崖挡住了去路。就这样，海浪像山一样高，它就挡在你面前，世上没有任何东西可以阻止它。现在，它把你撞倒，或许会一遍又一遍地在你身上翻滚，直到你死去为止，从而把你冲刷得干干净净，一尘不染。

这是典型的安德森式描写，其朴实的比喻背后隐藏着微妙的动态。海浪如山高，就像一堵堵的"墙"，同时海浪也打在人的身上，不断冲刷自我。通过不断重复的力量，强行斩断与过往的联系，从纵向上来看，也就是一个人不断向下挖井的过程，本质上是对过去自我的一次埋葬。由此可见，"井"的主题与一个人身上积攒的时间的断裂有关。通过不断努力言说自我的个体，在自己身上的连续时间中拉开一条裂隙，人们继而想从这条裂隙中将自己挤压出来，并由此经历痛楚，这便是"分娩之痛"。

　　由此展开，读者可以发现，其中《芝加哥的哈姆雷特》《悲伤的号手》这两篇涉及的是儿子与父亲之间的主题，儿子身上延续着父亲所烙下的时间的印记，父亲更多代表着过往的经历，而儿子带着这种经历在面对自我时，势必就产生了在时间中诞生自我的创痛。此外，时间也呈现出"虚妄的现在"和"无尽等待中的未来"这两个维度。读者可以看到，在《牛奶瓶》以及《一个男人的故事》中，主人公所沉浸的恰恰是无限延展开去的"现在时刻"，他们对周围世界置若罔闻，乃至亲人遇害也不管不顾，只是在脑中不断构想、创作着自我的故事，这种构想不能不说是怪诞的，怪就怪在他们在孕育痛苦的同时，还不断重复着孕育的机制。"现在"只留下了机械而麻木的重复，徒有时间流过的形式，却不产出任何意义，直至如同前文提到的"海浪"将个体冲刷干净。这一股股浪潮不仅从人身上碾过，更可怕的是，它会带来未来的气息，回打在人物身上，从而改变人物从现在通往未来的途径，这一点在《俄亥俄的异教徒》这篇故事中体现得尤为明显。从这篇故事中不难发现，所有人都在内心深处不断与自我言说，这种言说咄咄逼人，言之凿凿，它分娩出新的个体，相比"谎言"所带来的"难产之苦"，这种"分娩"之所以更痛，还在于它让人物自己相信并沉迷于吞噬时间的摄魂的力量。安德森的高明之处在于，他时常会中断叙事，加入离题话语，企图将读者带出主人公的内心世界，这么做不是为了审判，而是为了让读者更清晰地看清痛楚本身。

就如同整部小说集中经常会出现的意象"河湾"一样，人物起于言说，囿于言说，并最终止于言说，无数看似热闹的内心故事，最终无法抵达他人的耳畔，只能如河流般折回自身，变成一种负担。而在不断酝酿的过程中，强行挤压出的个体，又因沉迷于讲述，成了自我世界的标本，他们定格过去，虚设现在，粘连未来。从这个意义上来说，"成长"在这里只是一个伪命题，毋宁说只是一具躯壳，而小说展开的

"过去式"的斑斓笔调，无异于蝴蝶飞回茧时，展开的彩翼。

当然，细心的读者还会发现，整部小说中还有一个隐藏的背景：美国禁酒令。换言之，美国这一特殊历史时期，似乎成了安德森笔下的另一个无处不在的"人物"。他控制着人物内心的动机与渴望，并亲手扼杀了满足渴望的可能。这种由欲望催生，并在欲望无法满足时不断被苦闷消耗自身的痛楚，或许也契合了安德森这部小说的内在精神。

说到底，经由《马与人》这部小说，安德森才成了一个真正意义上的美国作家。他笔下那些通过谎言企图躲避人群的人，那些在自我杜撰的时间里诞生并扭曲的人，他们都在欲望的时代和时代的欲望中打转。而这一代的美国人，不再是马克·吐温笔下借助密西西比河顺流而下，从天真到经验转变的个体，而成了一个个浸润在精神堰塞湖中的"畸人"。

多年以后，福克纳指出，在安德森笔下，风格不是手段而是目的。当然，这种"目的"也回响在另一句安德森劝他勿忘本土性的教导之中："只要你能记住这个地方，但不为它感到羞愧就行。"安德森无疑是有资格说这句话的人。

感谢渡边编辑再度信任我，让我翻译了安德森的《马与人》和《林中之死》。此次翻译的底本参考了"美国文库"版

《舍伍德·安德森集》。其中涉及的有关"赛马"的内容虽然用注释进行了说明，但隔行如隔山，难免有疏漏、理解不到位的地方，还望知识渊博的读者诸君指正。译序不敢僭越读者的观感，应编辑之邀，提供了安德森创作上的缘起和发展，并简要说明了一些有关这本书的构成和主题，希望能在不影响阅读体验的基础上，给读者提供一些信息。欢迎读者对译本多加指正、批评。

献给西奥多·德莱塞

在他面前,我常有
如临纯种马般
神清气爽之感。

本书中有些故事曾在《小评论》(The Little Review)、《新共和》(The New Republic)、《世纪》(The Century)、《哈珀斯》(Harper's)、《日晷》(The Dial)、《伦敦信使》(The London Mercury)《名利场》(Vanity)杂志上发表,作者对上述均致以谢意。

目 录

译　序　　　　　　　　　1
前　言　　　　　　　　　1

德莱塞　　　　　　　　　1
我是傻瓜　　　　　　　　4
一位现代派的胜利　　　　22
久未使用　　　　　　　　30
芝加哥的哈姆雷特　　　　132
成为女人的男人　　　　　177
牛奶瓶　　　　　　　　　222
悲伤的号手　　　　　　　234
一个男人的故事　　　　　272
俄亥俄州的异教徒　　　　299

前　言

　　你是否有过这样一种想法——你面前放着一个橘子，或一个苹果。你伸手去拿。或许还会吃了它，让它成为你身体的一部分。你是否摸过它？是否吃过它？这是我好奇的地方。

　　这之所以对我重要，是因为我想知道这个苹果会有怎样的风味——它味道如何，气味如何，触感如何？天啊，老兄，苹果拿在手中感觉真是一言难尽——不是吗？

　　许久以来，我只想着吃苹果。随后，它的芬芳也变得重要起来。这股芬芳偷偷溜出我的房间，从窗户飘入街道，成了街上诸多气味的一部分。太难了！——在芝加哥、匹兹堡、杨斯顿或克利夫兰，日子可真难。

　　这不重要。

　　关键在于，苹果的形状吸引了我之后，我常常发现自己根本无法触碰它了。我的双手朝我的欲念之物伸去，随后又缩了回来。

　　我坐在房间里，面前就有一个苹果，时间就这么流逝着。我把自己推进了一个空无一物的世界。我真的那么做了吗？

还是说我只是暂时走出了黑暗，步入了光明？

或许是我的眼睛瞎了，什么也看不到了。

或许是我耳聋了。

我的双手因紧张而颤抖着。它们抖得有多厉害！啊，此刻，我全神贯注地盯着我的双手。

这双颤抖而迟疑的手，是否能让我真切感受到隐藏在黑暗中的东西？

德莱塞

> 沉甸甸的礼物悬头上，
> 此物平凡无奇，还是极好无比？[1]

西奥多·德莱塞老了——非常非常老了。我不知道他活了多少年，或许四十年，又或许五十年，但他非常老了。他是某种灰色、阴冷、伤人感情的东西的化身，这种东西或许在世上一直存在着。

德莱塞去世后，人们会写一些书，写很多的书，而在他们所写的书中会体现出许多德莱塞缺少的品质。新一代的年轻人有种幽默感，而所有人都知道德莱塞没有幽默感。不仅如此，美国散文家还有种优雅和轻柔触感，一种突破生活外壳的美的梦境。

哦，那些追随他的人将会获得德莱塞不具备的许多东西。

---

[1] 此句是友人在给当天生日的人送礼物时念的顺口溜。通常是送礼人站在受礼人身后，把礼物放在受礼人头上，口念此句以制造送礼悬念，给人意外之喜。——译注（此书注释如无说明均为译注）

那是西奥多·德莱塞身上神奇和美好的部分，是人们因为他，才会具有的东西。

很久以前，在他担任《描绘者》杂志编辑的时候，有一天德莱塞和一位女性朋友一起造访了一家孤儿院。这位女士曾和我说起过那天下午发生的事：在那栋又大又丑的灰色建筑里，她和看上去笨重、臃肿又苍老的德莱塞一起坐下，他将手帕打开又叠好，看着所有穿着小小制服的孩子们排队走了进来。

"他的脸上淌下了泪水，而后摇了摇头。"那位女士说，而这是对西奥多·德莱塞的真实写照。他内心苍老，不知道该拿生活怎么办，所以他看到什么都会简单而诚实地说出来。眼泪从他的脸上流下来，他将手帕打开又叠好，随后摇了摇头。

西奥多的脚步沉甸甸。要把他写的一些书批得体无完肤，嘲笑他竟写出如此多沉重的文章是多么轻易。

西奥多的脚步，那沉重而冷酷的脚步，踏出了一条小路。它们踏过谎言的荒蛮，踏出了一条小路。不久之后，这条小路就会变成一条大街，街上立着冲天的大拱门，雕刻精致的尖顶直刺天际。孩子们在这条街上跑着，喊着："来看看我呀，看看我和新时代的伙伴们都做了什么"——他们忘了西奥多沉重的脚步。

　　舞文弄墨的人，那些追随德莱塞的美国散文家们，他们还要去做许多他未曾做过的事儿。他们的路还长，但因为有了他，那些追随者将永远不用面对那条道路，那条道路将穿越清教徒所避讳的荒蛮，那条路德莱塞曾独自面对。

　　沉甸甸的礼物悬头上，
　　此物平凡无奇，还是极好无比？

我是傻瓜

这对我来说是一次沉重的打击，是有生以来不得不面对的最痛苦的一次。这一切都是由我自己的愚蠢所致。有时想起这事，我还会想哭，想骂或打自己一顿。或许，即便到了过去许久之后的现在，说起这事还会让我有种袒露自己的卑鄙而获得的满足感。

这事发生在十月某个下午的三点钟，我当时正坐在"俄亥俄州桑德斯基市秋季马术慢速和快速赛"[1]的大看台上。

说实话，我觉得有点傻，竟坐在这个大看台上。那年夏

---

[1] 本书所涉及的马赛对我国读者来说可能较为陌生，译者在了解了相关知识背景后，在此做出一般性的介绍，以帮助读者稍作了解。美国在20世纪早期举行的赛马比赛一般被称为"辔马赛"（Harness Racing）。与一般意义上的骑师直接骑在马上的赛马比赛不同，这种比赛骑师会坐在马后拉的两轮小车里进行竞速。此外，参赛的马匹会按"落蹄"方式不同分为：慢速赛（trot）和快速赛（pacing）。参加慢速赛的马匹会按照对角线落蹄，也就是左前腿和右后腿同时落地；而参加快速赛的马匹则是同方向落蹄，比如右前腿和右后腿同时落地。一般而言，"同方向落蹄"的马匹跑得较快，而"对角线落蹄"的马匹跑得较慢，所以译文相应翻成了"慢速赛"和"快速赛"。这类马赛一般具有选马和赌博的性质，通常会在预赛时设置一个达标时间，作为准入资格。

天,在我和哈里·怀特海德一起离开家乡之前,我和一个叫博特的黑人找了一份差事,哈里有两匹马要参加那年秋天举办的一系列马赛,我俩就给其中一匹马当马童[1]。母亲知道后哭了,我姐姐米尔德里德也哭了,她想在那年秋天去学校找一份教书的工作,于是在我离开前的那个礼拜,她俩就在家里大发雷霆,破口大骂。她俩都觉得这很丢人,我们家竟然有人给赛马当马童。米尔德里德会觉得我干的事儿会妨碍她得到期盼已久的工作。

但不管怎么说,我总得工作吧,再说了,此外也没有我能干的活儿。一个笨手笨脚的大小伙子,都十九了,总不能老待在屋里瞎晃悠吧,再说了,我个子太高了,也不能干给人打理草坪、卖报的活儿。小个子男人可以靠娇小的体型博得人们同情,所以总能从我手上抢走工作。有个家伙一直对所有需要打理草坪或清理水箱的人说,他正在为读大学存钱,而我常会彻夜想办法该怎么收拾他一顿而不被人发现。我总想开一辆货车碾过他,或他走在街上被一块砖头砸中。不过,别管他了。

我和哈里一起得到了这个工作,他也喜欢博特。我们一

---

[1] 原文为 swipe,意为用刷子给马刷洗的人,考虑到本书中这些人所干的具体事务不仅仅局限于"刷马",故译文略作引申,译成"马童"。下同。

起相处得很愉快。博特是一个大个子黑人，身子懒洋洋地伸展着，眼神温柔、友好，打起架来就像杰克·约翰逊一样。他有一匹叫"布塞弗勒斯"的大黑赛马，它是一匹参加快速赛的种马，如果全力跑的话，它能跑出2分09秒或2分10秒的成绩来。而我有一匹叫"弗里兹博士"的小阉马，如果哈里想让它赢，那它整个秋天的比赛都不会输。

我们在七月下旬，乘坐一辆两匹马拉的篷车离开了家，之后一直到十一月下旬之前，我们都辗转于各种马赛和马会之间。我以后会说，那是一段蜜桃般甜美的日子。现在我有时会想，那些在家里规规矩矩长大的男孩，永远也不会交到像博特那样的好心黑人做最好的朋友，他们会上中学和大学，从不偷东西，不怎么喝醉，也没有跟会说脏话的人学骂人，或者在马会时，穿着长袖衬衫和脏马裤走到大看台前，而大看台上全是穿戴整齐的人——说这些有什么用呢？这些人什么都不懂。他们没有这样的缘分。

但我有。博特教会我如何给马擦拭伤口，如何在赛后给马缠上绷带并给马散热，还有很多没人知道的有用的事儿。他能把马腿上的绷带缠得相当漂亮，甚至如果用的是与马肤色一样的绷带，你会误以为那就是它的皮肤。我想博特也曾是个赛马手，如果他不是黑人的话，他也会成为像墨菲、沃尔特·考克斯一样的顶级赛马手的。

真有意思。你在周六或周日来到县政府的小镇，马会将在下周二开幕，并一直会持续到周五下午。"弗里兹博士"会在周二下午跑出 2 分 25 秒的成绩。而在周四下午，"布塞弗勒斯"会在"混速"赛中击败对手。期间你有很多时间可以到处转转，听别人吹牛，看博特如何把那些得意扬扬、说大话的人怼得哑口无言，你会听到一些有关马和人之间的事情，如果再留点心，把你所听、所感、所见的东西都归纳起来，那会让你受用余生。

等到周末马赛结束，哈里跑回家处理他的马房事务之后，你和博特就得把两匹马拴在马车上，为了防止马跑得过快，浑身过热，只能缓慢平稳地驾车驶过乡村，奔赴下一场马赛。

万能的主啊，瞧瞧路边那些漂亮的山核桃树、山毛榉树、橡树……棕色的、红色的，多么好闻。博特唱着名叫《深河》的歌，乡下姑娘们立在窗前。你大可以趾高气扬地说自己上过大学，我知道我是在哪儿受的教育。

此刻，你在周六下午来到一个沿途小镇，博特说："我们在这儿歇一会儿。"于是你就在那儿休息。

你把马牵到马厩里喂料，拿出一套好看的衣服穿上。

镇上都是在四下张望的农夫，他们能看出你是赛马人，而孩子们也许从来没见过黑人,当我俩走到大街上时,他们都吓得撒腿就跑。

那是在颁布禁酒令以及诸如此类的蠢事之前,于是你走进一家酒馆,所有爱扯闲篇儿的人都围上来,总有一个人会假装自己喜欢赛马,并且懂一点赛马,他说着说着就开始提问题。而你所做的就是吹牛,拼命吹牛说你有什么样的马,我说所有的马都是我的,然后某个家伙就说:"你要不要来杯威士忌?"博特当即眨了眨眼,似乎在说:"哦,好吧,没问题,那就喝一点吧。我跟你分一夸脱。"妈的。

但我想讲的不是这些。我们十一月下旬回到了家,我答应母亲会永远退出赛马界。有很多事情你必须答应母亲,否则她不知道该怎么办。

所以,比起我离开家乡去赛马的时候,我们镇上已没有多少可干的工作了,所以我去了桑达斯基,找了个不错的工作,给一个人照顾马匹,这个人拥有一个牲口运输队,经营着送货、仓储、煤炭和房地产生意。那是一份不错的活儿,伙食很好,每周能休息一天,还可以在一个大马房里拥有一张小床,大部分工作只是给一些还算不错的老马铲点草料和燕麦吃,这些烂货是不可能参加快速赛的。这份工作我还算满意,可以寄钱回家。

然后,就像我一开始告诉你的那样,桑达斯基的秋季赛开始了,而我有一天的假期,于是就去看了比赛。我在中午收了工,穿上我体面的衣服,戴上前一个星期六刚买的棕色圆顶礼帽,还配了一个立领。

起初,我和几个哥们儿去市区转了转。我一直对自己说:"我要撑足面子。"于是我就这么做了。我口袋里有四十美元,于是就走进"西屋",这是一家大饭店,我来到了雪茄摊前。"给我三支二十五美分的雪茄。"我说。大厅里和酒吧站着许多马夫、陌生人以及来自别的镇子的穿戴整齐的人,我混迹于他们中间。酒吧里有拿着一根手杖、打着温莎领结[1]的家伙,看着他让我觉得恶心。我觉得男人就得有男人样,穿着得体就行,别摆出那样一副架子来。所以我把他推到一边,动作有点粗暴,随后要了一杯威士忌。他看着我,似乎觉得他想要放肆一把,但他改变了主意,什么也没说。然后我又要了一杯威士忌,只想给他摆点样子看看,之后就走了出去,独自一人骑马去看马赛。到了那儿后我买了个大看台的最佳位置,我没买包厢,那就太装腔作势了。

就这样,我开心地坐在大看台,看着下面那些马童牵马

---

[1] 一种打成蝴蝶结的领结。

出来，他们穿着脏兮兮的马裤，马毯在肩膀上荡来荡去，样子就和我去年一样。这两件事我都挺喜欢，坐在上面我觉得很气派，而在下面时，抬头看着那些吹牛的人，也会觉得很气派，很了不起。只要你拿捏得好，一件事就会和另一件事一样好。我经常这样说。

嗯，那天在大看台，就在我面前，有个家伙跟两个和我同龄的姑娘一起。那个年轻人倒是挺不错的。他是那种或许上过大学，然后成了律师或编辑的人，但他并不自恋。这些人当中有一些还是不错的，他就是其中之一。

他是和妹妹以及另一个女孩坐在一起的，妹妹越过他的肩膀四处张望，最初不是有意的，并不打算挑起什么事——她不是那种人——随后她的眼神就和我的眼神恰好相遇了。

你知道是怎么一回事。天啊，她可真是个甜心美人！她身穿一件柔软的连衣裙，颜色近乎某种蓝，看起来不是精工细作的，但缝制得很好。这一点我还是挺了解的。她盯着我看的时候，我脸红了，她也一样。她是我这辈子见过的最美好的女孩。她并不自恋，而且能用正确的语法，又不像老师，我的意思是说，她很不错。我想，她爸爸或许是个有钱人，但并不像有些人那样那么目中无人。他或许在家乡开了一家药店或干货店，抑或别的什么店面。她从来没有和我说起过，我也没有问。

如果你要问的话，我家人也很好。我祖父是威尔士人，在老家威尔士他是个……算了，不提也罢。

第一场预赛和第一场正赛落幕后，那个和两个姑娘一起的年轻小伙子丢下她俩去下注了。我知道他要做什么，但他没有像有些人那样嚷着说大话，让人都知道他懂行。他不是那种人。嗯，他回来后，我听到他告诉那两个姑娘他要押哪匹马，预赛开跑后，他们都半站起身来，表现得很兴奋，跟下注的人一样满头是汗，他们押的那匹马最后差点就赢了，他们以为它能一鼓作气跑到底，但它没能做到，它想冲刺的时候已没力气了。

然后，很快，准备争取跑进2分18秒的快速赛的马登场了，其中有一匹我还认识。这匹马的牵绳上挂着鲍勃·弗伦奇的名字，但鲍勃并不是它的主人。它的主人是俄亥俄州玛丽埃塔的马瑟斯先生。

这位马瑟斯先生很有钱，是经营煤矿或别的什么生意的，他在乡下有个很大的地方，酷爱养赛马，不过，他是个长老会会员之类的人，而且他老婆可能也是，或许比他本人还要严厉。所以他本人从不赛马，俄亥俄州的赛马场有传言说，每回他的马准备参赛时,他就把它交给鲍勃·弗伦奇,并对他的妻子撒谎说把马给卖了。

于是,鲍勃就拥有了这些马,用它为所欲为,这事儿你不能怪鲍勃,至少,我从来没有怪过他。有时它能跑赢,有时跑不赢。我在当马童的时候,从来不会关注这些。我只想知道我的马能跑,如果你想它跑得快,它就可以一马当先。

就如同我之前说的那样,鲍勃带着马瑟斯先生的一匹马参加了这场比赛,它的名字叫什么"阿布特·本·阿亨"[1],速度快得惊人。它是一匹阉马,能跑 2 分 21 秒,还能提高 0.08 秒或 0.09 秒。

就像我跟你说的那样,一年前,我和博特出去了,博特认识一个黑人,他为马瑟斯先生工作,有一天我们去了他那里,当时我们在玛丽埃塔马会上没有比赛,我们的老板哈里也回家了。

除了那个黑人之外,所有人都去了马会。他带我们参观了马瑟斯先生的大房子,他和博特就背着马瑟斯先生的老婆,从马瑟斯先生私藏在卧室衣柜里的酒中拿了一瓶出来。他还

---

[1] 原文为 About Ben Ahem,该名或是作者戏仿英国 19 世纪诗人詹姆斯·亨利·李·亨特(James Henry Leigh Hunt)写的一首名为《阿布·本·阿德姆》(*Abou Ben Adhem*)的诗歌中的同名主人公。

带我们看了"阿亨"的马房。博特一心想当个驾车的赛马人，但作为一个黑人，他没有什么机会。他和另一个黑人把那一整瓶酒都喝光了，博特有点喝高了。

于是，那个黑人让博特带着这匹叫"阿布特·本·阿亨"的马，在马瑟斯先生的农场跑道上遛了一英里[1]。马瑟斯先生有一个孩子，是个女儿，有点病态，长得也不怎么样，她回家后，我们赶紧匆匆忙忙把"阿布特·本·阿亨"带回了马房。

我只想把一切原原本本地说给你听。在桑达斯基，我在马会的那天下午，这个带着两个姑娘的小伙子急坏了，他输了钱。其中一个姑娘是他女朋友，另一个是他的妹妹。我已经搞清楚了。

"我靠，"我自言自语道，"我要把内幕说给他听。"

我碰了碰他的肩膀，他的态度很好。他和姑娘们自始至终都对我很好。这让我很欣慰。

于是，他往后一靠，我给他讲了"阿布特·本·阿亨"的内幕。"第一场预赛一分钱也别押，因为它会像一头拉犁的牛一样走，不过，第一场预赛结束后，马上下去，把所有的

---

[1] 英里，英制长度单位，1 英里约合 1.6 千米。

钱都押上。"我就是这么跟他说的。

这么说吧,我从来没见过比他更善解人意的人。有个胖子坐在那个小姑娘旁边,那时她已经看了我两眼,我也看了她,我们俩的脸都红了,于是那人便转过身去,叫那个胖子站起来和我换个位置,好让我和他的人坐一起。

我靠,真他妈绝了。于是我就坐在了那里。我真是个笨蛋,竟然在"西屋"酒吧里寻欢作乐,就因为那个手拿一根手杖,打着领带的男人站在那里,我就在那里瞎搞一气,纯粹为了炫耀而喝了威士忌。

她当然知道我喝了酒,我就站在她边上,她能闻到我的酒气。我真想把自己从那座大看台上踢下去,然后绕着赛道跑一圈,创下比那年参赛的大多数老马还快的纪录。

那个女孩也不是那种傻姑娘。当时我恨不得给她一条口香糖、润喉糖、甘草糖,或者有什么就给她什么。我很开心地发现口袋里有几支二十五美分的雪茄,于是立刻给了那个家伙一支,自己也点上了一支。然后那个胖子站起来,我们换了位置,我就在那里,就在她身边一屁股坐了下来。

兄妹俩和哥哥的女朋友分别介绍起自己,他女朋友叫埃莉诺·伍德伯里小姐,父亲是俄亥俄州提芬的酒桶制造商。哥哥叫威尔伯·韦森,他妹妹叫露西·韦森小姐。

我想大概就因为他们有这么好听的名字，才让我失去了理智。一个曾经和赛马打过交道，并且给人照顾马匹，还干过马匹运输和库管的人，和其他人相比，好不到哪去，也差不到哪去。我常这么想，也这么说过。

但你知道小伙子的德行。她穿着漂亮的衣服，长着一双漂亮的眼睛，还有她看我的眼神，这些都包含着什么。在这之前，她越过哥哥的肩膀看我，我回望了她一眼，我们俩都脸红了。

我总不能在她面前像个傻子似的，对吧？

但我自己还是犯了傻，我就是那么傻。我说我叫沃尔特·马瑟斯，来自俄亥俄的玛丽埃塔，随后对他们仨说起了最扯淡的谎话。我说我父亲是"阿布特·本·阿亨"的主人，他把这匹马交给了鲍勃·弗兰奇去比赛，因为我们家是显贵，所以不方便以那种方式来赛马，我指的是，打着自己的名号来赛马。那时我就这么撒着谎，他们仨就这么靠近听着，露西·韦森小姐的双眼闪着光，我干脆就把谎话说到了底。

我说起我们在玛丽埃塔的家，说起了在俄亥俄河上有一座山，山上有一座大马厩和一栋大砖房，但我分寸掌握得好，不至于说得太夸张。我只说个开头，其他的让他们自己去想。我装出一副不太愿意说这些的样子。我们家可没有什么生产桶的厂，并且，就我所知，我们一直穷得要死，但从不向任何人索要任何东西，至于我祖父，他在威尔士——算了，不提也罢。

我们像是认识多年的老友一样聊天，我继续跟他们说，我父亲一直觉得这个叫鲍勃·弗兰奇的人不怎么正直，于是就悄悄派我来桑达斯基，以备不时之需。

我把我所知的一切有关"2分18秒步速赛"的事儿全都糊弄了一遍，"阿布特·本·阿亨"就是参加这项比赛的。

我说它在第一场热身赛时会像一匹瘸腿的牛一样输掉比赛，等那之后，它再回到场上，就会把其他马打个落花流水。为了增加我所说的可信度，我从口袋里拿出三十美元，把钱交给威尔伯·韦森先生，问他是否介意在第一场热身赛后，下去在"阿布特·本·阿亨"身上押点钱，押多少他看着办。我说我不能让鲍勃·弗兰奇和其他马童看到我。

果不其然，第一场热身赛打响之后，"阿布特·本·阿亨"迈着步子，跑上了非冲刺的直道，看上去就像一匹木马或病马，最后跑了倒数第一。随后，这位威尔伯·韦森先生去了大看台下面投注的地方，留下我和那两个姑娘在一起，随后伍德伯里小姐马上朝另一个方向望去，而露西·韦森，你懂吧，似乎用她的肩膀碰了碰我。我倒不是说，紧紧挨着我。你知道女人会怎么做。她们会靠近你,但也不会太放肆。你知道她们会怎样。我靠。

随后,他们让我受了打击。我并不知道,他们那时合计了一下,决定让威尔伯·韦森去押五十美元,而那两个女孩各自拿出了自己的十美元。当时我感到一阵恶心,不过随后会更恶心。

至于那匹叫"阿布特·本·阿亨"的阉马,以及他们能否赢钱,我倒不是特别担心。结局还是不错的。"阿亨"在接下来三场预赛中跑得贼快,就仿佛要在别人发现之前,把一蒲式耳[1]坏鸡蛋送到市场上似的,而威尔伯·韦森已经以九比二的赔率赢了钱。不过有别的事困扰着我。

因为威尔伯在赢了钱回来后就一直在和伍德伯里小姐聊天,而露西·韦森和我就一起被晾在了一边,仿佛我俩被丢在了荒岛。天啊,要是我能正直点就好了,要不然想到什么法子让我变得正直也行。这里并没有我说的什么沃尔特·马瑟斯,根本不存在这么一个人,如果真有这么一个人的话,我明天就去俄亥俄的玛丽埃塔杀了他。

我就是个大笨蛋。不久之后,马赛就结束了,威尔伯走

---

[1] 蒲式耳,谷物和水果的容量单位,相当于 8 加仑,36.4 升。

下看台收钱,随后我们骑马去了市区,他请我们在"西屋"餐馆吃了一顿丰盛的晚餐,还点了一瓶香槟。

我和那个女孩待在一起,她并不怎么说话,我话也不多。有一件事我是清楚的。她不喜欢我,就因为我谎称我父亲很有钱。你知道就会有人因为……真他妈的。有一种姑娘,你一辈子只能见一面,如果不能抓住这个机会,就会永远错过,那还不如从桥上跳下去算了。她们会从内心深处某个地方打量你,这不是勾引,而是说——你想娶这位姑娘,想要送她鲜花和漂亮衣裳,想和她一起生几个孩子,不听拉格泰姆[1],只听动听的音乐。我靠。

在桑达斯基附近,河湾对面有一个叫"雪松角"的地方。我们吃过晚饭后,一起划船去了那里。威尔伯、露西小姐和伍德伯里小姐都在,伍德伯里小姐要去赶十点回俄亥俄提芬的火车,因为像这样带着两个姑娘出门可不能马虎,不能错过任何一趟火车,否则就得整夜待在外面了。

威尔伯自己掏钱租了船,一共花了十五美元,如果我不听他说起,就不会知道他花了这么多钱,他不是那种打肿脸

---

1 拉格泰姆(ragtime),美国流行音乐形式之一,为美国历史上第一种正意义上的黑人音乐。

充胖子的人。

我们在"雪松角"没待多久,因为那里只有一伙儿粗俗的家伙。

那里有为说大话的人准备的大舞厅和餐厅,还有一片可以去散步的沙滩,我们去了之后才发现那里黑漆漆的。

她几乎不怎么说话,我也不吱声,我当时一想到我母亲就由衷高兴,她总教我们这些孩子在桌上用叉子吃饭,不能大口喝汤,并且让我们在赛马场边看比赛时不能像个流氓一样大声嚷嚷,举止粗鲁。

随后,威尔伯和他女朋友到沙滩上去了,我和露西就待在那块黑漆漆的地方,那里有一些老树的根须,河水有股东西被洗过的味道,自那之后,直到我们回到船上以及他俩去赶火车之前,什么也没有发生。我俩就在那儿眨巴眼睛。

事情是这样的。我们坐着的这个地方黑漆漆的,就如同我说过的那样,老树的根须就像手臂般向外伸着,空气中有股水洗的味道,夜晚——如果你伸出手去就能感受得到——如此温暖,如此温柔,又如此黑暗,甜蜜如柑橘。

我快要哭了,快要爆粗口了,好想跳起来,跳一段舞蹈,我当时如此疯狂,如此高兴,又如此难过。

威尔伯与女友外出回来后,露西看到他走近后说:"我们现在得去赶火车了。"她也一样，快要哭了，但她永远不会知道我所知道的事情，也不会如我般闹腾起来。随后，在威尔伯和伍德伯里小姐来到我们身边之后，她抬起头来，快速地吻了吻我，随后就转过头去，她全身都在颤抖——我靠。

有时我希望自己能得癌并死去。我想你知道我的意思。我们坐上船，驶过海湾，去赶之前说的火车，河上也是黑漆漆的。她悄悄对我说，她和我或许可以下船，在水上漫步，这听起来很傻，但我知道她的意思。

随后，我们很快来到了火车站，那里有一大群说大话的人，就像那群去马会的人一样，他们就像牛转圈碾磨一样聚在一起，而我应该怎么和她说呢？"用不了多久你就会给我写信，我也会给你写。"她只丢下了这么一句话。

我获得了像干草棚突然着火般难遇的机会，巨大的机会。

没准儿她真会给我写信，寄去玛丽埃塔，但这封信不会有人回复，它会被美国当局在信封上盖一个"查无此人"，或者随便盖的什么话。

我装成了一个大人物——就当着她的面，当着天底下如此端庄、身段娇美的一个女人的面。真是绝了——我曾有一个多大的机会啊！

随后，火车进站了，她上了车，威尔伯·韦森走来与我握了握手，伍德伯里小姐也很友好地朝我弯腰致意，我看了看她，随后火车开动，我就像一个孩子般失声大哭起来。

天啊，我本该把丹·帕琪[1]抽打得像一辆破货车般追着火车跑，但是，我的天啊，那又有什么用呢？你见到过像我这样的傻瓜吗？

我敢向你打赌——如果此刻我断了一条手臂，或者火车压过我的脚——我也不会去看医生的。我会就地坐下，让伤口就这么疼下去——我会这么做的。

我敢向你打赌——如果我不喝醉，然后像个傻瓜似的去撒这个谎——或许就永远不会当着这样的女人的面撒谎。

我希望那个戴着温莎领带、手拿手杖的人能在这里。我会把他揍成烂泥。打得他眼睛缝针。他是一个大傻子——他就是个傻子。

我不是一个傻子的话，你就去给我找个傻子来，我会辞掉工作，当个流浪汉，把我的工作给他。我对工作、赚钱，对给我这样的傻子赚钱已经无所谓了。

---

[1] 美国历史上著名的一匹赛马，速度极快。

一位现代派的胜利

又名：去叫律师来

鉴于我给自己安排了一个任务，要对你述说一则与我本人有关的离奇故事——当然，你必须明白，这是用一种完全间接的方式讲述的——因此，我就先提供一些有关我的情况吧。

那我就开始说了，我三十二岁，个子不高，沙褐色头发，戴眼镜。直到两年前，我都住在芝加哥，在那里谋得了一份办公室职员的工作，这份活儿养活我自己绰绰有余。我尚未结婚，因为我有点害怕女人——某种程度上来说，我怕的是实体的女人。在幻想和想象中，我向来胆子很大，但实体的女人总让我胆战心惊。她们会无声地微笑，仿佛在说——这一点我们就不展开说了。

自孩提时代起，我就立志当一名画家，不过，实话实说，这倒不是因为我想要创作出什么伟大的艺术杰作，仅仅因为我一直很向往画家的生活。

我总想以这样一副样子示人（我们就实话实说吧）：戴一顶帽子，将帽子略微歪向头的一侧，留一撮小胡子，拿一根手杖，用一种漫不经心的方式说起诸如形式、节奏、光效、质量、表面等术语。我这一生中读过大量谈论画家其人其作，以及有关他们交友和情史的书，我在芝加哥时很穷，不得不独居一间斗室，我向你保证，我曾靠想象自己是个在世上广受赞誉的画家，度过了许多无趣而困倦的夜晚。

那是一个午后，我干完了白天的工作，正闲逛去一个画家的画室。这个画家还在作画，房间里还有两个模特，是两个裸体坐着的女人。其中一个朝我微笑，我心里闪过一丝羡慕，不过，哼，我对这种事早已习以为常。

我走过房间，来到朋友的画布前驻足观瞧。

此刻，他略显不安地盯着我。我可是更杰出的那个，你懂的。这一点用不着掩饰，可谓众人皆知。无论别人怎么说我这位朋友，他都从未说过能与我平起平坐。其实，人们普遍认为，无论我走到哪儿都是更杰出的那一类。

"我画得怎么样？"我朋友说。你们看，就如我所说，他完全在等我评判，简言之，他就像一个马上就要被绞死的人在等我发号施令。

为什么要这样？真该死！他为什么要把所有东西推到我头上？一个人将如此重负扛在身上会很累的。一个画家应自己评判自己的作品，而不该来问画友，刁难画友。我就是这

23

么认为的。

那好吧。如果你们觉得我话说狠了,那只能怪你们自己。"你用的黄色有点浑浊。女人的手臂无法被感知到。在画中,人们应该能感知到女人的手臂。我建议你们更换个画盘。颜色抹得太多了。要把颜料集中起来。一幅画中的颜色应该黏在一起,就该像男孩丢出去粘在墙上的雪球一样。"

在我步入三十岁之际,也就是两年前,我从姑姑,确切说是我父亲的姐妹那里,获得了一小笔梦寐以求的遗产。

我从未见过这个姑姑,但我总对自己说:"我一定得去看看姑姑。要不然这个老妇人会生我的气,等她去世后,我就一个子儿也捞不到了。"

然后,我真是个幸运儿,在她去世前,我去探望了她。

我怀着势在必得的决心离开了芝加哥,我从未和她待过一天,但这不是我的错。尽管我理应去陪我姑姑(我还不至于蠢到连这点都不知道)待一天,但这是不可能办到的。

她住在威斯康星州的麦迪逊市,我周六早上到了那儿。房门关着,窗户被木板封住了。幸运的是,正好送信的人来了,我告诉他我是这家主人的侄子,他听后给了我她的住址,随后又说起了有关她的消息。

她这几年一直饱受枯草热的折磨,每年夏天都要去找地方避暑。

这对我来说是个机会。我立刻去了酒店,写信告诉她我来探望她了,并尽我所能表达了因未能见到她而多么悲伤。"我一直以来都想这么做,现在真要这么做了,我必须得把这件事做得好一些。"我对自己说。

首先,就像人们给一个老妇人写信时都会写的那样,我谈起了天空。"天空中布满了斑驳的云朵。"我写道。随后,我用一种随意得有些突兀的方式,直接坦陈相告,我说我其实因为悲伤而一蹶不振。老实说,我当时并不知道自己在做什么。我特别喜欢写东西,你看到了吧。笔端文思泉涌。

我写道,我长途跋涉,疲惫不堪地来到我唯一的女亲戚家中,并在信中顺便提起了我其实是一个孤儿。"可想而知,"我写道,"当我发现这座房子房门紧锁,窗户封闭之后,内心该有多么悲凉而孤寂。"

我坐在威斯康星州麦迪逊市的这家酒店里,手里握着笔,创造着我的财富。我怀揣某种大胆而英勇的情绪,毫不迟疑地在信中提起了永远都不该向一个女性提起的事儿,而后用只有医生才会用的语气——说起了姑姑的乳房,我用的是复数。

我写道,我希望能将自己这双疲倦的双手放在她那对乳房上。老实说，我当时已经写得太醉心了，而现在，我为自己写得如此醉心而感到高兴。乔治·莫尔先生、克莱夫·贝尔、保罗·罗森费尔德，以及我们当中其他技巧最为醇熟的英语作家都写过许多有关画家的文章。就如同我刚刚说的那样，有关画家生平和作品的书或杂志，只要在芝加哥能搞得到的，我全都读过。

我现在努力向你传达的是我在威斯康星州麦迪逊市的一个酒店里，为我的文学才华而感到的自豪，并且，那一刻我好像真的是一个艺术家，而且没有别的艺术家能像我一样迅速俘获别人的心。

我在说出想把自己这双疲惫的手放在我姑姑那对乳房上之后（可怜的女人，她已不在人世，而且从未见过我），随即给她建立起了我的大体印象（顺便说一句，这个形象打造得既真诚又准确）：一个有点孩子气的人，非常困惑，稀里糊涂地茫然度日。这个有关我自己虽虚幻但无比准确的形象，在那一刻就在我的想象中诞生了：他淌过沮丧的凄凉沼泽，越过不幸的荒野山丘，穿过孤寂的干燥沙漠，朝着世上某个渴望安宁平和的地方前行——也就是姑姑的胸脯。但是，就如同我解释的那样，作为一个完完全全的现代派，并充满了现代派的鲁莽，我没用"胸脯"这个老派作家才会用的词。我用了"乳房"这个词。我写完信后,双眼噙满泪水。

那一天我写的信——整整齐齐贴着稿纸边缘写——总共用了七张酒店的稿纸,要将它寄出需要花四美分。

"我该不该将信寄出呢?"我走出酒店办公室,站在邮筒前对自己说。这封信在我的食指和拇指间权衡着。

"点兵点将,
  点到哪个是哪个。"

我用左手手指——我右手拿着这封信——摸了摸我的鼻子、嘴巴、前额、眼睛、下巴、脖子、肩膀、手臂、手掌,随后轻轻敲打着这封信。毫无疑问,我一开始就想把信丢掉的。我一直在做艺术家的事儿。好吧,艺术家总说要毁掉他的作品,但鲜有人这么做,而真正能做到的,或许才是生活中的英雄。

就这样,它砰一声掉进了邮筒里,我的财富随之而来。我姑姑收到了这封信,当时她卧病在床,这场病毁了她——似乎除了枯草热,她还得了别的病——从而为了我更改了遗嘱。她本来打算留下一笔数目可观、每年可带来五千英镑收入的钱,用作研究枯草热治疗方法的基金——也就是说，正如你所想的那样，这笔钱原本是留给她那些病友的基金——但现在留给了我。姑姑找不到眼镜，而一位护士——愿上帝赐她一个好丈夫——大声将我寄来的信念了出来。随后，两位女士都被深深打动，姑姑甚至还哭了。我只是将事实说给你们听，你懂的，不过我想说的是，整件事可被视为现代艺术力量的证明。从一开始起，我就是现代派的忠实信徒。用艺术评论家的话来说，我是从头到尾经历这场运动的人。起初我是一个印象派画家，后来是成了立体派画家，再然后是后印象派画家，再然后还是个旋涡派。一次又一次，在我想象的生活中，作为一个画家，我完全被这场运动迷住了。例如，我记得毕加索的蓝色时期……但我们不想深入讨论这个话题。

我想说的是，有了对现代性（如果可以这样用这个词的话）的信仰，当我坐在威斯康星州麦迪逊市那家酒店房间写信的时候，确实发现自己有一股非凡的勇气。我用了"乳房"（乳房这个词用的复数，你们懂的）这个词，所有人都会承认，在给自己素未谋面的姑姑写的信中，这个词的确用得既大胆又现代。这个词把我姑妈和我拉近成一家人。她的谦逊不可能让她承认这个词别有他意。

然后，我姑姑真的很感动。后来，我和护士谈了谈，给了她一件相当漂亮的礼物,感谢她在这件事中所尽的力。在这封信读完之后,姑姑对我产生了强烈的感情。她转过脸对着墙,肩膀颤抖着。要知道,我写这封信时也是非常感动的。

"可怜的孩子,"姑姑对护士说,"我会让他的日子好过一些的。去叫律师来。"

久未使用

俄亥俄州的一则生活故事

"久未使用",这是那天医生说起她时用到的一个词。他,这位医生,是身形极为魁梧,全身干净无瑕的一个人,我当时受雇于他。我负责清扫他的办公室,打理他住所前的草地,照料他养在马厩里的两匹马,还在院子和厨房里干点杂活儿——比如,搬柴火进来,往葡萄架后的露天浴缸里倒水,好让医生洗澡,甚至在晚上,在他泡澡时,帮他擦洗他那宽阔的后背上他自己够不到的地方。

医生对生活充满了热情,一开始这股热情也感染了我。他热爱钓鱼,熟悉河上所有适合垂钓的地方。因此,我们经常去镇西边几英里开外的桑达斯基河湾,在朝北十九或二十英里开外的地方,美美度过一整天的时光。

在六月底某个垂钓日的傍晚,医生和我一起待在河湾里的一艘船上,有个农夫朝河岸跑来,一边摇着手,一边朝医生喊叫。小姑娘梅·埃格利的尸体在距此半英里开外的河口处被人发现,她已经死了好几天了,而那时刚好有条大鱼咬了医生的鱼钩,而且他也帮不上什么忙,所以此时来喊他,也毫无意义。我记得当时他大声咆哮抱怨着。他那时不知道发生了什么，但有条鱼恰好咬住了他的鱼钩。我刚钓上了一条肥美的鲈鱼，美好垂钓之夜就在我们眼前。好吧，你知道的——一个医生就得随叫随到。

"真是见了鬼了！总给我来这么一出！瞧瞧——这可是这个夏天最美好的垂钓之夜——风正好，云又多——你再看看，我走得是什么霉运？附近有个医生，而那个农夫刚好知道我在，随后就成了这样，仅仅为了照顾我的生意，很可能，他的脚趾磕坏了，或者他儿子从马厩的阁楼上摔了下来，要不就是他家的老伴牙疼了。很可能是他家的一个女人出了事。我知道她们是怎么回事！他妻子有个没嫁人的妹妹和她住在一起。真是个该死的多愁善感的老处女！她总会神经质地抱怨——总是大喊大叫，认为她要死了。死个屁！我知道她这种人！许多这样的人就喜欢让医生在他们身边瞎晃悠。找个医生在身边，这样就可以与他独处一室，随后就开始没完没了地聊他们自己——如果医生允许的话。"

医生边转动线轴边发牢骚，突然，我看见他露出一种独属于他的得意表情，那是经过一整天的工作，在冬夜驾车驶过冻僵的道路时嘴角会浮现出的一抹微笑，他拿起船桨，使劲地朝岸边划去。当我提出要划桨时，他摇了摇头。"不，孩子,这样划船对身材好。"他一边说,一边朝自己肥硕的腹部看了看。他笑了。"我得保持身材。如果不这样的话,我就没办法在未婚女人面前施展手脚了。"

至于岸上发生的事儿——梅·埃格利,她是我们镇上的人,在某个离镇子很远的地方溺死了,尸体在水里泡了好几天。人们在某条深河边的柳树间,发现了那具尸体,它就卡在柳树的根须上。我们登岸之后,那个农夫和他儿子以及雇工已经将尸体拖了出来,横放在马厩旁的木板上。

这是我第一次看到死人,我永远忘不了在医生身后,站在一群沉默不语的人当中,看到那具横着的、褪了色的、浮肿的女尸的那一刻。

医生对这类事已经习惯,但对我来说,这全新的经历把我吓坏了。我只看了一眼就立马跑开了。我冲进马厩,靠在一个畜栏的饲料槽上,一匹老耕马正在那儿吃草料。屋外暖和的天气骤冷下来,但在马厩里很温暖。哦,对一个男孩来说,马厩真是舒服的地方,烘干的草料和动物身上散发着馥郁、温暖、抚慰人心的味道,在这儿躺下,就像躺在一张柔软的床上。而在我工作和居住的医生家里,医生的妻子总会在冬夜给我铺上"盖被",既柔软又暖和。他们找到梅·埃格利尸体的那一天,马厩给我的就是那种感觉。

至于那具尸体——好吧，梅·埃格利是个娇小的女人，长着一双结实的小手，在他们发现她的尸体时，其中一只手还紧紧拽着一顶女人的帽子——它之前一定是顶巨大的宽檐艳俗货，帽子上还插着一根巨大的鸵鸟羽毛，有时你可以在马赛或者市郊的二流度假村里，看到大块头的艳俗女人帽子上插着这种东西。

梅·埃格利在临死时用手毅然决然地拽着那片湿透了的鸵鸟羽毛，这根鸵鸟羽毛就一直印在我的脑海里。当我在马厩里站着哆嗦时，我眼前又浮现出这片羽毛。我经常会在鲁莽的大块头女人莉·埃格利——也就是梅·埃格利的姐姐——头上看到它，她经常半带着挑衅意味走过镇里的街道。我们这座镇子叫彼得韦尔，位于俄亥俄州。

我怀着孩子对死亡的恐惧，站在老马厩里哆嗦，耕马从畜栏里把头伸出来，用它柔软而温润的鼻子蹭着我的脸。这里的主人，也就是那个农夫，一定是个善待动物的人。老马用鼻子上上下下蹭着我的脸。"你离死亡还很远，小伙子，等到死亡来临之际，你可不能这么哆嗦。我年岁已高，知道这是怎么回事。对了却一生的人来说，死是一种安慰。"

那匹老耕马似乎在说这样的话，不管怎么说，它的话安抚了我，为我驱走了恐惧和寒意。

人们商量后决定将梅·埃格利送回镇子，交给她的家人。在那之后，医生和我在傍晚的暮色中开车回家，就在那时，他说起了她的事儿，并讲出了这则故事的标题。医生那一晚说起很多事情，我现在记不全了，只记得夜色轻柔，灰色的道路在视野中隐没，随后月亮升起，灰色的道路变成银白色，树影投到路面，留下一块块漆黑的斑块。医生的心智非常健全，不会对一个男孩用高人一等的语气说话。他经常会亲切地和我说起他对某人某事的感受。那个胖乎乎的老医生脑袋里装着不少事儿，他的病人对此一无所知，但给他看马的孩子知道。

医生那匹枣红色的老马在稳步前进，就像医生工作一样在愉快地走着，医生抽起一支雪茄。他说起那个死去的女人，梅·埃格利，说她曾是多么聪明的一个姑娘。

至于她的故事——他没有说全，但我那晚非常亢奋——也就是说，我的想象力非常活跃——而医生则是一个播种者，他把种子播入了我想象的沃土。他是那个在一片又宽又长的田野中行走的人，这片田野刚刚被死神——那个收割者的手翻过，他一边走，一边用力将梅·埃格利的故事之种深深地播撒在这片土地上，种子落在男孩已觉醒的想象之土上。

一

埃格利一家住在俄亥俄州的彼得韦尔镇，家中有三个男孩和三个女孩。沿着克利夫兰到托莱多的铁路旁遍布着十多个小镇，埃格利家的女孩当中，莉莉安和凯特是这些小镇里的名人。莉莉安是家中的大姐，可谓声名远播。在克莱德、诺瓦克、费里蒙特、提芬这些小镇，乃至托莱多和克利夫兰的大街上，她可谓无人不知，无人不晓。在夏日的傍晚，她会戴一顶插着几乎要落在肩头的鸵鸟毛的大帽子，在我们这里的主街上到处逛。她和妹妹凯特一样，长着一头金发，一对蓝色的眼睛非常显眼，而凯特从未在镇上的生活中获得过显赫的地位。几乎每个周五的傍晚，莉莉安都会动身远行，一直到下个周一或周二才回家。显然她出远门是能捞到钱的，埃格利一家都是干活的人，所以她身上那些数不尽的新裙子肯定不是家中的兄弟给她买的。

那是夏日一个周五的傍晚，莉莉安出现在彼得韦尔主街的北边。那里有二十几个男人和男孩在车站月台附近转悠，他们在等向东驶去的纽约中央铁路的列车。他们盯着莉莉安看，莉莉安也回头看了看他们。火车将从西面驶来，太阳沿着那个方向，从刚长成的玉米地上落下。一道朦胧的金光照亮了天空，闲逛者被傍晚的这道美景和莉莉安挑逗的目光给摄住了，纷纷陷入沉默，四下寂静无声。

随后，火车进站，寂静的咒语被打破了。列车员和司闸员跳上月台，朝莉莉安挥了挥手，火车司机从车舱里探出头来。

莉莉安上了车，自己找了个座位，火车开动，列车员检票之后就在她身边坐下。火车到达下一个镇子时，列车员就去干他的活儿，司闸员就走过来靠在她的座位旁。这个人低声说着话，车厢里的沉默时不时被迸发的笑声打破。车上彼得韦尔镇去走亲戚的女人们都很尴尬。她们转过头去，往车厢外望去，脸上红红的。

在彼得韦尔车站的站台上，黑暗已经降临，那些男人和男孩们依旧边逛边谈论着莉莉安和她的出行。"她不用花一分钱，想去哪儿就去哪儿。"一个靠着车站门、长胡子的高个子男人说。此人是卖猪肉和牛肉的，每周去克利夫兰市场一次。一想到莉莉安，想到沿着铁路免费旅游的爱之光芒，他的心里就充满了嫉妒和怒火。

埃格利一家在彼得韦尔镇的名声并不好，但只有家中最小的女孩梅是例外，他们一家都是知道怎么自顾自活着的人。杰克，家中的大哥，几年来一直在主街南面的酒馆里为查理·舒特当酒保，随后出乎所有人的意料，他竟然把酒吧买了下来。"要么是莉莉安给他出的钱，要么就是他偷了查理的钱。"人们说，但不管怎么说，抛开道德标准，人们都去酒馆喝酒。在彼得韦尔，恶习虽然会被公开指责，但私下里却被视作男子气概的标志。

弗兰克·埃格利和威尔·埃格利就和他们的父亲约翰一样，分别是赶牲畜的和货运马夫，两人干起活儿来都很努力。他们都有各自的牲口，不用求人帮忙，没活干的时候，也不会和别人打交道。通常在周六午后，等一周的活干完，把马匹清理好、喂好、安顿好之后，两人就会穿上黑色套装，佩好白色领子，戴上礼帽，来我们镇上的主街，给自己买点酒喝。到了十点钟左右，他们喝足了就会跟跟跄跄朝家走去。他们在葡萄藤大街或胡桃木大街槭树下的黑影中，撞见了彼得韦尔的一个镇民，他也在朝家走去，随后爆发了一场争吵："你这该死的给我们让开，从人行道上滚开。"弗兰克·埃格利喊道，随后这两人冲上前动起手来。

当时是六月的一个晚上，明月当空，虫子在人行道和草丛里大声叫嚷，埃格利兄弟撞见的人叫埃德·佩施，他是个年轻的德国农夫，正和彼得韦尔一个纺织商的女儿卡洛琳·杜皮散步，埃格利兄弟一直期待的打斗就这么爆发了。

弗兰克·埃格利大声叫着和他弟弟冲上前去,但埃德·佩施并没有逃走,他回了手,把兄弟俩狠狠揍了一顿。到了周日早上,他俩赶车时,脸都破了相,成了黑眼圈儿。整个一周,他俩都在小巷子里晃悠,在沿住宅街给各家各户送冰块和煤炭以及给商店送货期间,他俩都没有抬头,一句话也没说。镇子上的人都乐坏了,店员们从一家店跑到另一家,对看到的事评头论足,他们想把兄弟俩的话重复给别人听。"你们有没有见过埃格利兄弟?"他们问,"他们真是罪有应得的。埃德·佩饰给了他们应得的教训。"某些更为兴奋,想象力也更丰富的人说起了那场黑暗中的打斗,就仿佛他们当时也在场似的。"他们可是地痞,任何想要维护自己的权利的人都可以动手打他们。"沃尔特·威尔斯说,他是一个瘦弱而紧张的年轻人,为杂货商阿尔伯特·特威斯特干活。这个店员恨不得也能像埃德·佩施那样成为一名斗士。到了晚上,他从店里回家,走在温柔的夜色中,他幻想自己能遇到埃格利兄弟。"我要给你们点颜色瞧瞧——你们这两个地痞。"他自言自语,朝着空气挥舞拳头。一种急切而紧张的感觉沿着他后背和手臂蔓延开来,但他在晚上的勇气却没能持续。到了周三,威尔·埃格利来到商店后门,他货车上满载着装盐的桶,沃尔特走入小巷,好好欣赏了一番他那副嘴唇开裂、眼睛变黑的模样。威尔双手插在口袋里站着,双眼盯着地上。无声的气氛不安地凝重起来,最终那个店员开口了。"这儿没有别人,桶又重,"他热诚地说,"我还是出点力,帮你把桶卸下来吧。"沃尔特·威尔斯脱掉衣服,帮威尔·埃格利干起了活儿。

如果说梅·埃格利在少女时期获得的声望比埃格利家族中的其他人都要高,那么这种声望现在也跌落下来。"她曾经有机会,却没有把握住。"人们总这么说,毫无疑问,除她之外,镇上的人还没对她家的其他人表达过同情心。莉莉安·埃格利从不在镇上活动,而凯特不过比她姐姐强一点点。她在"弗恩斯比餐馆"当服务员,几乎每晚都和某个外乡人出去散步。她也会搭乘火车去附近的镇子,但会在同一天晚上或第二天一大早就回来。她不像莉莉安那般有钱,渐渐厌倦了沉闷的小镇生活。她在二十二岁时搬去了克利夫兰,她在那里的一家大商店里当斗篷模特。随后,她在一出滑稽戏里当演员,四处巡演,彼得韦尔随后再也没有了她的消息。

至于梅·埃格利,在她整个童年时期,并且直到十七岁之前,她都是行为良好的典范。人们有口皆碑。她不像埃格利家的人,长着矮小的身材,皮肤黝黑,也不像她的姐姐们那样穿着,只会打扮得朴素整洁。在公立小学读书时,她因出色的课堂表现引得别人的关注。莉莉安·埃格利和凯特·埃格利都是懒学生，只会整天朝男孩子和男老师抛媚眼，但梅谁也不会看，傍晚一放学，她就回家找她妈妈。她妈妈是个一副疲态的高个子女人，很少出门。

在彼得韦尔，汤姆·米恩斯曾是学校里的优等生，他后来当了兵，最近由于为世界大战训练新兵所取得的优异成绩，在军队里获得了高级军衔。汤姆当时正在为进入西点军校而努力，晚上没空和其他年轻人一样去大街上溜达。他待在家里，专心学习。汤姆的父亲是个律师，母亲是肯塔基州某位嫁给英国准男爵的女人的三表姐。汤姆曾立志成为一名士兵和一个绅士，并打算跻身文人阶层，因此十分看不起他同学的智力，于是当某个埃格利家里的人成了他的竞争对手之后，他感到既生气又为之尴尬，其他同学却很高兴。日复一日，年复一年，他和梅·埃格利之间你追我赶，从某种程度上来说，整个彼得韦尔镇的人都落在了那个女孩身后。在诸如历史、英语文学等学科方面，汤姆无人可敌，但在拼写、算术、地理方面，梅可以毫不费力地将他击败。她坐在课桌前就像一只对着装满老鼠的笼子的小狗。每当老师提问，或在黑板上写出一道数学题，她都会像一条小狗般跳起来，举起双手，敏感的嘴唇颤抖着，手指使劲地拍打着。"我知道。"整个班级的同学都知道她知道答案。她回答问题，或走到黑板前解题，一排排尚未完全发育的孩子笑了起来，而汤姆·米恩斯则朝窗外望去。梅回到座位，既有成就感，又有点害羞。

彼得韦尔西部有一片乡村，就像俄亥俄州其他乡村一样，那里盛产小型水果和浆果。六月放假后，所有年轻人，小伙子和姑娘们，连同镇上的女人，都会去那里采摘果子。镇上的居民会在吃完早饭后成群结队去地里。他们把中饭放在篮子里，直到太阳落山前都会待在那里。

和在课堂上一样，梅在浆果地里也是个佼佼者。她不像其他年轻姑娘一样与人结伴而去，也不会坐车，中午时分更不会和别人一起吃午饭，但所有人都知道这是因为她家庭的原因。"我知道她的感受，如果我来自这样的家庭，我肯定不会寻求别人的关注，也不想要别人来关注我。"一个木匠的妻子说，她和其他人一起在布满灰尘的路上跋涉。

在农夫彼得·肖特的浆果地里，三十来岁的女人、年轻的小伙子和高大笨拙的男孩们，趴在地上采摘芳香的小红莓。就在他们的队列前面，梅独自采摘着。她的双手就像有人走入树林时，松鼠钻进树叶里的尾巴一样，飞快地在浆果蔓藤中游走。其余人采得很慢，时不时停下手吃几个浆果，聊几句闲话，每当有谁爬到前面一点，就会停下来，蹲坐着等别人。采摘浆果的人会根据白天采摘的量领取工钱，他们总会说："这不是钱的事儿。"采摘浆果也是一种社交方式。这些采浆果的人都是富有工匠的妻子、儿子和女儿，难道会为了一点琐碎的钱来这里累死累活地干活吗？

他们知道，对于梅·埃格利来说，情况可不一样。所有人都知道，他们家除了父亲约翰·埃格利——还有杰克、弗兰克和威尔这几个兄弟——以及靠自己赚钱来买衣服穿的莉莉安和凯特两姐妹之外，梅和她母亲确实是没有收入的。如果她想穿得体面些，就得在假期不用上学的时候出去赚钱。这样一来，也就不难理解，她为何想当教师了。要想谋得这个职位，就得让自己穿得好一点，勤勉处事，行事机敏。

因此，梅不知疲倦地干活，一箱箱经由她灵巧的双手采摘的浆果堆成一座小山。彼得·肖特和他儿子沿队伍一路走下来，将装满了的板条箱收集起来，再把它们搬上车，拉到镇子上去。他用赞许的目光看着梅，其他动作缓慢的采摘者则成了他嘲讽的对象。"啊，你们这些说闲话的女人，你们这些大个子都是懒小伙，你们真不行，"他喊道，"你们就不害臊吗？你们看看，西尔维斯特，还有艾尔——你们还不如一个身体弱小到可以揣进口袋带回家的小姑娘。"

梅在十七岁那年夏天，从彼得韦尔镇生活的高处跌落下来。那一年在她身上发生了两件事关生死的戏剧性事件。她母亲在四月去世了，六月，她以仅次于汤姆·米恩斯的成绩从高中毕业。由于汤姆的父亲多年来一直是学校董事会成员，所以镇上的人在听说他决定把儿子的排名排在梅前面之后，纷纷摇起了头。在所有人眼中，梅才是真正能摘得这一荣誉的人。她走进浆果地里，一想起她母亲的离世，即便是那些女人也忘了她是埃格利家人这一事实。至于梅，她似乎没什么事儿值得牵挂了。

随后就发生了难以预料的事。事后，彼得韦尔镇不止一个妻子对丈夫说："在那一刻，那家人的德性还是自动显现出来了。"

一个叫杰罗姆·哈德利的人首先找上了梅。他那一年来彼得·肖特的地里，就如他本人所说，"就为了来找点乐子"。而他的确在那儿找到了乐子。杰罗姆是彼得韦尔九人棒球队里的投手，本职工作是铁路邮递员。在跑完一趟差事之后，他有几天可以休息，他来浆果地是因为镇上没多少人了。在他看到梅独自干活时，他朝另外的男人眨了眨眼，随后来到她身边，蹲了下来，用和她一样快的速度采摘起来。"来吧，小姑娘，"他说，"我是一个邮递员，是分拣信件的。我的手指动得飞快。来吧，看看你能不能跟得上我。"

杰罗姆和梅在树丛里忙忙碌碌摘了一小时，随后镇上的人都惊呆了。这个从未和人说过话的姑娘，开始和杰罗姆说起了话，其他采摘者转过头来，为此感到疑惑。她不再以飞快的速度采摘，而是采一会儿，停一会儿，时不时停下来休息，把挑选出来的浆果塞到嘴巴里。"吃吧。"她大胆地说，并把一颗巨大的红莓递给杰罗姆。她将一把浆果塞进他的箱子里。"要是你再不加把劲，一天下来连七十五美分都赚不到。"她害羞地笑着说。

中午时分，其他采摘者发现了真相。疲倦的工人都去了彼得·肖特家边的水泵旁，吃完中饭后，就去附近的果园坐在树荫底下休息。

毫无疑问，梅身上发生了变化。所有人都感觉得到。随后人们才明白，在那个六月的午间时分，她相当平静而又慎重地决定追随她的两个姐姐。

采摘浆果的人一如既往地聚在一起吃午餐，女人和姑娘们坐在一棵树下，男人和男孩坐在另一棵树下。彼得·肖特的妻子带来了热咖啡，给每人的锡杯里都倒满了。人们来回说着笑话，女孩们听了咯咯笑起来。

尽管梅对杰罗姆的态度有点出人意料，但考虑到杰罗姆是个单身汉，与未婚女人待在一起也无可厚非，所以没人料到会发生什么严重的事儿。人们总喜欢在浆果地里调情。他们来这里,尽情玩耍一番,随后又像六月的云朵一样飘走。到了晚上,年轻人洗掉地里的泥土,穿上周日的衣裳,一切都会变样。到那时,姑娘们就得留心了。当她与一个年轻小伙子走在树下,或者步入乡间小道——那么,一切都有可能发生。

但在田地里,到处都是年长的女人——若你看到一个年轻小伙子和一个姑娘一起红着脸,嬉笑着干活,心里觉得没什么的话,那一定是没理解浆果采摘季的真正意义。

很显然,梅就没理解。事后,没人怪杰罗姆,至少没有一个年轻人会责怪他。因为采摘浆果的人在吃午饭时,梅坐得远远的。那是她的习惯,而杰瑞[1]也躺在较远的果园边的高草地里。一股突来的紧张感偷偷溜进了待在树下的人们周围。梅从地里回来时,并没有去水泵旁和别人待在一起,而是背靠着一棵树坐着,拿着三明治的那只手沾满了早晨干活时留下的泥土。这只手颤抖着,三明治还从她手里掉落了。

突然,她站起身来,把午餐篮子放在树杈上,然后,带着一种蔑视的眼神,她爬过篱笆,沿着一条小路走过彼

---

[1] 杰罗姆的昵称。

得·肖特的谷仓。这条小路穿过一片草地，经过一座桥，沿着一片起伏的麦田一直延伸到一片树林。

梅沿着这条小路走了一段，随后停下脚步往回看。其他采摘浆果的人也都盯着她看，不知道发生了什么。随后，杰罗姆·哈德利站起身来。他害臊了，笨拙地爬过栅栏，头也不回地离开了。

所有人都确信这是两人事先商量好的。女孩和女人们站起身来看他们。梅和杰罗姆走过小路，进了林子。年长的女人摇了摇头："瞧瞧，瞧瞧。"她们惊呼道，与此同时，男孩和年轻男人们开始互相拍着后背，怪里怪气地欢腾起来。

真是难以置信。他们在离开人群前，杰罗姆把手搭在梅的腰上，她则把头靠在他的肩膀上。仿佛梅·埃格利，如同所有年长的女人所想的那样，其实和她家的其他人没什么两样，也会在人前展露出不堪的一面。

杰罗姆和梅一起在林子里待了两小时，随后一起回到干活的地里。梅脸色苍白，看上去好像一直在哭。她又像之前那样独自一人采浆果，在片刻尴尬的沉默之后，杰罗姆穿上衣服，沿着大路朝镇子走去。梅那天下午采摘的浆果，装在箱子里堆得像小山，但从她手中掉落下的浆果有两到三倍多。洒落在地的果实在棕黑色泥土里红彤彤地闪着光泽。

自那以后，人们再也没有看到过梅来浆果地。杰罗姆·哈德利则多了件可吹嘘的事儿。到了晚上，当他和别的年轻人待在一起时，他详细说起了那次经历。

"送上门的好事，我得把握住，你们不能怪我。"他笑着说。他事无巨细地说起了林子里发生的事儿，与此同时，其他年轻人则站在一旁，满心嫉妒。他说着说着，渐渐对他的经历获得了公众的关注而感到既自豪又羞愧。"这事儿很简单，"他说，"在这个镇上，梅·埃格利是最容易搞上手的人。不用求就可以搞到手。这有多简单。"

二

在彼得韦尔，由于她和杰罗姆一起去了树林，就相当于把自己逼入了死角。在那之后，梅就待在家里，干起了之前她母亲做的家务，洗衣服、做饭、铺床。有一段时间里，她一想到要干一些低贱的活儿，心里竟有一丝甜蜜的感觉，她将莉莉安和凯特的衣服，以及父亲和兄弟们的大衣洗好、烫平，心里还挺满足。"我干累了就可以睡着了，睡着了就什么也不会去想了。"她对自己说。她在床铺之间的洗衣盆里洗衣服，床上躺着前一晚或许喝得烂醉、此刻正睡得香甜的兄弟们，或者站在厨房热烘烘的火炉旁，想念死去的母亲。"我想知道她会怎么想，"她问自己，然后补充道，"如果她没有死，这一切就不会发生。如果我身边有人，就可以去谈谈，事情就会不一样了。"

白天，家里的男人都赶着牲畜出门了，莉莉安去了镇上，房里就剩梅一个人了。这是一座两层楼的木房，坐落在镇边的一块田地边上，曾被漆成了黄色。现在，屋顶上的水冲刷掉了油漆，这栋老式建筑的侧壁上都是斑驳的条纹。房子建在一座小山上，在离厨房门不远的地方，地势陡降。山脚下有一条小溪，越过小溪是一块田地，一年中的某些时候，那里会变成一片沼泽。溪边长着杨柳和接骨木，在下午没人的时候，梅常常会轻轻走出厨房，看看有没有人从门口经过，如果四下无人，就走下山去，在接骨木和柳树的芬芳中俯下身子。"我就躲在这里，这样就不会有人看到我了。"她心想。这个念头给了她强烈的满足感。她的脸渐渐变得又红又烫，于是就把杨柳叶贴在脸上。当路上有马车经过，抑或有人沿着路旁的人行道走过时，她就缩成一小团，闭起双眼。那些过往的声音渐远，而对她而言，她似乎用某种方式逃离了生活。待在这里，藏身于柳树墨绿的阴影之中，是多么亲切，多么温暖啊。那些盘曲的树节就像臂膀一样，但它们不像和她一起躺在树林里的那个男人的手臂，不会用可怕的蛮力抓住她。她在阴影中静静躺了几个小时，没什么来惊扰她，她受伤的心灵恢复了一点点。她对自己说："我把自己变成了一个远离人群的亡命之徒，但在这里我不是。"

在听说梅与杰罗姆·哈德利在浆果地里发生的事情之后，莉莉安·埃格利和凯特·埃格利被激怒了，非常生气。两人都在家的一天晚上，她们冲着正在厨房干活的梅提起了这件事。莉莉安非常生气，决定痛骂梅一顿。"她为什么要这么下贱？"她问道，"我一想到这件事就想吐——竟是杰罗姆·哈德利这样的人！就算她想要自由，又怎能做出这么下贱的事儿来呢？"

人们一直觉得梅和埃格利家的其他人不一样，约翰·埃格利老爹和她的几个兄弟一直对梅怀有一种敬意。他们有时会骂莉莉安和凯特，但绝不会那样对梅，并且他们私下里都把梅当成他们与镇上更高尚的生活之间的纽带。埃格利老妈非常受人尊敬，但她年纪大了，非常疲惫，从未走出过家门，只有靠梅，这家人才能抬起头来。两个兄弟都为妹妹在镇上的学校所取得的成绩感到自豪。他们自己都是做工的人，从未想过出人头地，不过，他们想："我们这个妹妹已经证明，埃格利家出来的人也能在他们擅长的领域里打败他们。她比镇上的任何人都要聪明。瞧瞧镇上的人看她的眼光。"

至于莉莉安——在发生杰罗姆·哈德利事件之前，她一直在向别人说起这个妹妹。她在诸如诺瓦克、弗里蒙特、克莱德以及其他镇上结交了许多朋友。男人们都很喜欢她，就如同他们经常说的那样，她是值得信赖的女人。只要有人对她说起什么，无论说的是什么，她都会守口如瓶，所以当着她面说事儿，人们会有轻松自如之感。在她私下结交的人中，有教会的人、律师、富商、显贵家族成员。可以肯定的是，他们都是偷偷来见莉莉安的，但她似乎也懂得并尊重他们私密的欲望。"你在我面前可以不用有所顾忌。我知道你得小心行事。"她说。

一个夏日傍晚，她去了常去的一个镇子，准备见某人。她等了一个傍晚，那个男人直到夜幕降临才出现，他在车马出租所雇了一辆马车，随后驾车来到了约定地点。马车挂上了侧帘，两人驶入了漆黑而孤寂的乡间小路。暮色渐深，随着激情的消逝，一股自由之感突然袭上那个男人的心头。"最好不要跟年轻姑娘或别人的妻子鬼混。但和莉莉安待在一起，就不会有什么麻烦。"他想。

马缓慢地向前开，渐渐驶离大路——栅栏放下了，两人把车开进了田地里。他们坐在车里聊了好几个小时。这个男人和莉莉安说话的方式是男人们从不会用在其他女人身上的。她精明能干，做人很有一套，所以男人们总会向她说起他们的私事儿，并征询她的意见。"现在，你怎么想，莉莉——如果你是我的话，你会买还是卖？"一个男人曾这样问道。

他俩的对话中渗透进了另一种更为亲密的东西。"这么说吧，莉莉，我老婆和我都没有问题。我们相处得很好，但我俩绝不是你认为的情人关系。"这位莉莉安的露水情人说道。"她总唠叨我抽烟太多，要么就说我去教堂太少。还有，你明白吧，我们担心孩子。我的大女儿总和哈里·加文出去，我一直问自己：'这小子有什么好的？'我没办法拿主意。你见过这个人，莉莉安，你怎么想？"

莉莉安和很多人像这样聊过，于是她就希望妹妹梅能给她带来点缀对话的话题。"我知道你的感受。我也是这么想梅的。"她说。她已经不下一百次解释过，梅和其他埃格利家的人不同。"她很聪明，"她解释说。"我可以告诉你，她比彼得韦尔的任何一个女高中生都聪明。"

她时常以梅为例，用来说明埃格利家的人应该有的样子，而在莉莉安听闻发生在浆果地里的事后，她感到震惊。她好几个星期一句话也不说，随后在七月的一个傍晚，当她俩单独在家时,她开了口。她原本打算摆出一副母亲的架势来,直截了当,和蔼可亲——尽管有些严厉,但是当话说出口后,声音就颤抖起来,火气一下子就上来了。"我听说,梅,你一直在和一个男人瞎混。"在她俩坐在屋前的门廊里的时候,她打开了话匣子。那是一个炎热的傍晚,天很黑,眼看就要下暴雨了,在莉莉安说出口后,周围长时间陷入了沉默。随后,梅用手捂住脸,身体前倾,开始细声哭泣起来。她的身体前后摇摆着,一阵干巴巴的抽泣声打破了沉默。"那好吧,"莉莉安粗暴地插话进来,打算在她也放声大哭之前,赶紧把要说的话说完,"那好吧,梅,你让自己出了洋相。我没想到你会这样。我没想到你竟然成了一个傻瓜。"

为了控制并掩饰自己的不快,莉莉安越来越生气。她的声音还在颤抖,为了控制住自己的声音,她站起来,走进屋子。当她再出来时,梅仍然坐在门廊边的椅子上,双手托着头。莉莉安心生怜悯。"好吧,别难过了,孩子。毕竟我也是个老傻瓜。不要太在意我说的。我想凯特和我也没给你树立什么好榜样。"她轻声说。

莉莉安坐在门廊边,把手放在梅的膝盖上,她发现这小姑娘的身体在颤抖,一种强烈的母爱在她心中苏醒了。"我说,孩子,"她又开口说,"一个姑娘的脑子会冒出很多想法。我自己也有过。姑娘会觉得她能找到一个好男人。她梦想着一个不存在的男人。她既想做个好人，同时又想成为别的什么人。我知道你的感受，但是，相信我，孩子，这些都是胡扯。好好听我说，孩子，我知道自己在说什么。我见过的男人够多了。很多事儿我都懂。"

莉莉安现在一心要给她出主意，并且第一次确定无疑地把妹妹当作伙伴来对待，但她没有意识到，她此刻要说出的话会比她的怒火更伤人。"我常想知道母亲的想法，"她回忆道，"她总是闷闷不乐，沉默不语。当凯特和我出去卖的时候，她从来不会说什么，甚至在我小时候开始与男人一起在晚上出去时，她也一言不发。我记得我第一次和一个男人去了弗里蒙特，在外面待了一整夜。我羞得不敢回家。'我这下可完了。'我当时想。但她什么也没说，凯特也是如此。她从没对她说过什么。我想在凯特和我心中，她和其他家庭成员一样——都指望着你。"

"爸爸和兄弟们真该死，"莉莉安尖声说道，"他们是男人，什么也不用管，只要把自己灌饱，累了就像狗一样睡去就行。他们和其他男人一样，只不过没有那么自恋罢了。"

莉莉安又激动起来。"我很为你骄傲，梅，但现在我不知道该怎么想，"她说，"我上千次向别人吹嘘过你，我猜凯特也是。每当想起这一点,我就很心痛,你是埃格利家的人,人又很聪明,却委身于像杰罗姆·哈德利这样的下贱人。我敢打赌他甚至既没给你钱,也没有许诺要娶你。"

梅从椅子上站起身,浑身像是遭了风寒一样颤抖起来,莉莉安也起身,站在她身边。随后说出了要点。"你不能这样,妹妹——你难道不怕怀上孩子吗?"她问道。梅站在门边,靠着门框,大雨开始下起来。"别说了,莉莉安。"她说。她像一个求饶的孩子般伸出了双手。借助一道闪电,她那张苍白的脸莉莉安看得清清楚楚。这张脸就像是从黑暗中凸显在她面前的一样。"别再说下去了,莉莉安,求你别说了。我再也不会这么做了。"她恳求道。

莉莉安已经下定决心。梅走进屋里,沿楼梯回到她的房间后,莉莉安跟着她来到楼梯口,把她觉得应该说完的话说出了口。"我不能让你那么做,梅,"她说,"我不能让你这么做。埃格利家得有一个人走正道,但如果你打算走歪路,那就别犯傻。别和杰罗姆·哈德利这种下贱的人鬼混,他只会对你说甜言蜜语。如果你真的想那么干,那就来找我。我带你去找有钱人,我帮你搞定,这样你就不会有什么麻烦了。你可别犯傻,像我和凯特那样去卖,你来找我就好了。"

梅这一生都没和别的女人交过朋友,尽管她经常奢望。

她还在读书的时候，曾看到过其他女生在傍晚结伴回家。她们会一起闲逛，手挽着手，相互之间有说不完的话。当她们走到街角，要各自回家时，会依依不舍。"要不今晚你陪我回家，我明晚陪你回家。"一个女生会对另一个说。

梅则独自一人径直回家，心中满怀妒忌，她毕业之后，尤其在发生浆果地事件之后——在莉莉安口中，她总是把这件事称为她的倒霉时刻——想要与别的女性交朋友的梦想就愈发强烈了。

她在彼得韦尔最后一年的那个夏天，从另一个镇搬来的一个年轻女人，住进了她那条街的一间房子里。她父亲在"镍板铁路"[1]上工作，彼得韦尔是那段铁路的最后一站。这个铁路工人很少在家，妻子几个月前去世了，而他有个叫莫德的女儿，她身体不怎么好，所以不会和其他女人一起去镇上逛。每天下午和傍晚，她都会坐在父亲房子的前廊，而梅有时不得不去商店，于是经常会看到她坐在那里。新搬来彼得韦尔的这个姑娘又高又瘦，看起来就像个病人。她的脸很白，整个人看起来非常疲惫。她在去年动了手术，体内某些

---

[1] 镍板铁路（Nickel Plate Railroad）是美国19世纪末修建的一条从纽约到圣路易斯州的铁路。

机能已经丧失了，于是她那张苍白无力的脸，以及疲惫的样子触动了梅的心。"她看上去像是需要陪伴的人。"她一厢情愿地想。

妻子去世后，那个铁路工人家某个未嫁人的妹妹成了这所房子里的主妇。她是个矮壮的女人，长着冷酷的灰眼睛和坚毅的下巴，有时她会和那位新搬来的姑娘坐在一起。每到那时，梅就会头也不回，迅速经过她们。但是，每当莫德一个人坐在那里时，梅就会放慢脚步，偷偷打量摇椅里那张苍白的脸和那具虚弱的躯体。有一天，莫德朝她笑了一下，梅也回之以微笑。梅在那里逗留了一会儿。"天气真热。"她靠在篱笆上说，但在对话开始之前，梅变得紧张起来，匆匆离开了。

在干完当晚的活儿后，埃格利家的男人就会到镇上，每到那时，梅就会上街。莉莉安离家去了某处，沿街的人行道上空无一人。埃格利家的房子坐落在整条街的尽头，而沿着面朝镇子的方向，位于街道的同一侧——这里起初是一片空地，随后成了一个小屋，这个小屋一度是一间铁匠铺，但现在已经荒废了，随后那个新搬来的女孩就搬了进去。

每当夏日温柔的夜色降临之后，梅就会沿着街道稍微走远一点，随后在这块荒废的屋子前停住。那个坐在门廊摇椅上的女孩看到了她，并且似乎明白梅害怕的是她姑姑。她站起身来，打开门，朝屋里瞥了一眼，确保没人看得到她之后回过身来，踏上通向大门的石砖路，沿着街道朝梅走去，她时不时往回看，确保没人看到她溜了出来。屋前的人行道边立着一块大石头，梅让新来的女孩坐在她身边休息。

梅兴奋地涨红了脸。"不知道她了解不了解我的事儿？"她心想。

"我觉得你想交朋友，所以就过来和你聊聊。"新来的女孩说。她满怀好奇。"我听人说起过你的一些事，但我知道那不是真的。"她说。

梅的心怦怦直跳，双手颤抖起来。"我真是自己找上门了。"她心想。她恨不得跳起身来，沿着人行道奔跑，逃离因为自己太渴望有人陪伴而造成的窘况，这股冲动几乎要将她压垮，她半站起身来，随后又坐了下去。她突然怒火中烧，随后将话说出口时，声音变得非常严厉，充满了怒气。"我知道你指是什么，"她尖声说，"你无非想说我和杰罗姆·哈德利在林子里干的蠢事，对吧？"新来的姑娘点了点头。"我不信，"她说，"这是我姑姑从一个女人嘴里听来的。"

现在，莫德大胆提起了那件事，梅知道，就是这件事让她成了镇子生活中的一名法外之徒，她突然感到自由而勇敢，什么也不怕了，并迷失在她的勇气之中。这么说吧，她原本还是想去爱这个新来的姑娘，想和她交朋友，但现在这股冲动迷失在另一股扫过全身的激情之中。她想要克服这种感觉，以胜利的姿态从这种情形中走出来。她无所畏惧地说起了谎话，活像另一个莉莉安。"我这就和你说说发生了什么吧。"她飞快地说道。她与杰罗姆待在树林里发生的事儿迅速在她脑中重现，就像黑暗的日子里照进了一道阳光。"我和杰罗姆·哈德利一起去了林子——为什么呢？或许，就算我告诉你，你也不会相信。"她补充说。

梅开始了她的谎言。"他说他摊上了麻烦，想去个没人的地方，找个隐秘的地方和我说说话，"她解释说，"我就说，'如果你摊上了麻烦，那我们就在中午去树林吧。'这是我提出来的，后来我们就一起去了那里。他在说自己摊上麻烦的时候，眼神看上去非常痛苦，所以我丝毫没有考虑自己的名声。我只是说，我会去的，并为此付出了代价。我想，如果一个女孩打算对一个男人好，总得付出点代价。"

梅想象莉莉安在这种情况下会怎么说话，试图让自己的言谈举止看起来像一个聪明的女人。"我本想告诉你，我们在那儿时——在林子里——杰罗姆·哈德利都对我说了什么，但我不能说，"她宣布说，"他后来对我撒了谎，因为我不能按他要求的那样去做,但我得说到做到。我不会告诉你具体的人名,但我得告诉你——我知道的东西,只要我愿意,就足以让杰罗姆·哈德利蹲监狱。"

梅看了看身边那个人。对于一向过得很沉闷的莫德来说,这个傍晚就像去剧院看了一场戏。甚至比单纯的看戏还要精彩。就像去了一家主打明星是你朋友的剧院,你坐在一群陌生人身边,心怀一种优越感,因为你知道,那个穿着天鹅绒长袍,剑在身边咣咣作响的主角就和你差不多。"哦,大胆把一切告诉我吧,我想知道。"她说。

"他摊上的麻烦和一个女人有关,"梅回答说,"或许到了某一天,整个镇子的人都会知道这件事,而现在只有我知道。"她身体往前靠,摸了摸莫德的手臂。她所说的这个谎言让她感到开心自由。就好像在一个阴天里,阳光突然突破了云层,现在生活中的一切都明亮地闪着光芒,她的想象力向前迈了一大步。她一直在编造故事自救,但现在她想继续讲下去的理由变成了想要看看,这个突如其来涌上嘴唇的故事会给她带来怎样的快乐。她就像在学校读书时那样,思维敏锐,求知心切。"听好了,"她恳切地说道,"不要告诉任何人。杰罗姆·哈德利打算杀了这镇上的某个人,因为杰罗姆爱上了他的女人。他搞到了毒药,打算交给那个女人。她结了婚,也很有钱。她丈夫是彼得韦尔镇的大人物。杰罗姆打算把毒药给这个女人,然后她会把它放进丈夫的咖啡里,等那男人死后,这个女人就会嫁给他。我劝阻了他。我阻止了一场谋杀。现在你明白我为什么要和那个人进林子了吧?"

梅身上的那股子狂热劲儿也传染给了她的同伴。这股狂热拉近了她俩,此刻莫德把手放在了梅的腰上。"他鼓起勇气,"梅大胆地说,"想要让我把那东西带到那个女人的家里,并且他也会给我一笔钱。他说那个富有的女人会给我一千美元,但我嘲笑了他。'如果那个男的有个三长两短,我就会告发你,你会因谋杀而被人吊死。'这就是我对他说的。"

梅描述起了那天和那个打算杀人的男人一起待在漆黑的林子里时的场景。她说,他们一起吵了两个多小时,随后那个人打算杀了她。她原本可以让他立刻被逮捕,她解释说,但这样做就会把投毒的事说出去,而她已经说过要拯救他,如果他能改邪归正,她就不会把这件事说出去。过了很长一段时间后,那个男人发现她不为所动,非但不打算帮他投毒,竟还想劝他不要这么干,于是变得更沉默了。随后,当他们从林子里走出来的时候,他又一次扑向了她,想要掐死她。那天早上和他们一起在地里采浆果的人当中,有人还目睹了这场打斗。

"这些人随后对我的事儿开始编造,"梅强调说,"他们明明看到我们打了起来,却说他在向我示爱。那里有个姑娘,她本人很爱杰罗姆,看到我和他在一起,她便吃起了醋,于是就编了这个故事。这个故事随后传遍了整个镇子,而现在我很羞愧,都不敢露脸。"

梅带着无助的懊恼之情站起身来。"这么说吧,"梅说,"我答应过他,不会把他要杀的那个男人的名字,或任何与之有关的事儿告诉别人的,我不会的。这件事我对你说得已经够多了,但你得保证不告诉任何人。这是我们俩之间的秘密。"她说完就沿着人行道朝埃格利家的房子走去,随后转过头,跑回那个新来的姑娘边上。那时这个姑娘差不多已经走到门前了。"你等一下,"梅夸张地小声说道,"如果你把这件事说出去的话,那个男人就会被吊死。"

三

新的生活在梅·埃格利面前展开。从浆果地事件之后,直到和莫德·韦利弗交谈之前,她都觉得自己是个死人。在埃格利家操持家务时,她有时会在楼梯或炉子旁站定,似乎有一阵无声无息的旋风在她身周刮着——恐惧使她浑身颤抖。即便躲在溪边的接骨木下也无法停止。在这种时候，柳树和接骨木树的味道尽管能让她稍稍安心，但仍不足够，那里还少了些什么。这些树没有人情味，它们只是自顾自地生长。

在这些时候，从她自身的情况来看，梅就像一个封存在玻璃瓶中的人。白日里的光照在她身上，生命的声息从四面八方朝她涌来，但她本人却死气沉沉。她只是呼吸、吃饭、睡觉、醒来，但她想要的生活却很遥远，或者早已失去。从某种程度上来说，自打她有了自我意识起，生活就成了这样。

那些她见过的面孔，那些她在街上走过时突然出现在人们脸上的表情，她都记得。她尤其记得那些一直对她很好的老人。他们会停下来和她说话。"你好啊，小姑娘。"他们说。人们体谅他，会抬起眼睛，露出微笑，说善意的话，在那样的时刻，她仿佛觉得，生活的洪流为她开启了一道小小的闸门。这股水流流淌在别处，在远方，在墙的另一边，在一座铁打的山的后方——无法看到，无法听到——只有几滴生活的活水落在她身上，浇灌着她。要理解她内心深处的秘密不是不可能，这种可能性理应存在。

在和莉莉安交谈后的几天，这个茫然的女人对生活想了很多。她的思绪，那种天然躁动的思绪，无法不去思索，只不过在那时,她不敢想太多自己的事儿,也无法想象她的未来。她想的是抽象的事儿。

她做了一件事,这件事发生时是那么自然,又那么古怪。她在一片浆果地里干活——那是个有阳光的早晨,在她身后,小伙子、年轻姑娘,以及成熟的女人们排队笑着,交谈着。她的手指忙个不停,她听到有个女人在谈论水果罐头。"樱桃的糖分太高了。"那个声音说道。一个年轻姑娘一直在说男女之事。还有人在说一个坐运干草的马车去乡下的故事,还有一则关于"他说"和"我说"的转述。

随后,那个男人沿队伍走上前来,在梅·埃格利身边跪下来采浆果。他不是镇上的人,就这么突然,毫无征兆地走到她身边。从未有人像那样接近过她。哦,人们都很善良。他们笑着,点了点头,继续去干自己的事儿。

梅没有看到杰罗姆·哈德利对其他采浆果的人投去的狡黠眼色,却把他来找她的冲动当成生活中简单而可爱的事实。也许他和她一样孤独。两人一起默默干了一会儿活儿,然后他俩说起了一段打趣的话。梅发现自己原来是能够和人交谈的,她可以和那个男人有来有去地交谈。她嘲笑他,因为尽管他手法熟练,却还是没她摘得快。

然后,谈话的语气突然变了。这人变得大胆起来,他的大胆让梅有些兴奋。他开始说起吓人的话。"我想把你抱在怀里。我想和你单独在一起,那样我就可以吻你了。我想和你单独去树林或别的地方。"别的人忙着干活,此刻队伍已经走远,那些年轻姑娘和女人也一定曾从别的男人嘴里听到过这样的话。正因为她们听到了这些话,并以同样的态度予以回应。一个女人就是通过对这些话的回应,给自己找了个情人,随后结婚,把自己与生命的洪流联系起来。她曾听到过这些话,内心的某种东西被搅动了,就像此刻一样。她像一朵花,为接受生活而开放了。奇异而美好的事儿发生了,她的经历成了所有生命的经历,包括树、花、草以及大多数其他女人的经历。她的内心升起了某种东西,然后破裂了。生命之墙被推倒了。她变成了一个有生命的东西,接受生命,给予生命,与一切生灵合一。

那天早上在浆果地里,梅在说完那些话后就继续去干活了。她用手指不经思索地摘浆果,然后缓慢而迟疑地把它们放进箱子。她转向那个人笑了起来。她觉得自己能这么做真是太好了。

她的脑子飞快转了起来,它总是这样——飞速、疯狂地转动,稍微有些失控。她的手指变慢了。她摘下浆果,放进那个男人的箱子里,不时把又大又圆的浆果给他吃,并意识到地里的其他人都在朝她这边看。他们偷听着,想要弄清发生了什么,她渐渐生气了。"他们想要干什么?这一切和他们有什么关系呢?"

她一转念有了新的想法。"投入男人的怀中,让男人的嘴唇压在自己的嘴唇上,那会是什么感觉呢?这是所有女人都体验过的经历。她的母亲,以及与她一起在地里干活的已婚妇女,还有许多比她年轻得多的姑娘,她们都知道。"她想象着一双柔软、结实、有力的手臂紧紧搂着她,于是陷入一个朦胧而灿烂的情感世界。漂浮其中的生命之流把她托了起来——带着她奔流向前。所有的生命变得丰富多彩。那些红浆果多红啊!葡萄藤上的绿色是多鲜活的绿色!色彩融在一起,生命之流从它们,也从她身上流淌而过。

梅经历了糟糕的一天。事后,她再也无法集中精神去想这件事了,也不敢去想。和那个男人在森林里的经历太残酷了——她受到了侵犯。她同意了去树林——是的——但没同意那件事。为什么她要和他一起到树林里去?这么说吧,她去了,他出于礼貌邀请她,劝她跟他一起去,但她并没有料到真的会发生什么事。

她咎由自取,一切都是她自己的错。她从采浆果的人中站了起来,生气地瞪着那里的人看——充满怨恨。他们知道得太多，但知道的又不是事情的全貌，她恨他们知道，恨他们的机敏。她站起身来，从他们身边走开了，走时还回头看了看，期待着他能跟来。

她在期望什么呢？她所期望的是无法用语言表达的。她对诗人和他们的才华一窍不通，她不懂诗人是干什么的，不懂人们如何将事物用画布或歌声来呈现。她只是俄亥俄州的一个女人，一个埃格利家的人，一个赶货车的人的女儿，她的姐姐莉莉安·埃格利曾以卖身度日。梅希望走进一个新世界，走进生活——她希望在生命的活水中清洗自己。那里有种温暖、亲密、舒适、安全的东西。希望黑暗中会伸出一双握住她的手，她的手上沾满了红色浆果的污渍和田野的黄土色。她希望被紧紧抱在一个温暖的地方，然后像一朵花一样绽开，把她自己的芬芳播撒在空气中。

她到底出了什么问题，她的生活到底出了什么问题？这个问题梅已经问过自己一千次了，一直问到厌倦了，再也问不下去为止。她了解她母亲——自以为了解——如果连她都不了解母亲的话，那埃格利家就没人了解她了。难道其他人都不关心她吗？她母亲遇到过一个男人，曾被他抱在怀里，她就这样成了别人的母亲，随后儿女们各奔东西，放肆地生活着。他们追求的是自认为能像野兽般直截了当的生活。而她的母亲则站在一旁。她一定早在很久之前就已死去了,只剩血肉之躯还在生活、工作、铺床、做饭,和丈夫躺在一起。

很明显,她母亲就是这样活着——一定是这样。否则她为什么不说话,为什么从她嘴里蹦不出一个字来。梅日复一日和母亲一起劳作。这么说吧,她是一个处女,年轻,温柔,而她母亲从来没吻过她,也没有紧紧抱过她。两人间没有说过一句话。但这不是真的,莉莉安曾说过,她母亲指望着她。因为她的心已经死了,所以她才在莉莉安和凯特卖身时一句话也不说。心死之人才不会在乎呢!心死了就是死了!

梅想知道自己是否已经放下了生活,心是否也死了。"也许有这个可能,"她想,"也许我从来没有活过,我以为我还活着,也许这只是头脑里的骗局罢了。"

"我很聪明。"梅想。莉莉安也这么说过,兄弟们也这么说,全镇的人都这么说过。她是多么讨厌自己的聪明啊。

其他人会为此感到骄傲和高兴。全镇的人都为她感到骄傲,为她欢呼。因为她聪明,因为她的脑子比别人转得都快,正因此女教师才对她报以微笑,正因此老人们才会在街上跟她说话。

一次她走过一家商店,有位老人把她拉进店里,给她买了一袋糖果。此人是彼得韦尔镇的商人,有个在学校教书的女儿，但梅以前从未见过他，从未听说过他，对他一无所知。他从生活的洪流中凭空出现在她面前。他听说过梅，知道她在上学的孩子中出类拔萃，每次考试都名列前茅。她在想象他会是怎样一个人。

那时，梅每个星期天早上都会去"长老会主日学校"，因为埃格利家有个传统，埃格利老妈曾是一名长老会教徒。其他孩子都没去过，但她去过一段时间，并且他们似乎都希望她能去那里。她记得主日学校的老师们经常会谈起那些人。有一个高大、强壮的老人名叫亚伯拉罕，他跟随神的脚步。他一定是个高大、强壮又善良的人。他的儿女多如海沙，这不是力量的象征吗？这么多子嗣！世界上所有的孩子加在一起也多不过那些！那个拉着她的手，领着她进商店，给她买糖果的男人，在她想象中就是这样一个人。同样，他一定还拥有土地，是无数孩子的父亲，毫无疑问，他会整天骑在马上。他可能会觉得她是他无数孩子中的一个。

毫无疑问，他不是一般人。他看上去就像是那样的一个人，而他也对她赞赏有加。"我给你糖果是因为我女儿说你是学校里最聪明的女孩。"他说。她记得店里还有一个人，当她用小手抓着那袋糖果跑开时，那个非凡的老人向他转过身去。他对那人说了些什么。"除了她之外，他们都是牲畜。"后来她明白了他的意思。他指的是她的家人,埃格利一家。

在总是独身一人往返学校时,她曾想过多少事情。她总有足够的时间来思考——傍晚时分,她要帮母亲做家务;漫长的冬夜,她早早就上床睡觉,但久久都睡不着。商店里的那位老人很赏识她的聪慧——因为他已经原谅了她是埃格利家的一员,是一头牲畜。她的思绪在原地打转。即便在小时候,她也会一直觉得自己被关起来,和生活之间隔着一道墙。她挣扎着要摆脱,想进入生活。

现在,她已经是一个经历过生活,受过生活考验的女人了。她静静站在埃格利家的楼梯或炉子旁,强迫自己努力不去想那些事儿。在另一条街的另一座房子,一扇门关上了。她的听觉异常敏锐,似乎能听到镇上每个男人、女人和孩子发出的每一个声音。思绪一遍又一遍地开始循环,她努力思考,努力摸索走出自我的方法。在另一条街上的另一所房子里,一个女人正在做家务,就像她一直在做的事儿那样——铺床、洗碗、做饭。那个女人刚从一个房间走进另一个房间,门砰一声关上了。"嗯,"梅想,"她是一个普通人,她像我一样感受事物,她思考、吃饭、睡觉、做梦,会在她的房子里走来走去。"

那个女人是谁并不重要。是不是埃格利家的一员也没有什么区别。只要梅愿意想，这个女人随便是谁都可以。所有活着的人，都在她脑中激活了！男人们也会走来走去，也会有自己的想法，年轻姑娘们会笑。她曾在学校里听说过一个女孩，当没人跟她说话时——没人注意她时——她就会突然放声大笑起来。她在笑什么呢？

镇上的人残酷地以屈尊附就的态度对待梅，人人都说她聪明，从而将她和其他人区别开来。他们关心她是因为她聪明。她的确很聪明。她思维敏捷，不断向外延伸。但她是埃格利家的一员——"就是一头牲畜"，店里那个老人曾说。

那又怎么样呢——作为埃格利家的一员——他们为什么是牲畜呢？一个埃格利家的人也要睡觉、吃东西、做梦、走动。莉莉安就曾说过，埃格利家的男人和其他男人一样，只是不那么自恋而已。

梅拼命想认识自己，她想成为所有生灵的一部分，好好活着——不想成为一个特殊的标签——聪明——因为她很聪明，人们就轻拍她的脑袋，微笑着。

什么是聪明？她能迅速、灵敏地解决学校里的难题，但一旦题解完了，她就会把它忘了。这对她来说毫无意义。埃及的商人想要运输货物穿越沙漠，他带着三百七十磅茶叶和等量的干果和香料。问题来了，需用多少匹骆驼才能装下这些东西?她脑筋一转,得出一个数字,大概十二匹或十八匹,比别人算得都快。有个小窍门:把其他一切都抛到脑后,专注于一件事——那就是聪明。

但骆驼能装多少东西对她来说又有什么关系呢?若她能够了解别人的思想,了解到那个拥有一切货物、并这么远去送货的人的灵魂,如果她能够理解他,如果她能理解所有人,所有人也能够理解她,这才是重要的事儿。

梅一声不吭、聚精会神站在埃格利家的厨房里——十分钟,半小时。她端在手中的菜摔到了地上,盘子碎了,她突然回过神来,就仿佛经过长时间的旅程突然回到了埃格利家的房子一样。在那期间,她翻过群山,越过河流和大海——就像她再一次回到了原本打算永远离开的地方。

"一直以来,"她对自己说,"生活在继续,其他人都在生活,笑着就实现了自己的人生。"

然后,通过对莫德·韦利弗撒的谎,梅进入了一个新世界,一个无限释放自我的世界。通过这个谎言以及对它的讲述,她发现如果她不想要周遭的生活,那就得创造出另一种生活来。如果她被围在墙里,被拒于俄亥俄州小镇的生活之外——厌恶且害怕镇子里的人——她就得走出小镇。人们不会真正注意到她,不会试图理解她,他们不会让她看不起他们的。

她撒的谎是一块基石,所有基石中的第一块。她要建一座高塔,一座她可以站在上面的高塔。从高塔上,她可以俯视一个由她自己及自己的思想创造出的世界。如果她的思想真的能像莉莉安、学校里的老师和其他所有人说的那样,她就可以对它加以利用,它将成为她手中的工具,将一块又一块的石头搭进她的塔楼。

在家中梅有一间自己的房间,它是房子后面的小房间,有一扇能俯视田野的窗户,每到春天和秋天,田野都会变成一片沼泽。冬天有时会全都结起冰来,男孩们会来这里滑冰。那天晚上,她向莫德·韦利弗撒了个弥天大谎——再现了与杰罗姆·哈德利在树林里发生的事——她匆忙回到自己的房间,在窗前坐下。她做了件多可怕的事!与杰罗姆·哈德利在树林里的相遇是可怕的——她不能去想它,也不敢去想它,努力不去想它,这几乎使她失去了理智。

现在,这件事过去了。整件事根本就没有发生过。发生的是另一件事,或者说是一件类似的事,一件无人知晓的事。确实有人想要杀人。梅坐在窗边苦笑。"我将这件事稍稍延伸了一点,"她想,"当然,我延伸了一点,但是把事情经过说出来又有什么用呢?我无法让别人理解这件事。因为就连我自己也没搞懂。"

树林那件事之后的几个星期,梅一直觉得自己变得不干净了,身上不干净了。她做家务时会穿印花棉布裙——她有好几条这样的裙子,每天都要换两三次,换下的脏裙子等洗涤日洗净,挂在后院晾衣绳上晾干,随后再挂到衣橱里。吹过裙子的风,让她略感安慰。

埃格利家没有浴室和浴缸。在她那个年代,镇上没什么人会有如此奢华的生活附属品。厨房门旁边的木棚里放一个洗衣盆,家人就在这个盆里洗澡。在这个家里,洗澡不太经常。洗时他们会从水箱里取水将盆倒满,然后放到太阳底下晒温。然后盆被抬进小屋,打算洗澡的人会走进小屋关起门。到了冬天,他们就在厨房洗澡,埃格利老妈会最后一个洗,倒一壶烧开的水进去。夏天在小棚洗澡就不需要加热水了。洗澡的人脱了衣服,把衣服放在一堆堆的柴火上,水溅得到处都是。

那个夏天梅每天下午都洗澡,水不必放在太阳下晒温,凉水澡就很好。通常在周围没人的时候,她会在睡前把水灌满,然后钻进去。她娇小的身体又黑又结实,沉入冷水,随后拿起肥皂擦洗她的腿、乳房、脖子,那是杰罗姆·哈德利曾吻过的地方。她希望自己能把脖子和乳房洗干净。

她的身体结实且瘦长。埃格利家的所有人都长得很壮，就连埃格利老妈也是如此。除了梅之外，家里人也都很高，似乎家里所有的力量都积聚在她身上。她的身体从不会感到疲倦，这段时间她晚上会睡得很少，但身体似乎变得越来越壮了。胸部变大，身材也略有变化，变得不那么孩子气了。她正在逐渐长成一个女人。

在说出这个谎言后，梅的身体就像一棵树林里的树。这是某种只有穿越它，生命才能得以显现的东西；这是一座她居住其中的房屋，尽管镇上的人怀有敌意，她的生活还是在这座房子里继续。"我不是那些身体还活着，心却已死的人。"每想到此，她就会感到一阵安慰。

她坐在黑漆漆的窗边。杰罗姆·哈德利曾想去杀人，而在过往的生活中，一定有很多男女会有类似的企图——一定有很多人得逞过。他们的心已经死了。男孩和女孩从小就充满了各种念头，而且都是大胆的念头。和其他城镇一样，他们在彼得韦尔只去学校和主日学校上课。他们会夸夸其谈——也会听到许多豪言壮语——但在他们的心里，在他们自己的小房子里，所有人都摇摆不定，犹豫不决。他们放眼望去，看到了男人和女人，长胡子的男人，善良而坚强的女人。多少人早已死去！多少房子只不过是闹鬼的空屋！他们的城镇不是他们想象中的那样，总有一天他们会发现这一点的。这不是一个温暖、友好、亲近的地方。人们感到生活充满了不确定性，了解真相永远都那么困难。在这巨大的谜团面前，他们并不谦逊。这个谜团需抛开真相，用谎言才能解开。"人们都在撒谎。"梅气呼呼地想。在她看来，镇上的所有人都受到了她的审判，而她自己所撒的谎，却显得微不足道，毫无恶意。

她身上有一种柔软而纤细的东西，许多人都想将这个东西杀死——这是肯定的。杀死柔弱的东西是人类的本能。所有男人和女人都想那么做。首先，某个男人或女人会杀死自己体内的东西，然后再试图杀死别人体内的东西。男人和女人都不想让这个东西活下去。

梅在她那间黑漆漆的房间里怀揣着从未有过的想法，她一生中从未像今晚这样富有活力。因为她的诸神在地上四处行走。埃格利家仅仅是用木板砌成的一间简陋的小房子——墙壁很薄——而她就着夜晚朦胧的摇曳之光向外望去，看到的是一片田野，在年中的那一段时间里，这片田野变成了一块泥塘，牛陷在齐膝高的黑泥里。她所在的城镇只是国家地图上的一个小点——她知道这一点。没有必要到外地去就能明白这一点。她的地理成绩不是班上最好的吗？仅在她的国家,就住着大约六千万、八千万、一亿的人——她不记得数字了——人口每年都在变化。这个国家刚建立时,数百万头野牛在平原上走来走去。她是水牛群中的一头小母牛犊,不过她在一个镇上找到了立足点,住在一间黄色的木板房里,不过,房子下面的田地现在已经枯了,长满了高高的野草。然而,那里的小池塘依旧没有枯竭,住在里面的青蛙呱呱大叫,蟋蟀在干草地上歌唱。她的生活是神圣的——她住的房子,她所坐在的这间房间,变成了一座教堂,一座庙宇,一座高塔。她所说的谎言在她内心激起了一股新的力量,新神庙正拔地而起,她将要住在里面。

在昏暗的夜空中,思绪就像巨大的云朵,在她的脑海中漂浮。泪水涌上了她的眼睛,她的喉咙似乎肿了起来。她把头靠在窗台上,抽搐着的啜泣使她浑身颤抖。

她知道,这是因为她曾有足够的勇气和足够的机智来说谎,并重新建立起内心里生活的罗曼司[1]。庙宇的根基已经建好了。

梅并没有把一切都想清楚,也没有试图去想清楚。她

---

[1] 原文 romance,通常取音译,作"罗曼司"解。"罗曼司"本是一种文学题材,起源于欧洲中世纪,带有传奇冒险的色彩。本文指的是梅编造的一系列空想,并构成谎言的故事。

觉得——她知道自己的真相是什么。那些她听到的，在学校课本里读到的，在老师借给她的课外书中读到的话，那些——由嘴唇稀薄、胸脯平平的主日学校里的年轻女教师说出的——不带感情、脱口而出的话，那些说的时候毫无感觉、现在却在她脑中轰轰作响的话，统统以一种不属于她的力量，正在庄严地重复着，仿佛一支军队迈着有节奏的步伐行进。不，它们就像雨水落在头上的屋顶，落在她自己这座房子的屋顶上。她一生都住在一所房子里，而雨水总是悄无声息地落下——她听到过的、现在记起来的那些话，就像雨滴落在屋顶上。那里还残存着一股淡淡的香味。"匠人弃用的废石，反成屋角的基石。"[1]

这些想法在梅的脑海里萦绕，她瘦小的肩膀因呜咽而颤抖，但她是喜悦的——一种怪异的喜悦，内心像有什么东西在歌唱。在这个世界的某个地方，这歌声永远响彻着，这是生命之歌，是蟋蟀之歌，是青蛙的聒噪之歌。这歌声跑出了她的房间，跑出了黑暗，跑进了黑夜，跑进了白天，跑进了遥远的国度——这是一首古老的歌，一首甜蜜的歌。

梅一直想着建筑物和建造者。"匠人弃用的废石，反成

---

[1] 语出《圣经·旧约·诗篇》。

屋角的基石。"有人说过这句话，也有人体会过她现在的感受——他们有种她无法述说，却又试图想表达的感觉。她在这世上并不孤单。她在生活中走过的路并不孤绝，很多人过去走过，现在也正在走。即便她此刻坐在窗前，如此孤独地思索，也还有许多地方的男男女女坐在窗前，怀着同样的想法。在这个世界上，许多男人和女人已杀死了自己内在的东西，弃绝之路才是真正的道路，多少人走上了这条道路啊！沿途的树都做了标记。那些想给别人指路的人已经挂起了牌子。"匠人弃用的废石，反成屋角的基石。"

莉莉安曾说过："男人都不是好东西。"很明显，莉莉安也杀死了自己内心的东西，顺其自然地就把它杀死了。而她则让某个叫杰罗姆·哈德利的人杀了它，于是她逐渐对生活燃起了怒火，她开始憎恨生活，将它抛弃了。这种事也发生在她母亲身上。这就是她沉寂在生活中的原因——死者在徘徊。"亡者复生，袭击死者。"

梅告诉莫德·韦利弗的故事不是谎言——而是活生生的事实。他曾试图杀人，而且差点得逞了。梅行走在死亡之影的幽谷中。她现在知道了。她的亲姐姐莉莉安，怀着生之渴念，与死神同行，来到她身边。"如果你想去卖，我会带你去找有钱人。"莉莉安曾说过。但梅对这一点并没有完全理解。

梅下定决心，无论如何都不会成为莫德·韦利弗的朋友。她会去见她，跟她说说话，不过目前，她依旧想要独处。她体内活着的东西受了伤，需要时间来恢复。那天晚上，她在柴房的浴盆里倒上水，想洗净身体，在贯穿全身的强烈情感中，有一股冲动越来越明确："我要独自面对，这就是我要做的。"她双手托腮坐在窗边，聆听昆虫在黑暗的田野中歌唱。

四

"曾有个男人在我们家病了好几个星期，差点死了，我一直不敢睡觉，日夜守着。我好几次在半夜蹑手蹑脚穿过这片田地，想在黑暗中找到那个黑人。"

初夏时节，梅和莫德·韦利弗在埃格利家外的田野里，一起坐在树旁聊天——她在一点点构建她的罗曼司之塔。自从那次在铁匠铺边交谈之后，莫德每周都会趁姑姑不注意，想办法跑去埃格利家两三次。她对这个黝黑的小个子女人忠心不二，因为此人在生活中经历了那么多传奇的冒险，她愿意冒一切风险，甚至不惜激怒父亲那铁面的女管家。

她总在晚上去埃格利家，梅明白只能如此，莉莉安或许更明白。在铁匠铺见面后的第二天，莫德父亲就表示了他对埃格利一家的看法。晚上，韦利弗一家正吃晚饭。"莫德，"约翰·韦利弗严厉地看着他女儿说，"我不希望你和这条街上的埃格利家有任何瓜葛。"这位铁路工因与这样一群牲口同住一条街而诅咒自己的霉运。他说，铁路上的一个员工告诉了他有关埃格利家的事儿。"像他们这样的家人，"他愤怒地说道，"天知道为什么还会被允许留在这里。他们应该抹上油，插上羽毛，马上滚出镇子。哎呀，与他们同住一条街，就像跟畜生住在一起。"

这位铁路工对女儿管教得很严。在他看来，她还年轻，还是一个处女，而她很可能会走上一条危险的道路。凶险的男人就埋伏在黑暗的街头，伺机袭击所有像她这样的女人，他们会雇其他的女人，就像埃格利家的这样的女人，诱骗天真的处女落入他们的魔掌。他有许多话想对女儿说，却没有多少能说出口。男人之间可以公开谈论像埃格利家姐妹这样的女人。她们是这样一种东西——好吧，实话实说——几乎每个男人年轻时都找过这样的女人，他们会和其他男人一起到这类女人的屋子里去。去之前一般会先喝点酒，就是这样。许多年轻人从一处喝到另一处。"我们去街上走走。"其中一个说。那些男人两人一组，稀稀拉拉地走在街上。他们话不多,都对自己要做的事儿有些羞愧。然后,他们来到一座房子前,这种房子一般都会在阴暗肮脏的街上。其中一个胆子大点的年轻家伙敲了敲门。一个胖乎乎,板着脸的女人上前让他们进屋。他们走进房间,傻乎乎地站在那儿。"哦,姑娘们——接客啦。"胖女人喊道,随后几个女人就走过来,站在一边。这些女人的脸上既厌烦又疲倦。

约翰·韦利弗本人也去过这样的地方。好吧,那时候他还是个年轻工人。在一个男人遇上一个好女人并娶了她之后,他就会忘记其他女人,也的确会忘了她们。不管之前怎样,但大多数男人婚后还是会改邪归正的。他们要谋生,要把孩子拉扯大,根本没有时间做这种无聊的事。这位铁路工经常会在他的工友中说起,埃格利家的三姐妹在他看来是什么样的女人。他说:"我的想法是,最好还是要有那样的地方,好让好女人免受打扰。不过,她们还是应该自己找个去处。一个好女人不该看到或知道这些牲畜的事儿。"

铁路工当着他女儿以及他妹妹,也就是那位女管家的面,把埃格利家的事儿挑明了,他为此感到尴尬。他目不转睛地盯着面前的盘子,不好意思地看了一眼女儿的面孔。这张脸看上去多么纯洁!"我不应该说这些的。"他心想——但此刻他不吐不快。"我的莫德可能什么都不知道,就跟埃格利家的女人走到了一起。"他想。"这么说吧,"他说,"那家有三个女人,她们都是一路货色。其中一个在酒店工作——在那里她会接待许多外乡人——年纪最大的那个女人根本不工作。还有一个女人,她年纪最轻,大家都以为她会变好,因为她在学校的表现不错,据说还很聪明。每个人都认为她会不一样,但她没有,你知道吧。她在干活的那片浆果地里和一个男人进了树林。"

"我知道这件事,而且我已经告诉过莫德了,"铁路工的妹妹言辞严厉,"我们别再说这个了。"

莫德·韦利弗满脸通红地听着父亲的话,甚至在他说话的时候,她已经下定决心要尽快再见到梅。自从来到彼得韦尔镇后,她晚上就没有离开过家,但现在她突然感到非常有力量,状态很好。晚饭吃完,夜幕降临,她从门廊上的椅子上站起来,和正在屋里干活的姑姑说:"姑姑,我觉得我比几个月前好多了,"她说,"我要出去散会儿步。你知道,医生说我得尽可能多出去走走,但白天太热了,我打算现在就去市郊走走。"

莫德小心翼翼沿着人行道向镇子的商业区走去,穿过马路,从另一边折回来,慢慢沿着草坪边缘向前走。多刺激的一次冒险!她觉得自己就像进入了一个充满传奇的陌生世界。

对她来说,埃格利的故事已经成了生活中的金苹果,她愿意冒一切风险去品尝它。"她真是一个神奇的人!"她一面想,一面在黑暗中蹑手蹑脚前行,像一只被迫在水中行走的小猫那样,在草地上抬起腿又放下。她想起了梅·埃格利和杰罗姆·哈德利在森林里的冒险经历。她父亲是多么愚蠢,彼得韦尔镇上的所有人是多么愚蠢!"世界各地的男男女女肯定都是这样,"她模模糊糊地想道,"他们会继续自以为知道发生了什么,但他们其实什么都不知道。"她想到了梅·埃格利,如此娇小的一个女人,独自一人在森林里和那样一个男人待在一起——此人心肠恶毒,一心想杀人。那人有一种白色粉末,往咖啡里撒点这玩意儿,人喝了就会一命呜呼。某个和别人一起在彼得韦尔镇大街散步、交谈、走动的男人就会变成一块毫无生气的白色黏土。莫德一生中有好几次濒临死亡的体验。她曾想象过这样一个场景:从前,某个富人家里铺着柔软的地毯,这些地毯是用来自东方的贵重材料织成的。富人走在地毯上不会发出任何声音。仆人们的脚轻轻踩着天鹅绒悄悄走动。有个男人进来,坐下用早餐。当时,彼得韦尔镇还没有电影,但莫德读过许多通俗小说,还在韦恩堡看过好几场戏。

那个富人家的女人——他有罪的妻子——身体柔软而苗

条。啊,她身上有某种像蛇一样的东西。在莫德的想象中,她躺在桌旁的绸榻上,那男人正坐下来吃早餐。木柴在壁炉里燃烧着。那女人的手偷偷伸过去,往咖啡杯里倒了一小撮白色粉末,然后她举起一只白皙的手,抚摸着男人的脸颊。她闭上眼睛,躺在绸榻上。可耻的事已完成,但女人不在乎。她甚至对死亡将如何来临一点也不好奇。她打了个哈欠,等待着。

那男人喝完咖啡,站起身来,在房间里踱步,然后他的脸突然变得苍白。这很明显,因为他是一个面色红润,一头灰白软发的人——一个强壮威风的人,一个领袖。莫德在脑中把他描绘成大型铁路系统中的某个重要人物。她从来没有见过运营铁路的总裁,但她父亲经常说起"镍板铁路"的总裁,曾把他形容为一个英俊的大个子。

激情这东西是那么可怕,又那么奇怪。那件事经历了如此难以想象的转折。那个坐在绸榻上的女人,那个像蛇一样柔软的女人,厌恶她的丈夫,厌恶那个众人的领袖、强大的男人、扫清一切的强大男人,却把她那不正当而又极具魅力的爱情献给了一个铁路邮差。

莫德见过杰罗姆·哈德利。韦利弗一家刚来到彼得韦尔镇的时候,她和她姑姑、父亲和一对房地产商夫妇在镇子上开车到处跑。他们正在找房子住,当他们开车转悠时,莫德和她姑姑一起,坐在马车后座的房地产商妻子指着在街上走的杰罗姆·哈德利,低声说起了他和梅·埃格利一起去树林的事。莫德那天身体有些不舒服,所以并没有在听。从韦恩堡到彼得韦尔镇的旅行让她头疼。

然而,她还是看了杰罗姆一眼。他斜着肩,长着浅灰色的眼睛和一头沙色的头发,走路严重外八,裤子松垮垮的。为了那个男人,坐在绸榻上的那个女人,那个铁路总裁的妻子,准备去杀人。爱情是多么难以解释,多么奇怪的东西啊!人生之路充满曲折,让人的心无处寻觅。

莫德·韦利弗脑中的那一幕已经演完了。在那富丽堂皇的房间里,那个强壮的男人把手放在喉咙上,身子踉跄着。他摇摇晃晃地左右摇摆着,双手抓住椅子的靠背。不声不响的仆人们都离开了房间。男人倒在地板上时,女人半站起身来,他的头撞在桌子角上,鲜血流到了丝毯上。女人讥讽地笑了笑。太可怕了。这世上已没有她在意的事儿了,于是,她脸上慢慢露出冷酷的笑,一直这么笑着。接着传来了奔跑的声音。仆人们来了,他们在跑,拼命地跑。那个女人又躺回了沙发,打起了呵欠。"我最好尖叫一声,然后晕倒。"她想,于是她这么做了,就像一个疲惫的演员在排练戏中的著名段落一样。这一切都是为了爱情，为了一种奇特而神秘、被称为激情的东西。她这样做是为了杰罗姆·哈德利，这样她就可以和他自由地走在爱情的背德之路上了。

在彼得韦尔镇杜安街有一片草坪，莫德·韦利弗小心翼翼地踮着脚尖在那儿走，她望着她住的那幢黑漆漆的房子。在韦恩堡，她对这样的事情一无所知。如果不是梅·埃格利，彼得韦尔还会发生多么可怕的事情！发生在那个富人家里的一幕渐渐退去，取而代之的是另一幕。她看见梅和杰罗姆·哈德利站在森林里。他的变化有多大！他机警、专注、坚决地站在那里，一只手拿着那个装着毒药的包裹，恐吓着，威胁着，恳求着。另一只手拿着钱，一大把钞票。他拿着钞票，向梅·埃格利恳求，然后又发起了火，威胁着她。

站在他面前的脸色苍白的小个子女人被吓坏了，但又十分坚定。她口中说着"绝不"，于是男人把钱扔到灌木丛里，向前扑过去。他用手扼住这个女人的喉咙，那是愤怒的邮递员伸出的夺命之手。它用力压过去。梅摔倒在地上。

杰罗姆·哈德利不敢让这个女人去死。许多人都看到这两个人一起走进了树林。他一直站在她身边，直到她稍稍恢复过来，然后又开始威胁和恳求，但那位娇小的女孩始终站在那里，摇着头，勇敢地说着"绝不"。"你想杀我就动手吧，"

她说,"但我不会参与这场谋杀。我已没有什么名誉可言了,我已成了法外之徒,但我不会参与这场谋杀,如果你坚持这么做,我就得把你供出去了。"

九月的傍晚温暖而清澈,梅说着那些吓人的话,关于一个陌生男人和一个神秘的黑人,他们出现在她那则冒险故事的开头。星星在空中闪烁生辉,而在埃格利家厨房门后的田野上,所有的小池塘都干涸了。从她遇见梅的第一个晚上起,莫德就发生了巨大变化。梅曾把她带到罗曼司之塔的堡垒,现在她俩一有空就并坐在田野的树下,或开着窗坐在梅房间的地板上。她们穿过厨房的门,沿着长着接骨木和柳树的小溪,越过河床上的石头,来到铁丝栅栏前。在夜晚的田野里,她们是多么孤独,城镇的生活离她们多么遥远!彼得韦尔镇有一些马车和几辆汽车,它们正在远处行驶。柔和的灯光闪烁在整个城镇的上空和这两个女人的心上。在远处一条通往镇自来水厂的街上,一群年轻人在唱歌。"听啊,梅。"莫德说。歌声消失了,另一个声音传来。那是瘸子杰里·海登拄着拐杖在走路,他每天都得送晚报。他快速经过她俩,拐杖在人行道上发出刺耳的咔嗒声。他真着急啊。"哒哒!哒哒!"拐杖敲击着地面。

这是诞生罗曼司的最佳时间和地点。莫德心中燃起了一种想要接触生活、掌控生活的渴望。在某个傍晚，她独自一人，在无人相助的情况下登上了罗曼司之塔。她告诉梅说，韦恩堡曾有个年轻人想娶她。"他是铁路公司总裁的儿子。"她说。这件事并不重要，她说出来只是想说明男人是什么样的。很长一段时间里，他几乎每天晚上都来，如果人没来，他就送来鲜花和糖果。莫德对他一点也不感兴趣。他身上有一种使她厌烦的架势。他似乎认为自己的血统比韦利弗家的要好。这个想法很荒谬。莫德的父亲认识他的父亲，知道他的父亲不过是铁路部门的管工。他那副装腔作势的样子让莫德厌烦，最后她把他打发走了。

好几个傍晚，莫德都在和梅说那个她幻想出来的年轻人，他倚仗自己血统高贵，但他被她抛弃了。而到了九月的傍晚，她想谈点别的。有两三个晚上，她一直想把心里话说出来，但始终没说出口。当她在昏暗的光线中望着梅时，她的心就像一只被人抓在手里的野鸟一样颤抖。"她不会这么做的。我永远也不能让她这么做。"她想。

莫德来彼得韦尔之前，在刚从韦恩堡的高中毕业时，曾有一段时间游走在爱情的边缘，在丘比特之箭的必经之路上逗留过片刻。当时在韦利弗家旁边有家杂货店，店主是个四十五岁、短小精悍、死了妻子的男人。莫德常去商店买生活用品。一天晚上她到商店时，那个叫亨特的杂货店老板正打算锁门。他开门让她进来。"我不开灯了，你不介意吧？"他解释说，韦恩堡的杂货商们达成了一项协议，晚上七点以后就不卖东西了。"如果我点亮灯，人们看到我们在店里，就会以为我还在营业。"

莫德站在昏暗的灯光下，等杂货店老板给她包东西。在商店的墙上，有一盏固定在支架上的灯，微暗的烛火将柔和的黄光洒在她的头发和白皙的笑脸上，店老板在黑暗中的柜台里摸索着，不时抬头看看她。灯光下她那白皙的脸多动人啊！他动了心思，完全忘了打包的事。"我的婚姻不太幸福，不过我和母亲住在一起的时候就好很多。"他想。他把莫德送到门口，锁上门，提着包裹走在她身边。"我和你顺路。"他含糊地说。他开始说起他在俄亥俄州的一个小镇度过的童年，二十三岁结了婚，来到韦恩堡，他岳父在那儿开了一家商店，现在这家店归他了。在和莫德说这些时，他就像在对一个非常了解他的人在说。"嗯，我妻子和她父亲都死了，这家店是我的了——结果倒是还不错，"他说，"我不懂我为什么要离开我母亲。我对她的思念超过世上任何人，但我结婚了，从家里搬了出来，离开了她，距离家和她越来越远，她直到去世前都一个人生活着。"走到一个角落时，他把包裹放进莫德

89

怀里。"你让我想起了我母亲。你很像她。"他突然丢下这么一句,随后匆匆离去了。

在那之后莫德总在晚上打烊的时候到商店里去,如果她不来,杂货店老板就会很难过。他关上店门,走到附近的街角,站在五金店前的遮篷下。这家五金店也是在晚上关门的。他沿着莫德住的那条街向下望去,然后从口袋里掏出一块沉甸甸的银表瞧了瞧。"哈!"他叫了一声,随后沿着另一条街,往他住的公寓走去,在第一个街区停下好几次回头看。

那是六月初,韦利弗一家已经在彼得韦尔镇住了四个月。在韦恩堡生活的最后一年里,莫德一直病得很重,她很少去见杂货商,但他寄来了一封信。信是从克利夫兰寄来的。"我在这里参加皮提亚骑士团[1]大会,"他写道,"我在这里遇到了一个像我一样的鳏夫。我们住在酒店同一个房间里。我想在回家的路上带上我的朋友顺道去看看你。你能不能再找个女孩,我们一起过一个晚上。如果可以的话,再搞一辆马车,我们会在下星期五晚上,坐七点五十分的火车来和你们见面。当然马车的费用由我来付,我们一起到乡下去。我有很重要的事要跟你说。你可以写信寄到这里,告诉我是否

---

1 1864年成立于华盛顿,是首个取得美国国会特许的兄弟会组织。

同意。"

　　莫德坐在梅身边，想着那封信。她必须立即给他答复。在幻想中，她看见了那个眼睛明亮的小个子杂货店主就站在梅的面前。梅，与杰罗姆·哈德利在树林里传出故事的主人公；一个生活在她自己幻想的罗曼司里的女人。那天下午在邮局，她听到两个年轻人在谈论一个叫"露珠酒店"的地方将要举办的舞会。舞会定在星期五晚上，她一时兴起，去了一家马车行打听那个地方。露珠酒店在二十英里外的桑达斯基湾岸边。"我们可以去那儿。"她这样想道。她雇了一辆马车和几匹马。现在她和梅面对面坐在一起，一想到那个矮个子杂货商和他的同伴，她就感到害怕。鳏夫弗里曼·亨特长着一个秃脑袋，留着灰胡子。他的朋友会是什么样的人呢？莫德的身体不安地颤抖起来，她想说话，想把自己的计划告诉梅，却说不出话来。"她绝不会那么做的。我永远也不能让她这么做。"她又想道。

　　"曾有个男人在我们家病了好几个星期，差点死了，我一直不敢睡觉。"

　　梅·埃格利把她的罗曼司之塔建得更高了。莫德好几次向她说起那位假想中的铁路总裁之子决意要娶她的事，于是梅就打算给自己也找一个浪漫情人。她读过的书，童年里对爱情故事和浪漫冒险故事的回忆涌上了心头。"曾有一个男人，他才二十四岁——可他过的是怎样的生活啊。"她心不在焉地说。她似乎陷入了沉思，沉默了好长时间。随后，她突然站起身来，跑到田地中间一座小山上的两棵大枫树前。莫德也站了起来，她的身体因一种新的恐惧而颤抖起来。那位杂货商被遗忘了。梅回来后，又坐在草地上。"我觉得我看到有人在那棵树后面窥探我，"她说，"你看，我必须得小心。我只有小心谨慎，某个男人才能活下去。"

梅警告莫德说，无论发生什么事，她都不能把这个秘密告诉别人。这是她首次把这个秘密告诉别人。在一个漆黑的夜晚，天上下着雨，树木在风中摇晃，她从埃格利家的床上起身，打开窗户看暴雨。她想不出是什么促使她这样做的。这是她以前从未做过的事。说实在话，外面似乎有个声音在呼唤和命令她。于是，她把窗户掀了起来，站在窗旁往外看。狂风大作，呼啸而过！似乎复仇女神在夜间无处不在。房子在地基上颤抖，大树几乎要倒向地面。不时一道闪电闪过，她能看清外面如白昼般清晰的一切——"我甚至能看见树上的叶子。"梅原以为世界末日要到了，但不知为什么，她一点也不害怕。她那天晚上的感觉根本无法解释。她无法入睡。在屋外的黑暗中，似乎有什么东西在呼唤她。她解释说："这一切都发生在两年多前,当时我还是个在上学的小女孩。"

暴雨肆虐的那天晚上,梅看见一个人在一道闪电中拼命跑过那片田野,现在她和莫德就安静地坐在那里。即使站在楼上房间的窗前,她还是能看清,那是个白人,脸色憔悴。在他身后大约十来步远的地方,还有一个身形巨大的黑人,这人手里还拿着一根棍子。突然间,梅明白了,她想清楚了一切,常识涌上并照亮了她的心头,就像闪电照亮了田野里的景色一样。那个拿棒子的高大黑人正打算杀死另一个人,也就是田里的那个白人。她知道马上就会发生一桩谋杀案。那白人跑不掉了。黑人的每一步都跨得很快。又一道闪电闪过,那个白人跌倒了。梅举起双手,尖叫起来。她一直为此感到羞耻,可为什么要否认呢——她昏了过去。

这一夜可怕极了!即使现在提起,梅也会不寒而栗。她的父亲听到了她的尖叫,跑进她的房间。她苏醒过来后用几句简短的话告诉了父亲她所看到的一切。

嗯,你知道,她父亲和她不知怎么就走了出去。父女俩都穿着睡衣,在屋后的木棚里,她父亲摸出了一把斧头。这是他能摸到的唯一的武器。

他们就站在黑暗中。不再有闪电,天开始下起雨来。雨倾倒着。大雨如注,风呼呼吹着,树就像置身于黑漆漆的坑里，互相叫喊着。

还有更多的叫喊声，但梅和她父亲都不害怕。也许他们都因害怕而过于激动，以至于无动于衷了。梅不知道自己到底是什么感觉。她的感受无法用语言描述。

她跟在父亲身后跑下厨房后面的小山，穿过小溪，好几次绊倒，再爬起来继续跑。父女俩来到田边的篱笆，翻了过去。奇怪的是，这片田他俩在白天走过那么多次（梅小时候总在那里玩），她以为她熟悉那里每一片草叶、每一个池塘、每一个小山丘——奇怪的是，这片田地现在却大变样。她和父亲仿佛跑到了一片广阔的平原上。他们大概跑了好几个小时，但依旧还在田里。梅后来想起那天晚上时，她明白了人是如何动笔写童话的。因为那时的田地似乎是用橡胶做的，他们跑到哪，橡胶就会伸展到哪。

他们看不到树，也看不到房子——什么都没有。一段时间里，她和父亲紧紧靠在一起，拼命地奔向虚无，奔向黑暗的墙。

然后她和父亲跑散了，被黑暗吞没了。

周围不断传来怒吼声。远处的树还在互相喊叫着。她脚下的草似乎也在交谈，那是一阵兴奋的低语。

太可怕了！梅不时能听到她父亲的声音。他在咒骂。"该死。"他嘟嘟囔囔，一遍又一遍地喊着。

接着又传来了另一个可怕的声音——一定是那个一心要杀人的黑人发出的。梅听不懂他在说什么。当然，他只是用一种奇怪的外语在大声说话——一堆胡言乱语。

梅停了下来。她累得再也跑不动了，于是坐在小池塘边。头发披散在脸上。她并不害怕。这事太过宏大，无法让人害怕。就像上帝站在面前，人们不会害怕一样。人怎么会不怕呢？一棵小草是不怕在太阳面前冒出来的。这就是梅的感觉——渺小之感——茫茫黑夜中的一个小玩意儿——什么也不是。

她浑身湿透了！她的衣服粘在身上。所有的声音都在继续，风暴仍在肆虐。她坐在那里，脚陷在一个水坑里，周围的一切似乎都从她身边飞过，黑人跑着、尖叫着、咒骂着、说着奇怪的话。她自己也不怀疑——当一切都结束后她会想起——那个巨大的黑人和她父亲从她身边跑过去十几次，曾离她那么近，她本可以伸手就碰到他们。

她在黑暗中坐了多久？她一点也感觉不到，她父亲也和她一样对此毫无感知。后来，他这一生也说不清他在黑暗中拿斧头在砍着什么，一共跑了多久。他撞到了一棵树。他往后一缩，把斧子砍进了树里。在白天，梅会让莫德看那棵有一道大口子的树。父亲把斧子深深地砍进了树里,费了好大劲才把它拽出来,即便心情激动,一想到自己那么蠢,他不禁笑了起来。

梅坐在那儿,脚踩在水坑里,头发紧贴着肩膀,双手捧着头思考,也许想从这奇怪的吼声中捕捉到什么有意义的话。她在想什么?她也不知道。

这时,有一只手碰到了她,一只白皙有力的手。这只手就这么从黑暗中伸出来,似乎就来自她脚下的土地。有一件事是肯定的——就算梅能活到一千岁,她也永远不知道为什么她没有尖叫,没有晕倒,没能站起来,疯狂地逃走。

"爱情是奇怪的。"在那个星光明媚的暖夜,她俩坐在田野里,她曾对莫德·韦利弗这样说。她声音颤抖着。她解释说:"我知道会有一个人,我愿对他至死不渝。"

那是梅一生中最奇怪、最激动人心的时刻。她从没想过她会把这件事告诉世上的任何人,至少在她结婚前不会,到那时她爱的男人才不会有危险。

在那个可怕的夜晚,风暴依旧在肆虐,那只奇怪而意外握住的手,使她平静下来,让她感到安心。天太黑了,她看不见对方的脸,也看不清那双手的背面,但不知为什么,她瞬间就知道那是一个善良的人。她立刻全心全意地爱上了这个人，这是事实。后来他告诉她，他自己的经历也是如此。他的手在那轰鸣的黑夜中找到她的手后，无边的宁静就降临在了他身上。

他俩不知怎么就走出了田地，一起进了埃格利家。到家之后，他们没有点灯，也没有干别的，只是手拉手坐在梅房间的地板上，低声细语地交谈着。过了很长时间，也许是在一个小时后，梅的父亲回来了。他走出了田地，正沿着一条乡间小路上走着，他听到身后悄悄传来了脚步声。那黑人追错人了，他没有杀约翰·埃格利可真是个奇迹。原来那个车夫跑着跑着就进了一片小树林，在那里摆脱了追他的人。于是他脱下鞋子，光着脚找到了回家的路。黑人跟错了人，结果却成了件好事。梅房间里那个人自由了，这是两年多来，他第一次获得了自由。

那人伤得很重，黑人猛地朝他的头打了一拳，差一点把他打死。还好那一拳擦了过去，只擦破了他的头，流了点血。黑暗中，他坐在梅房间的地板上，抓着梅的手向她讲述自己的经历，血一滴一滴落在地板上。梅还以为那是她头发滴落的水声。这也能看出他是怎样的一个人，什么都不怕，什么都能忍耐，没有一句怨言。后来他发了几个星期的高烧，梅守在他房间一点点帮他恢复体力，彼得韦尔镇没有人知道他在这里。后来,他在一个伸手不见五指的黑夜,为了自保,离开了小镇。

至于那个男人的故事——梅从来没有告诉过任何人,如果说她告诉了莫德·韦利弗,那也是因为她至少得有一可以倾诉的朋友。

梅双手捂脸,身体前倾,久久没有说话。草地上的昆虫在不停歌唱,莫德听到远处的街上传来人的脚步声。在她离开韦恩堡来到彼得韦尔镇时,她曾以为进入的是一个多么美好的世界啊!印第安纳州和俄亥俄州完全不一样!空气完全不同。她深吸一口气,向四周温柔的黑夜望去。现在,田野多么安静!她轻轻抚摸梅的衣服,试图思考,但她自己的思绪却模糊不清,飘进了一个陌生的世界。看戏,读书,听别人的经历——在认识梅之前,她的生活是多么乏味和寡淡啊!有一次,她父亲在铁路上遭遇了事故,随后竟奇迹般地毫发未伤。当公司派人到韦利弗家探望的时候,他总会说起那场事故:那些车厢是如何挤在一起,他又是如何在一个雨夜,走在车厢的顶部,随后突然头朝下跌飞出去,只有靠奇迹才落入了茂密的灌木丛中。他毫发未损,只是被吓得不轻。梅原以为这是一个惊心动魄的故事,她真傻。她现在对这种波澜不惊的平凡经历无比鄙视。梅·埃格利大大改变了她的生活。

"你不许告诉别人。你得拿性命起誓,你不会说出去的。"梅抓着莫德的手,两个女人静静坐着,全神贯注,激动得浑身颤抖,强烈的情绪似乎漫过田野上的干草,穿过远处的树枝,甚至直冲天上的繁星。在莫德看来,繁星也要开口说话了。它们从天而降,近在咫尺。"小心点。"它们似乎在说。如果她生活在旧时代的犹太地,哪怕获许进入耶稣与门徒吃最后晚餐的房间,这种谦卑和欣慰,也无法与此刻她所处的地方相比。

"他是他的国家的王子。"梅突然打破沉默说道。沉默曾一度让人透不过气来,莫德觉得下一刻她就要尖叫起来。"哦,他住在很远的地方。"在他自己的国家,他父亲是一位国王,他决定让王子和邻国的公主结婚,而王子的妹妹也将在同一天与他未婚妻的哥哥结婚。他和妹妹都没有见过要和他们结婚的人。王子和公主是无法知道这些的,这一点你是知道的。对于王子和公主来说,事情就是被这样安排好的。

"他什么也没想,已经准备好结婚了,随后的一天晚上,他的脑海里突然冒出了某种念头,非常想去看看那个即将成为他妻子的女人,以及即将成为他妹夫的男人。到了晚上,他爬上一堵高高的城墙,来到一座高塔的窗旁,透过窗户看到了这对男女。他们长得多丑啊——真可怕！他浑身颤抖。他一度以为自己会松开抓住墙壁的手，跌落在下面的岩石上摔成碎片。他已经准备好带着这种惊恐感去死了——他什么也不在乎了。

"随后，他想到了他的妹妹，那位美丽的公主。无论发生什么，都必须把她从这样的婚姻中拯救出来。

"于是，王子回到家，质问他的父亲，随后就发生了可怕的一幕，父亲说婚非结不可。邻国的国王有权有势，王国幅员辽阔，这桩婚事将使他这个儿子成为世界上最有权势的国王。王子和国王在城堡里对峙，谁也不肯让步。

"王子只确信一件事——如果他不娶妻，他妹妹就可以不嫁人。如果他走了，两位老国王就会闹翻。他对此深信不疑。

"但他首先给了国王，他的父亲一个机会。'我不会娶她的。'他宣称。国王大发雷霆。'我要剥夺你的继承权。'他叫道，然后他命令他儿子从他面前消失，在他定下这桩婚事之前不要回来。

"国王没有想到的是，儿子居然奉行了他说的话。因为那个年轻人，那个王子，你明白吧，就这么走出了城堡，走进了外面的世界。

"可怜的人，那时他的手像女人一样柔软，"梅解释说，

"你想啊,他以前从来没有动手做过一件事。他穿衣服的时候连扣子都不会扣。王子是绝不会做这些事儿的。

"随后,王子逃跑了,经历了难以置信的艰难困苦后,终于到达了一个海港。他在那里找了一份活儿干,在一艘即将启程前往国外的船上当水手。船长不知道,其他的水手也不知道他是国王的儿子,他们也不知道,国内将会掀起一场轩然大波,骑士们正策马在全国疯狂地搜寻,想要找到那位失踪的王子。

"他就这么逃走了,成了一名水手。他父亲在城堡里怒不可遏,不和任何人讲话。他把自己关在城堡里,不停地咒骂。

"随后有一天,他叫来一个高大的黑人,他自国王出生起就是他的奴隶,在国王的所有仆人中,他长得最强壮,跑得最快,也最聪明。'找遍陆地和海洋,'国王喊道,'到所有陌生而偏远的地方去,混迹在众人之中,找到我的儿子,领他回来,让他娶了我所定的女子,不然不要回来见我。你若遇见他,他不肯回来,如有必要,就揍他,只是不可杀他。把他打晕,带来见我。在你完成我的命令之前,别让我再见到你。'他把一把金子扔到黑人的脚边。那是用来付车费和旅馆吃住的钱。"梅解释说。

"那位国王的儿子一直在未知的海上航行,不停穿过未知的海域。他经过了冰山、岛屿和大陆，看到了巨大的鲸鱼，晚上还听到了陌生海岸上野兽的咆哮。

"他不怕，不，他不怕。他越来越强壮，手也越来越粗糙，做的事儿比船上任何人都要多，动作也快。船长几乎每天都把他叫到身边。'好吧，'他说，'你是我最勇敢、最好的水手。我该怎么奖赏你呢？'

"但是，年轻的王子什么奖赏也不要。他很高兴能从那个可怕的国王女儿手中逃脱。她长得是多么难看啊！哎呀，她的牙齿像象牙一样从嘴里伸出来，她满脸皱纹，面容憔悴。

"船开啊开啊，随后撞上了海底一块隐藏的岩石，裂成了两半。除了王子，其他人都淹死了。

"他游啊游，终于来到了一个岛上，岛上有座山，山上没人住，却藏满了金子。过了很久，一艘经过的船把他带走了，但他没有告诉任何人有关金山的事。他坐着船走啊走，来到了美国。他开始攒钱买船，准备去取金子，然后回到自己的国家。他会变得足够富有，可以和任何他想娶的人结婚。他不断工作，攒了不少钱，随后，那个巨大的黑人找到了他。他试图逃跑，一次又一次地试图逃跑。他一直在逃，等我发现他在田野时，他已经快要不行了。

"事情是这样的：当时他坐的是一列在夜里九点五十分经

过彼得韦尔镇的火车，车过站不停，只会扔下一个邮袋。他就在那列火车上，那个黑人也在车上。当火车在可怕的暴风雨中疾驰过彼得韦尔镇时，王子打开一扇门，跳了出来，黑人也跟着跳了下来。他们就一路飞奔。

"他们从火车上跳下来，竟然没有受伤，真是奇迹，然后，他们就到了我看见他们的田野里。"

"我想不出那天晚上是什么让我睡不着。"梅又说了一遍。她站起身来，朝埃格利家走去。"我们订婚了。他去挣钱买船，把金子取回来。到那时，他会来找我的。"她用一种确凿无疑的语气说。

这两个女人走到铁栅栏前，爬了过去，来到埃格利家的后院。已经快半夜了，莫德·韦利弗还从没有这么晚出门过。在韦利弗家，她爸爸和姑姑正紧张不安地等着她。"要是她再不回来，我就报警去找她。怕是要发生什么可怕的事了。"

然而，莫德没有想到她的父亲，也没有想到韦利弗家有人在等她。她脑子里充满了别的阴郁想法。那天晚上，她来到埃格利家，原打算请梅跟她一起和两个杂货商去露珠酒店，但现在已经不可能了。她现在是王子的爱人，还和王子秘密订了婚，不能跟一个杂货商在一起了。此外，莫德知道，除了梅之外，彼得韦尔镇上再也没有别的女人可以和她一起出去了,她也不愿意独自去露珠酒店。这件事将不得不放弃。她喉咙哽住,意识到这次旅行对她意义重大。在韦恩堡,当她站在杂货店老板亨特面前时,曾获得了一种她在别的男人面前从来没有过的感觉。是的,他是老了,但当他看着她的时候,他的眼睛里有一种东西让她感到奇怪。他写信来说,他有话要对她说。但现在再也没有机会说了。

这两个女人在黑暗中绕着埃格利家的房子走了一圈,随后来到前门,莫德再也压抑不住内心的悲痛了。梅惊讶地安慰她。"出什么事儿了?出什么事了?"她焦急地问。她跨进大门,把一只胳膊搭在莫德·韦利弗的肩膀上,两个身影在黑暗中来回晃动了好长一段时间,梅把她带到埃格利家的前廊,在她身边坐下。莫德讲起了这次旅行,以及它对她的意义——她像是在说过去的事,将它当成一场已逝的无望之梦。"我不敢请你一起去。"她说。

十分钟后,莫德起身回家,梅沉默不语,沉浸在自己的思绪中。王子的故事已经被抛在脑后,她只想着这座镇子曾对她做了什么,以及,一旦逮住机会它还会对她做什么。然而,这两个杂货商都来自另一个地方,对她一无所知。她想起了到桑达斯基湾海岸的长途跋涉。莫德向她说起这次旅行对她的意义。梅的思绪飞快运转着。"我不能单独和一个男人在一起。我可不敢。"她想。莫德说过他们会坐马车去,而在她讲述的有关王子的故事里,有一些现成的东西可以拿来用。她可以坚持说,因为王子的缘故,莫德不能让她单独和另一个男人,也就是和那个奇怪的杂货商在一起,一刻也不能。

梅站起身来,犹豫不决地站在埃格利家的前门旁,目送着莫德离去。她的肩膀多么沮丧地耷拉着。"哦,好吧,我会去的。你把事安排好。你可别告诉任何人,我会去的。"她说。接着,莫德·韦利弗还没来得及从惊讶中缓过神来,也还没从浑身洋溢的兴奋中恢复过来,梅就打开门,消失在埃格利家中了。

五

莫德和梅要去露珠酒店参加舞会,那地方无论在梅·埃格利生活的时代,还是现在,都无疑是个荒凉之地。那里有一条东西走向的主干道,一直快要延伸到水边,稍稍与水接壤之后,就又拐回内陆,在铁路和河湾之间的狭长陆地上,建着几座巨大的冰屋。在冰屋的西边,还有另外四栋建筑,虽然没有那么大,但同样荒凉丑陋。一年中有十个月,冰屋无人居住，只有那些没装窗帘的窗户——像两只死气沉沉的大眼睛——凝视着海面。

这些建筑是由一家总部设在克利夫兰的制冰公司，为凿冰季的工人提供住处而建的。建筑外墙的楼梯可以到达楼层的上层，楼房四面都是摇摇晃晃的阳台。阳台是通往小卧室的入口，每个房间都有一个抵着内墙而建的床铺，上面铺着稻草。

再往西就是露珠酒店所在的村庄了，那里有八到十栋未上漆的小木屋，里面住着捕鱼和种田的人，每座房前的河岸都停着一艘小帆船，每到冬季，它们就远远停靠在沙滩上，躲避风暴。

整个夏天，露珠酒店还是个安静的地方，往远处看去，从桑达斯基这座日渐兴旺的工业城市的烟囱冒出的烟，飘荡在大坝下的水面上——像缓缓飘过地平线的一团云，很快被一阵风撕裂。夏天时，在长长的海滩上，几个渔夫会把船开到海里捕鱼，孩子们则在水边的沙滩上玩耍。内陆的乡下——黑土地，一年中的某些季节，部分土地还会被积水淹没——不是很繁荣，从弗里蒙特、贝尔维尤、克莱德、提芬和彼得韦尔等城镇出发，通往露珠酒店的道路常常无法通行。

然而，在梅·埃格利生活的年月里，到了六月，沙滩的路上到处都在举办派对，镇上的孩子们在尖叫，女人们在欢笑，男人们大声说着粗话。他们在那儿待上一天一夜就会离开，在沙滩上留下了许多空锡罐、生锈的炊具和纸片，这些纸片在树底和背对海岸的灌木丛中腐烂。

炎热的七月和八月带来一丝生机。夏季里，制冰工会来冰库取冰，装进汽车。他们早上来，晚上走，他们是安分的工人，都有自己的家室，不会做任何扰乱此地安宁的事儿。中午，他们坐在冰屋的阴凉处吃午饭，讨论着是租房好还是买房好，以及分期付款等问题。

夜幕降临，一个敢于冒险的女孩，一个渔夫的女儿，在沙滩上散步。多亏了风雨，沙滩一直很干净。冬天的暴风雨把大树桩和木块吹到沙地上，但风雨已经将它们柔化了，给它们染上了赏心悦目的颜色。在月色皎洁的夜晚，那些依附在树干上的老树根就像伸向天空的枯瘦臂膀，而在暴风雨的夜晚，这些老树根在风中来回移动，让姑娘心中闪过一阵恐怖的震颤。她把身子贴在一间冰屋的墙上，侧耳倾听。远处的水面折射着桑达斯基镇的灯光，而在她身后，是她的渔村所发出的微弱灯光。那天下午，一群流浪汉走下了一列货运火车，在空荡荡的工人宿舍里狂欢了一夜。他们把门从铰链上扯下来，从阳台上扔了下来，随后很快就点起一堆大火，渔民们整夜被咒骂和叫喊声打扰。那个爱冒险的女孩沿着海滩飞快地跑,但被一个公路探险者看见了。那人已经把火生起来,手里拿着一根烧着的棍子,他将它扔过她的头顶。"快跑,小兔子。"他喊道,那根燃烧的树枝在空中划出了一道长长的弧线,嘶的一声掉进了水中。

那是冬天来临的序曲,也是可怕日子的前奏。在一月的艰难时日里,整个河湾遍布厚冰,一个胖子裹着厚重的毛皮大衣,跳下停在冰屋边的火车。从火车头上的一节车厢里,被丢下来许多箱子、小桶和板条箱,它们沿途扎进厚厚的积雪里。城市的世界即将打破露珠酒店冬天的寂静,穿着毛皮大衣的人和他的助手们已为即将上演的大戏搭好了舞台。成千上万吨冰将被切割,装在木屑堆里,储存在冰屋,在数周的时间里,这个安静而隐蔽的地方将充满生机。沉默会被哭喊、咒骂、醉酒后的歌唱所打破——人们会动手打架,会流血。

胖子冒着风雪来到四座空屋前四下张望。从一小簇本地的小屋中,细长的烟柱直冲冬日的天空。他和一个助手说起了话。"这些小屋里都住着些什么人?"他问道。他在露珠酒店里投了很多钱,但每年只去一次,而且只待几天。他穿过宽敞的餐厅,沿着切冰工人睡觉的上层走廊,轻声咒骂着。

这一年他的大部分财产都毁了。窗户被打破，门被从铰链上扯下来，他从口袋里拿出铅笔和纸，开始计算。"今年我们得花三百美元。"他沉思着说。一想到将要把这笔钱都花掉，他的脸一下子就红了，他沿着河岸向那些小房子望去。他几乎每年都要去拜访那里的各家各户，做一些他所谓的"自讨苦吃"的事儿。一定是这些人把门扯下来，把窗户砸碎的。露珠酒店没有人住。"好吧，他们是一帮粗野的家伙，我最好还是不要管他们了，"他最后说，"我明天会叫两个木匠来，让他们修补修补。给切冰工人搞点啤酒喝，总好过浪费钱给他们住奢华的宿舍。"

胖子走了，又来了别的人。厨房里都生起了火，木匠把门钉上铰链，把破窗换掉，露珠酒店又为旺季做好了准备。

渔民们全都躲起来了。第一批切冰工人到达的那天，一个农夫将家人聚在一起。他有个十五岁大的女儿，长得还算标致，能驾船穿过海湾最猛烈的风暴。他对她说："别让人看见你。"一个冬夜，切冰工住房子突然起了火，渔民和他们的妻子都跑去帮忙灭火。那是他们永生难忘的事。男人们一边忙碌着，一边从河湾冰上凿出的洞里一桶桶打水，一群来自克利夫兰的年轻暴徒试图把他们的妻子拖进房子。冬日的空气中响起了尖叫声和哭喊声，男人们都跑去保护他们的女人。一场战斗开始了，切冰工中有一些和渔民并肩战斗，另一些则站在年轻暴徒的一边，但渔民们不知道他们还有帮手。他们从一群骂骂咧咧、笑个不停的男人中，拼命把自己的女人拖回家。他们不敢想如果打输的话会发生什么，这么想只会让他们害怕。"你们别让他们看到。"渔夫对聚在一起的家人说，说这些时，他又看了看自己的女儿。他想象着女儿被拖进公寓，被城里来的男人推来搡去——类似的事也会发生在她母亲身上。他目不转睛地盯着女儿，她被他的眼神吓到了。"你，"他又开始说，"现在，你给我听好了——别让别人看见你。那些男人就是在找像你这样的女孩。"渔民走出了房间，他女儿站在窗前。有时在星期天，工人们在切冰的时候，那些白天没有去城里的人会在下午时分沿着海滩散步。他们会走过渔民们的房子，那女孩不止一次从帘子后面偷看他们。有时他们会在其中一所房子前停下，大声喊叫，他们中某个机智的人会抖个机灵说："你们看，是房子哎，"他喊道，"里面有没有女人想要找个讨厌鬼当情人啊？"这个人撑着同伴的肩膀跳了起来，用牙齿把他的头上的帽子抢了下来。他转过身来，向那所房子煞有介事地鞠了一躬。"我只是一个小讨厌鬼，我很冷。让我爬进你的窝里吧。"他喊道。

有六个从彼得韦尔镇来的年轻人参加了六月晚上露珠酒

店的舞会,当时,梅是和莫德以及两个丧偶的杂货商一起去的,这两个鳏夫刚参加完在克利夫兰举办的"皮提亚骑士团大会"。舞会是在公寓一楼的大厅里举行的,在一月和二月里,切冰工常在那里吃饭、喝酒。舞会是一群农民的儿子办的,由来自克莱德的独眼小提琴手拉特·古尔德和另两名小提琴手负责伴奏。舞会对所有人开放,只要付五十美分的门票钱就能进,女人则一分钱也不用付。拉特·古尔德在克莱德、贝尔维尤、卡斯塔利亚举办的其他舞会以及新建谷仓的舞台上都曾宣布过这一消息。那时她就有了这个想法。几个星期前,凡是在拉特主持的舞会上都宣布了这个消息。"下个星期五晚上,露珠酒店将会举办一场舞会,"他尖声叫道,"届时还会颁发奖品。穿着最好的女人会得到一件新衣。"

　　从彼得韦尔镇来参加舞会的三个年轻人都是铁路雇员,在货运火车上做刹车工。他们和约翰·韦利弗一样,在"镍板铁路"上工作,他们的名字是希德·古尔德、赫尔曼·桑福德和威尔·史密斯。和他们一起参加舞会的还有哈里·金斯利、迈克尔·汤普金斯和卡尔·莫舍,他们都是彼得韦尔人所熟知的年轻运动员。卡尔·莫舍在彼得韦尔"镍板铁路"附近的新月酒吧当服务员,迈克尔·汤普金斯和哈里·金斯利则是油漆工。

这六个年轻人去参加舞会事先没有约好。他们在那个六月的傍晚，在新月酒吧碰了面，当时他们已经喝了很多酒。就在前一个星期，克莱德棒球队和彼得韦尔棒球队打了一场比赛，人们都在聊球，他们心里想的、嘴上说的都是彼得韦尔队的失利，六个年轻人都很气愤。"我们去克莱德吧。"卡尔·莫舍说。于是，年轻人去了一家车行，雇了马车就出发了，身边还带着不少威士忌。他们决定彻夜狂欢一番。他们沿着彼得韦尔和克莱德之间的特纳公路行驶，随后在一些农舍前停了下来。"嘿，去睡觉吧，乡巴佬。给奶牛挤挤奶，然后就上床睡觉。"他们喊道。迈克尔·汤普金斯，人们叫他迈克，是这伙人中最聪明的一个，他决定露一手出出风头。他走到其中一间农舍门口，告诉来应门的女人说，他的朋友想跟她说话，那个胖乎乎、红着脸的农夫妻子，毫无防备地走了出来，走到停靠着马车的路上。迈克蹑手蹑脚地走到她身后，用胳膊搂住她的脖子。迈克吻了吻她的脸，女人吓得尖叫起来。迈克跳进车里，和同伴们一起哈哈大笑。"告诉你丈夫，你的情人来过这里了。"他向跑走的女人喊道。卡尔·莫舍拍了拍他的背。"你胆子真够大的，迈克。"他钦佩地说。他用手拍着膝盖。"她有十年时间来说这事儿了，不是吗？她整整十年都忘不了迈克给她的吻。"

在克莱德，彼得韦尔镇几个年轻人去了查理·舒特的酒馆，结果闯了祸。希德·古尔德是彼得韦尔队的投手，上个星期在克莱德的一场比赛中，一记快球击中了他的头。他已经无法继续比赛了，接替他的是个新手，比赛就输了。现在在查理·舒特的酒馆里，希德想起了他的伤，吵嚷起来，惹恼了酒吧的另一群年轻人。查理·舒特的酒保警告他："喂，你别挑事。别想在这儿闹事。"

希德转向他的朋友们。"唉，那个胆小的狗崽子，他拿球砸我，"他说，"好吧，我可是混球队的，这个镇的人都很看重我，他们都听我的。在五局的比赛中，他们没有听到安打的声音。然后他们做了什么，嗯？他们派那个胆小的投手来捉弄我——他们就是这么干的。"

一个来自克莱德、在克莱德棒球队担任外野手的年轻人，那一晚在酒馆里消磨了一个晚上。希德一说话，他就从前门出去了。他匆匆从一家店跑到另一家店，从一家酒馆跑到另一家酒馆，低声细语地向四面八方派出使者。他高个子，长一双蓝眼睛，声音柔和，但现在已变得异常兴奋。另外十几个年轻人聚集在他身边，人群开始向舒特酒馆走去，等他们到那儿的时候，彼得韦尔镇的年轻人已经走到人行道上了，正从酒馆门前的栏杆上卸马，准备离开。"哎，你，"蓝眼睛的外野手大声说,"别就想这么溜出镇子。站出来,接招。"

那场打斗短暂而激烈,只持续了三分钟。希德·古尔德掉了两颗牙,他的两个同伴头被打出了血,他们忍痛爬上马车,驱赶马匹。蓝眼睛的外野手怒火未消,心有不甘,他脸色发白,跳上了马车的梯阶。"回来,你这个孬种。"他喊道。马车在鹅卵石路上哗啦哗啦地响着,几个克莱德小伙子在马车后面跟着。希德·古尔德抽回胳膊,往外场手的鼻子上挥出一拳,把外场手从马车打到了马路上,马车车轮轧过了他的腿。希德探出身子,兴奋得像发了疯,他挑衅说:"你们有谁胆敢再到彼得韦尔来,我就把你们镇子全都清理掉。你们这群人中有谁敢这么做,那就来试试。"

驾车的卡尔·莫舍勒停马,和车上的人讨论是应该继续朝弗里蒙特的小镇进发,找新的刺激,还是回彼得韦尔镇,修补破碎的牙齿、嘴唇和打肿的眼睛。人群当中受伤最重的希德·古尔德拿定了主意。"今晚在露珠酒店有个舞会。我们到那儿去逗弄农夫吧。今晚对我来说才刚刚开始。"说完他们就调转马头向北驶去。后座上的威尔·史密斯和哈里·金斯利惶恐不安地睡了过去,赫尔曼·桑福德和迈克尔·汤普金斯想唱首歌,卡尔·莫舍和希德聊了起来。"我们还要和克莱德那帮家伙再打一场比赛,"他说,"现在你听着,我告诉你怎么打。你来投球,明白吗?你给面前的每个人投上八局。这样他们就会知道自己是什么杂种。然后,到了第九局的时候,你就往他们身上砸。这样一来,比赛在争吵中结束前,你可以把那帮人中的三四个人撂倒,到时候,我们自己的人就会在场边等着了。"

彼得韦尔镇来的六个年轻人大约是在十一点时抵达露珠酒店的,他们来的时候,舞会正热闹。门窗都打开着,地板也悉心打扫过,窗户和门口都挂着绿色的树枝。那是一个晴朗的夜晚,月光皎皎,二十英尺[1]开外的白色沙滩上,河湾的流水发出微弱的潺潺声。在舞厅的一头,有个小小的高台,台上坐着拉特·古尔德和他的弟弟威尔。威尔是个身材矮小、头发灰白的人,拉着一把比他还大的低音提琴。另外两个男人和拉特一样,都是小提琴手,补进管弦乐队。舞会的每一支舞几乎都是方块舞,拉特在那里热场子,他那尖尖的声音盖过了拖着步子的脚步声和绵绵不绝的嗡嗡声。"让你的舞伴转起来。把头低下。脚跟踢起来,让她飞起来。夜色很好,明月高照。"他唱道。

梅·埃格利和她的同伴,一个从印第安纳州曼西镇来的

---

[1] 英尺,英制长度单位,1 英尺约合 0.3 米。

杂货商一起，坐在大房间的角落里。他是个四十五岁的胖男人，一年前丧了偶。自那以后，这还是他第一次和女人待在一起，一想到这个，他就激动起来。他头上有一块圆形的秃顶，脸颊不断泛起红晕，红晕一直泛到头发中，再泛到秃顶上，就像拍打海滩的波浪。梅穿上了一件白裙子，这套衣服原本是她打算在德韦尔高中毕业典礼时穿的，但那天服装店老板不在镇上，于是她就从莉莉安那里借了一顶——莉莉安对此不知情——巨大的白帽子，上面装饰着一根长长的鸵鸟羽毛，这种羽毛叫柳条羽。

她以前从未参加过舞会，而她的舞伴打小就没跳过舞，但在莫德·韦利弗的建议下，他们试着一起跳了一支方块舞[1]。"这很容易，"莫德说，"你只要观察别人，学着做就可以了。"

这次尝试最终以失败告终，当这个来自曼西镇的胖子扭动身躯欢跃着的时候，其他跳舞的人都咯咯笑了起来。他跑错了方向，抓起别人舞伴的手，带着她们转起圈来，甚至把整套动作都带错了。他窘迫难当，急匆匆冲向梅，像躲避风暴一样抓起她的胳膊出了舞池，远远躲开讥笑的人群——但

---

[1] 由四对男女组成的跳舞队形进行的一种舞蹈娱乐形式。

是，拉特·古尔德却大叫起来："回来，胖子。"他尖叫道，而那个杂货店老板不知该怎么办，于是就让梅转起圈来。

对梅来说，那天晚上糟透了，在舞会上的时间像一把久未使用的生锈老枪一样卡了壳。她觉得每一分钟都有可能给自己带来厄运。在从彼得韦尔出来时，她坐在马车里一直沉默不语，心里充满了莫名的恐慌，莫德·韦利弗也没说话。从某种程度上来说，她倒是希望梅没有跟来。她觉得，如果单独与格罗弗·亨特独处一个夜晚，可能还能说上话，不过，整个过程中，她心里都对梅有各种模糊的形象——与杰罗姆·哈德利一起待在树林里的梅；为生活苦苦挣扎的梅；在黑暗的田野里抓住王子的手的梅。亨特拉着她的手，他也因为尴尬而沉默不语。当他们来到露珠酒店的所在地，在跳了两支方块舞之后，莫德来到了梅的身边。"亨特先生和我要出去走走，"她说。"不会离开太久的。"透过一扇窗户，梅看见那两个人影在月光下沿着海滩消失了。

领梅去跳舞的那个人叫怀尔德，他也想让梅和他一起去外面的月光下散步，但如此这大胆的请求，他怎么也说不出口。他点燃一支雪茄，然后把雪茄伸出窗外，时不时抽上一口，然后把烟吐到外面，他对梅说起了在克利夫兰举办的"皮提亚骑士团"大会，说起代表们一起坐了汽车，以及克利夫兰的商会以他们的名义举办的晚餐会。"这是那座城市举办过的最大的活动之一。"他说。市长也来了,一位美国参议员也出席了。这么说吧,当时在场的有一个人,他是个胖子,总会说一些非常滑稽的话,逗得房间里的每个人都笑得前仰后合。他是庆典的司仪,整个晚上都在讲最有趣的故事。至于那位曼西杂货店的老板,他已经吃不下饭了。也就是说,他笑得肚子都痛了。杂货商怀尔德试图模仿克利夫兰那位有趣的人所讲的其中一则故事。"有两个农民,"他开口说道,"他们要去费城参加一个教区聚会。与此同时,在同一个城市正在举行一个酿酒商大会。于是,那两个农民走错了地方。"

梅的舞伴突然停止了谈话,脸色刷地红了起来,于是从窗口探出身子去使劲地吸了一口雪茄。"嗯,我不记得了。"他说。他突然想到,他要讲的是一个男人不能对女人讲的故事。"哎呀,我差点就掉进坑里了!我差点就失礼了。"他想。

梅看了看她的舞伴,又看了看舞池里跳舞的男男女女,眼中流露出恐惧。"我不知道这里有没有人认识我,不知道有没有人知道我和杰罗姆·哈德利的事。"她想。恐惧,像一只饥饿的小老鼠,一直在啃咬着梅的灵魂。她身边的长凳上有两个红脸蛋的乡下姑娘正把头凑在一起低声嘟囔:"哦,我真不敢相信。"其中一个说,随后两人都咯咯笑了起来。梅转过身去看着她们，心里突然像被什么东西攫住了。那里有一个年轻的农场工人，红红的脸蛋，脖子上系一块白手帕，正向另一个年轻人招手，两人走到月光下。他们也在窃窃私语，哈哈大笑。其中一个回头看了看梅那张苍白的脸，然后他们点上雪茄就走了。梅再也听不清杂货商怀尔德讲述他在克利夫兰大会上的经历了。"他们认识我，我相信他们认识我。他们听过那个故事。不出今晚，我就要碰上可怕的事了。"她想。

梅一直想待在现在这样的地方：这里聚集着很多陌生人，她可以在陌生的人群中自由走动。在发生杰罗姆·哈德利事件，以及放弃当教师之前，她对成为一名教师后该做什么曾有过很多想法。一切都已精心计划过了。她将在远离彼得韦尔和埃格利家的某个城镇或乡村找一份教师的工作，她将在那里过自己的生活，走自己的路。她不再有家庭的不利因素，可以靠自己立稳脚跟。她有这个机会。她天生的才智最终会兑现，在新的地方，她可以到处去跳舞，参加各种社交聚会。作为一名教师，她会为孩子们的未来担起责任，人们会很高兴邀请她到自己家做客，她只想要一个机会，一个契机，能够站在那些从未去过彼得韦尔，从未听说过埃格利一家的人面前。

然后，她就可以施展她自己了！她可以去任何舞会或者去人群和聚会中愉快玩耍。她可以四处走动，和人聊天，尽情欢笑。她会说出很多让人赞许的话！文字会变成她把玩的锋利小剑。在这群人中间，她畅想着自己的未来。如果她不小心成了众人瞩目的焦点，那也不是她的过错。尽管在她参加的任何聚会上，她都出类拔萃，但她也总会保持谦虚的态度。毕竟，她不会说伤人的话。她真的不会那样做！那没有必要。她说的话都是非常讨喜的。若有几个人在聊天，她会过来听一会儿，理解他们在说什么，然后表达自己的观点。这么说吧，她说的话会让人印象深刻。针对任何问题，她都会有一种新奇、新颖、令人吃惊但又吸引人的观点。她思维敏捷，懂得拿捏分寸。

梅在脑中把自己想象成一个左右逢源的交际花，她怀揣着幻想，转向她的舞伴，那人正为她的冷漠态度而纳闷，只得回忆自己在骑士团晚宴上，那位克利夫兰人说过的话。这人说的许多故事都不能复述给女士听——那是一场被他称为"不带女伴"的晚宴——但其他人说的故事就可以。在那些可以讲的故事中——它们被称为"客厅故事"——他想起了一个开始讲。他忘记了要点，记不起故事从哪里开始，又从哪里结束。"是这样的，"他开始说，"火车上有一男一女。这是行驶在 B 地和 O 地之间的一列火车。不,我想那个人说的是行驶在湖岸和密歇根南部之间的火车。也许是一列驶在宾夕法尼亚铁路上的火车。我忘了那个女人对那个男人说了什么。大概说的是另一个女人试图把一条狗藏在篮子里。你是知道的,他们不允许让狗进客车车厢。于是,非常有趣的事情发生了。当这个人告诉我这件事的时候,我都快笑死了。"

"如果我讲一个故事,我会从中生发点什么出来。"梅心想。她想象是自己在讲述那有关男人、女人和狗的故事。她该如何润色,如何添枝加叶。那个克利夫兰的胖子或许真的很有趣,但如果让她来讲这个故事的话,她一定讲得比他好。她的思绪开始重构那个故事,于是,整晚潜藏在她心里的恐惧又回来了,她把火车上的男人、女人和狗都抛在了脑后。她的眼睛又在房间里搜寻着一张张面孔,每当有新的男人或女人走进来,她就会浑身发抖。"假如杰罗姆·哈德利今晚来这里会怎样?"这个想法让她难以忍受。这件事很有可能会发生。杰罗姆是一个年轻的单身汉,毫无疑问,他会到各地去跳舞,会去彼得韦尔的歌剧院看演出。现在,他随时有可能走进这个房间,径直朝她走来。在浆果地里,他一直都很大胆,口无遮拦,如果他去参加舞会,他会直接走向她,甚至可能抓住她的胳膊。"我想要你,"他会说,"跟我出去吧。"

梅试着想了想，如果发生这样的事情，她会怎么做。她是挣扎抵抗，从而引起所有人的注意呢，还是悄悄溜出去，独自在黑暗中与他搏斗？她的思想陷入了混乱。的确，杰罗姆·哈德利对她做了一些非常可怕的事，试图杀死她内心的某种东西，但她终究还是向他投降了。她和那个男人躺在一起——心里充满了恐惧，当然还发着抖——但事情已经发生了。从某种古怪的角度来说，她是杰罗姆·哈德利的人，她以为他会再来要求她屈服。她能拒绝吗？难道她已经不由自主地成了这个男人的财产了吗？

梅的脑袋里涌起思想的漩涡，半疯似的盯着四周。如果是在埃格利家她自己的房子里，或在溪水边的柳树旁躲藏时，她都会自己建起一座想象的塔，她可以躲进塔里，并透过那里的窗户俯瞰众生，努力理解生活，理解人们，而这座塔现在被摧毁了。一双强壮而坚定的手正在摧毁它。当她和莫德以及两个杂货商一起坐在离开彼得韦尔的马车上时，她就有这种感觉。现在，她不明白自己为什么会答应来参加舞会。她之所以会来，是因为不想让莫德·韦利弗失望，从某种程度上来说，她是她唯一的朋友。现在她在舞会上，而莫德已经离开了，走向了外面的黑暗中。她和一个男人走了，而事先谁都没有料到会发生这样的事儿。还有她的情人王子的事。

事先说好了,由于王子的缘故,莫德是不会让她单独和另一个男人在一起的,但现在,她离开了,和一个杂货商出去了,又让另一个杂货商坐在梅的身边。

有一双手在撕扯着她的罗曼司之塔,那是她缓慢而痛苦地建造起来的塔,那是她找到王子的塔,那是她找到了生活和幸福的塔,尽管现实是那么不堪。灰尘从墙上飘了起来。一支由男男女女,由像杰罗姆·哈德利这样的人组成的军队,正向城堡冲去。那里将会发生强奸和谋杀,而她,孤身一人,又怎么能抵挡得住?王子已经走了。他现在已经走得很远很远了,侵略者会在城墙外大声疾呼。他们会把她从墙上扔下去。塔上美丽的帷幔、富丽的丝绸礼服、来自异乡的宝石,乃至塔上所有的珍宝都会被毁掉。

梅已经把自己逼到了一种快尖叫的状态。屋里还在继续跳舞,拉特·古尔德那刺耳的声音在呼唤,小提琴奏起了舞曲,沉重的双脚在粗糙的木板上踏来踏去。她身边坐着杂货商怀尔德,还在谈论着那个骑士团大会,梅觉得,一但要去跳舞,她就会举起一把小刀刺进自己的胸膛。她起身走出房间,走入夜色中,没有人看见她——但她迟疑地站了一会儿,茫然地环顾四周。然后,她重重地坐了下来。杂货商怀尔德也站了起来,脸涨得通红。"我出丑了。"他想。他不知道说了什么冒犯了梅。"也许她不想让我抽烟。"他对自己说，于是便把雪茄头扔出了窗外。那一刻使他想起了他婚姻生活中的许多时刻。这就像他故去的妻子又回来了，那种冒犯了女人，却又不知道原因的感觉，又回来了。

然后，那六个从彼得韦尔镇来的年轻人走进了房间。他们摸出屁股口袋里的瓶子，喝干了最后一口酒。喝酒的欲望得到了满足，另一种欲望开始占据上风。他们想要女人。

希德·古尔德在卡尔·莫舍的陪同下带头走进了舞厅。他的脸肿得很厉害，走起路来摇摇晃晃的。

他径直朝梅走去，梅转过脸去对着墙，试图将自己藏起来。她就像只被狗逼到墙角的兔子，当她在座位上转过身来，半跪着想要遮住自己的脸时，莉莉安·埃格利那顶白帽子的边缘撞到墙，掉到了地板上。她激动得浑身发抖，转过身把它捡了起来。她的脸像白土一样白。

希德·古尔德在埃格利家里可是出了名的。梅母亲去世前一年的一个夏夜，他和埃格利家大吵了一架。希德喝得有点醉，想找个女人，正在彼得韦尔的大街上溜达时，撞见了凯特·埃格利和一个游客待在一起，于是他朝凯特大叫，还跟游客打了起来，游客把希德的眼睛都打青了。后来，他被处以罚款。这让埃格利家的男男女女都很满意，大家常在餐桌上提起。老约翰·埃格利和他的儿子们发誓他们也要揍那个棒球运动员。他们宣称:"要是让我逮到他在什么地方独自待着,我可不管罚不罚款,我会把他的脑袋砸下来。"

舞厅里,当希德·古尔德的目光落在梅身上,他想起了自己被揍的那一顿,又因当街斗殴而被罚十块钱的事儿。"太好了,你们来看啊,"他转身对他的同伴们喊道,他们那时正稀稀拉拉走进房间,"这不是埃格利家的小鸡崽子嘛,大老远从鸡舍跑这儿来了。

"快来看看她呀——墙边蹲着一只小鸡崽子。"希德笑了,弯下腰,用手拍着膝盖。那张扭曲肿胀的脸使他的笑声显得非常怪异,露出某种可怕的东西来。希德的同伴们围着他。"就是这个人,"他说着话,用摇晃着的食指指了指,"她是埃格利家里最年轻的崽儿,刚刚跑出来卖,在学校里被人说得那么聪明。杰罗姆·哈德利说她很好,但我说她是我的。是我先看到她的。"

大厅里静了下来,许多人把目光转向了那个笑着的男人和靠在墙边颤抖着退缩的女人。梅试图站直身子,以示反抗,但她的膝盖颤抖着,不得不在长凳上坐下来。格罗弗·怀尔德现在完全被搞蒙了,他碰了碰她的胳膊,想要她解释一下她的奇怪行为,但是他的手指一碰,她就跳了起来。她像一个自动小玩具，当你碰到某个隐藏的弹簧时，它就会僵硬地做出某些反应。"怎么啦，怎么啦？"杂货商怀尔德着急地问。

希德·古尔德一把拉住梅的胳膊，带她向门口走去，她谦卑地走在他身边。他原以为会有一场搏斗，结果大吃一惊。"嗯，"他想，"我因为凯特·埃格利的事惹上了麻烦，但这个女人不一样。她知道如何举止得体。我会和这孩子玩得很开心的。"他想起了那次审判，想起他第一次想博得埃格利家女人的欢心却被迫支付的十块钱。"我现在要把钱赚回来，我一分钱也不会给这个人的。"他想。他转向依旧稀稀拉拉跟在身后的同伴。"别跟了，"他叫道，"你们自己去找女人，这是我先看到的，你们自己再去找一个吧。"

希德和梅走到临近海滩，梅的身体和精神才恢复了一些。她和希德一起踩在白色的沙子上向海滩走去。"不要害怕，孩子。我不会伤害你的。"他说。梅不安地笑了笑，他松开了抓着她胳膊的手。

接着，她突然大喊一声，挣脱了他的手，迅速俯下身去抓起了一块散落在沙滩上的浮木。那根棍子在空中呼啸而过，落在希德的头上，把他打倒在地。"你，你！"他结结巴巴地说，然后大声喊道。"嗨！乡巴佬！"他叫了一声，一直站在舞厅门口的两个同伴闻声向他跑来。梅拿着棍子在她头上晃了晃,又惊恐地打了希德一下。在她看来,将要发生的事情与杰罗姆在树林里干的那件事有某种奇怪的联系,它们都是一回事。希德·古尔德和杰罗姆是一个人,他们代表的是同一件事,本质上都是一路货色。这是某种她遇上的奇怪而可怕的事儿,她必须与之斗争。他们代表的东西曾打败过她,击溃过她。她曾向它屈服,并打开了通向罗曼司之塔的大门,这座塔就是她自己,将她本人的秘密和宝贵的生命隔开了。那时发生了的那件粗鲁、无法原谅的事——这件事绝对不能再发生了!她曾经是个孩子,什么也不懂,但现在她懂了。在她内心深处有某样东西是绝不能被染指的。一种对人的极度恐惧感笼罩着她。还有莫德·韦利弗,她一直想和她做朋友,莉莉安则一直想成为她的好姐姐并帮她过上幸福的生活。至于莫德——她什么也不知道,她只是个孩子——而莉莉安是个粗人,她什么也不懂。

梅把所有男人都拿来和杰罗姆·哈德利相比。男人想从女人身上得到某种东西,杰罗姆曾想要的,现在另一个男人,希德·古尔德也想来拿。他们就像埃格利一家一样——莉莉安、凯特和两个男孩——他们会残忍而直接地追求他们想要的东西。那不是梅的作风,她决定不再和这些人打交道。"我再也不回彼得韦尔了。"她在朦胧的灯光下沿着海滩跑着,一遍又一遍地说。

希德·古尔德的同伴跑出舞厅后，怎么也无法理解，他竟然被他带着走进黑夜里的小女孩打翻在地，当他们听到希德的咒骂声和呻吟声，看到他跌跌撞撞，被梅又一次打倒在地时——再加上肚子里灌满了酒——他还以为是有人来救梅了。当他们跑上前去，看到梅手里拿着棍子疯狂地挥舞着，他们一点也不关心她，而是立刻开始找她的同伴。其中有两人追着梅沿海滩跑，另外两个则回到了舞厅。一群年轻的农民挤在门口，卡尔·莫舍挥拳猛击了其中一个。"让开，"他叫道，"我们要把这个地方清理干净。"

梅像一只受惊的兔子般沿着海滩奔跑，偶尔停下脚步，听一听动静。从舞厅那里传来一阵喧闹声，咒骂声和哭声打破了夜晚的寂静。两个男人跟在她后面，慢吞吞地跑着。他们体内的酒精发作了，有一个人还跌倒了。梅很快就跑到了堆着树桩和木头的地方，她看见莫德·韦利弗和杂货商亨特站在水边——他用胳膊搂着莫德的腰。那个吓坏了的女人跑到离他们很近的地方，她差一点就碰到了莫德的衣服，但他们却没有注意到她的存在。至于梅，她也以某种古怪的方式害怕他们。她害怕一切人类的东西。"一切都会变成丑陋和可怕的事情。"她疯狂地想。

梅沿着海滩跑了近两英里，在树桩之间，根须伸向空中，就像举起的双手在向月亮祈祷。也许是干枯的老树枝如此伸展的样子让她的恐惧依旧没有退散，因为希德·古尔德那两个喝醉酒的同伴不太可能跟她跑这么远。她边跑边紧紧抓住莉莉安·埃格利的帽子——这帽子是她未经姐姐允许借出来的——这对她来说是件美的东西。她身上有某种认真而高尚的东西让她拼命地攥着那顶帽子，她用左手按着帽子，这样就安全了，甚至在她用浮木棍子打希德·古尔德的时候也没有碰到这顶帽子。

现在，她一边跑，一边抓着帽子不放，心里却充满了一种不再是肉体上的恐惧。新涌上的恐惧，在她看来要远比怪诞的树根还要巨大，此刻似乎正在月光下疯狂起舞，某种比希德·古尔德、卡尔·莫舍和杰罗姆·哈德利还要可怕——它已成了对生活本身，对她所知道的一切生活，对她曾被允许看到的一切生活的恐惧——这种恐惧此刻重重压在她的身上。

梅不想再活下去了。"对了却一生的人来说，死亡是一种安慰。"一匹老耕马似乎曾对一个男孩如是说。几天后，这个男孩看到了梅·埃格利的尸体，他惊恐地跑开了，浑身颤抖地靠在老马的马槽上。

在梅疯狂奔跑的那个可怕夜晚，实际发生的事儿是这样的：她跑到一条小溪的河口。河口附近有钓鱼的好地方。在溪口处，水流朝四周散开，从远处看，这条小溪像一条流势湍急的河流，然而沿着沙滩——应该说就着月光，沿着沙滩奔跑——一个人可以从西岸一直跑到东岸，因为水很浅，只刚没过鞋子。

人们可以像这样在浅水滩里奔跑，而这片洁白的沙滩——位于溪口的东边——看起来不过只有几步之遥，随后就会突然陷入东岸下流动着的狭窄深流中，这股水流是推动整条溪水的主流。

梅·埃格利跌了进去，手里还抓着莉莉安的白帽子——白色的羽毛在湍急的水流中上下浮动——随后被冲进了海湾。她的尸体被旋涡卷了进来，卡在被淹没的树根中间，直到农夫和他的雇工偶然经过时发现，随后又被小心翼翼地放在农夫谷仓的木板上。

那只坚硬的小拳头紧紧抓着帽子，那是一顶奇形怪状的白帽子，当莉莉安·埃格利想要打扮得最漂亮的时候，她就会戴上这顶帽子——我想，那也是梅想要打扮得漂漂亮亮的时候。

梅或许觉得这顶帽子很漂亮。她可能认为这是她一生中所见过的最美的东西。

关于这一点，没有人能说清楚，我只知道，如果这顶帽子曾经是美丽的，那么几天后，当一个男孩看到它的残片被一个溺死的女人抓在手中时，它的美已经荡然无存了。

芝加哥的哈姆雷特

一

在汤姆的一生中,有一次他差点死掉。死亡近在咫尺,以至于好几天里,他就像一个手里拿着球的小男孩般把自己的生命握在手中。只要一松手,它就会掉落。

他告诉我这个故事的夜晚,我至今都记得非常清楚。我们去了现今芝加哥市威尔斯大街上的一个小地方吃饭,那里一半是酒馆,一半是餐馆。那是十月初的一个湿冷的晚上。芝加哥的十月和十一月通常是一年里最迷人的时光,但在那一年里,十月的第一个礼拜却寒冷多雨。我们这些生活在湖区工业城市的人都患有鼻炎,只要类似的天气持续一周,我们就会咳嗽、打喷嚏。汤姆和我去的那个温暖的小酒馆看上去温馨又舒适。我们喝了威士忌给身子驱寒,在吃完东西后,汤姆讲起了这个故事。

我们落座的地方混入了某种气息,一种疲倦感。有时,所有芝加哥人都会对芝加哥无处不在的丑态感到厌倦,人人都萎靡不振。人们在大街上、在商店里、在家里,无不感到这种厌倦感。人们浑身瘫软，无数人似乎想从喉咙发出呐喊："我们被埋在这无休止的嘈杂、肮脏和丑陋中。你为什么要把我们放在这里？没有安宁。我们总是匆匆忙忙，从一个地方奔向另一个地方，永无终点。我们数百万人生活在芝加哥广袤的西区，那里的街道都一样丑陋，永远向外延伸，从四面八方延伸到无边无界。我们累了，累了！这到底是怎么回事？你为什么把我们放在这里，人类之母？"所有在大街上游走的躯体似乎都在诉说这样的话。也许有一天，芝加哥诗人卡尔·桑德堡会吟唱出有关这一切的诗歌。哦，届时他会让你感受到出自疲倦之人的疲倦之声。到那时，我们或许都会开始唱这首歌，并意识到一些我们早已遗忘的东西。

不过，我太啰嗦了，还是回到汤姆和威尔斯街的餐厅吧。卡尔·桑德堡在一家报社工作，坐在桌前写着在芝加哥市威尔斯街上映的电影。

餐馆里有两个人站在吧台边和酒保说话，但空气中有某种东西阻碍了友好交谈的可能性。酒保看上去就像人们在照片上看到的那些著名将军——他就是那样的人——红脸膛，胃口很好，灰胡子。

那两人面向他，脚架在栏杆上，就有关麦金利总统和他的朋友马克·汉纳的关系，陷入了一场毫无意义的争吵。究竟是马克·汉纳控制了麦金利,还是麦金利出于私利,利用了马克·汉纳。参与其中的人对这场讨论倒没有什么特别的兴趣——他们不在乎。在那时候,全国的报纸和政治杂志总是在同一个问题上争论不休。我只能说,他们的对话填补了必须填补的空白。

不管怎么说,这两人聊起这个话题,将之当成对生活表达厌倦和厌恶的工具。他们管麦金利和汉纳叫比尔和马克。

"我跟你说,比尔是个圆滑的人。他把马克玩弄于股掌之间。"

"比尔对他言听计从,真该死!马克吹响口哨,比尔就会跑过来,就像一只小狗。"

疲惫的头脑抛出毫无意义的恶毒话和成见。其中有一个人还生起了闷气。"别那样看着我,我告诉你。我对朋友非常容忍,但绝忍不了这样的眼神。我可是个爱发脾气的人,有时还会动手。"

酒保控制了局面。他试图换个话题。"谁能把那个菲茨西蒙斯[1]打倒?他们还要让那个澳大利亚人在这个国家神气多

---

[1] 鲍勃·菲茨西蒙斯(Bob Fitzsimmons,1863—1917),著名拳击手,于1888年在澳大利亚开始拳击生涯,一生击败过许多美国有名的拳手,一时名震美国。

久？就没人能打得过他吗？"他情绪激动。

我双手托腮坐着。"男人们吵吵嚷嚷！男人和女人在房子和公寓里争论不休！疲惫的人们从工厂回到芝加哥西区的家！孩子们焦急地哭！"

汤姆拍了拍我的肩膀，然后拍了拍桌子上的空杯子，他笑了。

"瓢虫，瓢虫，为何游荡？
瓢虫，瓢虫，从家飞走。"

他嘟囔着。威士忌上来后，他向前倾了倾身子，对生活发表了一番怪异而真实的言论，他总会时不时冒出一些类似的言论。"我想让你注意一件事，"他开始讲，"你去看那些酒保——嗯，如果你去关注他们的话，就会发现那些酒保、伟大的将军、外交官、总统等人都有着惊人的相似之处。我只是碰巧想到了这是为什么。因为他们都在玩同一个游戏。他们不得不花一生的时间来对付那些厌烦且不满的人，于是就掌握了扭转乾坤的诀窍，让它们从沉闷无聊转到另一个方向。这就是他们玩的把戏，他们都玩得大同小异。"

我同情地笑了笑。现在，我在写我这位朋友时，从情感上来说，很难不歪曲他。我不记得有多少次了，和他在一起时都有一种说不出的沉闷感，他还会常常好几个小时讲起毫无意义的事情。他有时会说，只想成为一个无趣的商人简直是愚蠢可笑，还宣称他和我都是傻瓜。如他所说，我们若能更加警觉，更加狡猾一些，会对我俩都有好处。不过事实上，我们都是傻瓜，本应加入"芝加哥体育俱乐部"，打打高尔夫球，驾车出去转转，带几个爱打扮的年轻姑娘去公路旅店吃晚餐，随后回家，编几个荒唐故事安抚妻子，周日再去教堂，不停地聊起赚钱、女人和高尔夫，总之，好好享受我们的生活。有时，他几乎让我相信，他所描述的那些人都过着愉快而惬意的生活。

有时，作为一个实体性的存在，他似乎也会在我的眼前完全瓦解。他那庞大的身躯变得有些松散和软弱。他不断说着话，却等于什么也没说。

然后，当我认定他已经走上了我和周围所有人无疑都会走上的同一条路时——一条向丑陋以及无意义的枯燥生活屈服的路——某些事情发生了。他或许会像我刚才所描述的那样，漫无目的地聊上一整个长夜，然后在晚上我们分开的时候，在一张纸上草草写几笔，随后笨拙地把它塞进我的口袋里。我看着他那笨拙的身影沿着街道走去，随后走到一盏路灯前，读起了他写的东西。

寥寥几笔写的是："我很疲倦。我看上去可不是傻驴，却累得像一条狗，总想弄明白我是谁。"

但是，说回在威尔斯街度过的那个晚上。威士忌酒端了上来，我们喝了几口，坐在那里面面相觑。他把手放在桌子上，合拢手指，摆出一个小杯子的形状，随后缓慢地、没精打采地摊开。"我曾经有过生活，就像那样，将生活握在手中。我本可以轻易地让它溜走。至于为什么没那么做，我却从未搞清楚。我无法去想为什么我的手指一直捧着，而没有松开，让生活溜走。"他说。如果说在几分钟前，此人还没有诚信而言，那么现在，他可谓诚信满满。

他开始讲述他年轻时发生在那个黄昏和那个夜晚的故事。

他当时年仅十八岁，还待在位于俄亥俄州东南部他父亲租的一座农场里。那是在他离开家出门闯荡前的秋天。我对他的过去多少了解一些。

那是十月末，他和父亲正在地里挖土豆。我猜他们都穿着破鞋子，因为在汤姆讲述这个故事时，特意提到当时他们脚很冷，黑色的泥土钻进他们的鞋子里。

那时天气很冷，汤姆身体不太好，心情也很苦闷。他和父亲一言不发，绝望地在地里干活。父亲个子很高，面色蜡黄，留着胡子，在我脑中，他总是停顿着的模样——他在农场里走动或在地里干活时，总会停下来，用手指不安地捋胡子。

至于汤姆，他在人们印象中是个年轻有风度的人，他虽能向生活中更为美好的东西靠拢，却并不自知，而且显然也没有机会去满足这种感觉。

汤姆身上有某种毛病，或许是冷中带点热的病。他在干活时，有时身体会像得了风寒般颤抖起来，几分钟后，他又会感到浑身发烫。这两人整个下午都在挖土豆，等到夜幕笼罩四野，他们开始捡土豆。一个将土豆收入篮子，随后将它们带到田垄的尽头，装入两蒲式耳的谷物袋里。

汤姆的继母来到厨房门前，用她独有的苍白语调喊道："吃晚饭了。"她的丈夫有点生气和焦躁。或许在很长一段时间里，他都能感到儿子对他怀有深深的敌意。"知道了，"他回应道，"我们马上来，等我们把土豆捡起来。"他的语气像在发牢骚。"你别让菜凉了。"他喊道。

汤姆和父亲火急火燎地加速干活儿，仿佛在互相追赶，每当汤姆弯下腰抓起一把土豆时，脑袋就眩晕起来，他觉得自己说不定会摔倒。一种强烈的自尊心占据了他，他浑身充满了力气，下决心不让他父亲——即便效率低下，他干起活来有时也会又快又准——超过他。他们不停地捡土豆——那一刻这就是他俩的任务——要赶在天黑之前把所有土豆都捡起来,再把它们装进袋子。汤姆不相信他父亲比他强,无论他身体多糟,他能败给一个干什么都如此低效的一个人吗?

某种程度上来说,这就是那一刻汤姆所思所感的实质。

随后夜幕降临,活儿也干完了。装满土豆的袋子在田地末端靠着篱笆堆着。那是一个结霜的寒夜,月亮出来了,装满土豆的袋子看起来就像沿着篱笆站立着的一个个怪人,他们用苍老松垂的身体站着,就像汤姆的继母一样——身体凹陷,双眼无光——站在那里盯着这两个如此不协调的人看。

两人走过田野,汤姆让父亲走在前面。他担心自己会摔倒,不想让父亲看到他身体的状况。从某种程度上说,这其中还有一点孩子气的自负。"他说不定还觉得可以把我累垮呢。"汤姆想。升起的月亮是一个悬挂远方的巨大黄球。它比他们走向的那所房子还要大,父亲的身影仿佛要径直穿过那轮明月的黄色脸庞似的。

他们回到家后,父亲的其他孩子——他和那个女人生的,也就是说,他在第二段婚姻里生的——都站在那里。汤姆离开家之后,怎么也想不起这些孩子来,只记得他们总是灰头土脸的,穿着脏兮兮的破衣服,最小的那个,还是个婴儿,身体不是特别好，总在焦躁地哭个不停。

父子俩走进房子之后，先前还在为推迟的晚饭埋怨母亲的孩子们渐渐安静下来。他们凭借孩子灵敏的直觉，意识到这对父子有些不太对劲。汤姆径直穿过小小的餐厅，打开门，走上通往卧室的楼梯。"你不吃晚饭了？"他父亲问道。这是几小时以来父子间蹦出的第一句话。

"不吃了。"汤姆答完就走上了楼梯。在那一刻，他满脑子想的是：不能让家中任何人知道他生病了。父亲没有什么异议，任由他走上楼去。毫无疑问，他离开后，全家人都挺开心的。

他上楼走进自己的房间，没脱衣服，只脱了破鞋子就爬上床，拉起被子躺下来。这是一床老旧的被子，不是特别干净。

他脑袋清醒了一点，房子不大，楼下发生的一切他都能听清楚。此刻，全家人围坐在桌子旁，父亲在做"饭前祷告"，他总会这么做，有时，在别人都等着吃饭时，他会断断续续地祷告。

汤姆在想，试着去想，这意味着什么，他父亲为什么要那样祷告？他在祈祷时，整个人似乎忘了世上的所有人。他与上帝独处，面对着上帝，而周围的所有人似乎都不存在。

他对食物祷告了一会儿，随后用一种怪异的私密方式，就其他事情，多数时候是他自己受挫的愿望，与上帝交谈起来。

他这一生都想成为一名卫理公会派的牧师，但由于他从未去学校或大学受过教育，所以也就未能受戒。他没有丝毫机会能够成为他想成为的那个人，但他依旧不停地在为此祈祷，并且从某种程度上来说，他似乎觉得尚有一丝机会，能让上帝感知到还需招募更多的卫理公会派的牧师，这样上帝就会突然离开审判的宝座，下凡来到卫理公会的管理会或其他什么名字的组织，对他们下令说："你们这群人究竟在干什么？赶紧让这个人成为卫理公会派的牧师。别给我干蠢事。"

汤姆躺在楼上的床上，聆听着父亲在楼下祈祷。在他小时候，亲生母亲尚未去世的那时候，他总是被迫在周日和父亲一起去教堂，参加周三晚上的祈祷会。他的父亲一直在祈祷，并假借祈祷的名义，向坐在边上的其他愁眉苦脸的男女布道，他则坐在边上聆听。无疑就在童年的那段时间里，他开始憎恨起他父亲来。那时有一个小乡村教会里的牧师，个子高高的，长得骨瘦如柴，尚未结婚，他有时会说，汤姆的父亲在祷告时是一个强者。

汤姆的脑中总想着某件事。也就是说，他看到了某种东西。有一天，他光着脚从田里回来，正独自走在一条林荫道上，突然看到——他从未对任何人说起过他看到了什么——有个牧师正独自一人坐在林子里的一块木桩上。有某种东西出现了。汤姆身上生活美好的感觉受到了深深的冒犯。他在牧师没看到的情况下偷偷溜走了。

此刻，他在父亲家昏暗无光的二楼，躺在床上，因寒意而瑟瑟发抖。楼下他的父亲在祈祷，他在祷告词中总会念叨一句话："赐予我天赋，哦，上帝，赐予我无尽的天赋。"汤姆知道这是什么意思——"赐予我能说会道的天赋和施展它的机会，怎么样？"

汤姆的床脚处有一道门，通往另一个房间，这个房间位于房子二楼的前部。他父亲和新娶的女人就在那里睡觉，其他三个小孩睡在旁边的小房间里。婴儿和爸妈一起睡。有时，一个人会冒出可怕的想法。婴儿的身体不是很好，总在哭。婴儿长大后很有可能会变得皮肤黄黄的，眼睛空洞无神，就像他母亲一样。假设……仅仅是假设……某个夜晚……某个人不自觉地这么想——假设父亲，要么母亲，突然之间，把身子压在了婴儿身上，将婴儿压扁，闷死……

汤姆的思绪有些稍稍超出了他的掌控。他试图紧紧抓住某个东西——这是什么？这是否就是他自己的生活？这想法有点古怪。现在，他的父亲停止了祈祷，全家人在楼下吃起了晚餐。房间里一片寂静。他的家人们，即便那些脏兮兮、病恹恹的孩子们，也在吃饭时渐渐没了声音。这是件好事儿。有时，寂静无声是件好事儿。

此刻，汤姆的思绪回到了林子里，他光着脚正走过林子，而那个男人，那个牧师，独自坐在木桩上。汤姆的父亲想要成为一名牧师，想要上帝任命他为一名牧师，想要上帝打破规则，撕毁事物惯常的秩序，不顾一切地任命他为牧师。而他，只不过是个在农场里讨生活的人，一个干什么都差不多敷衍了事的人，他一觉得自己要续弦，就马上找了个带着四个孩子、不会做饭、家务活儿干得马马虎虎的女人。

汤姆的思绪进入无意识之中，又静静躺了好一会儿。或许他睡着了。

他醒来之后——或者说意识重新清醒后——又传来了父亲祈祷的声音，汤姆原本以为"餐前祈祷"已经做完了。他躺在那里，聆听着。那个声音响亮且迫切，现在听起来似乎就在耳边。房间里的其他人都沉默不语。孩子们都没有哭闹。

此刻，传来了另一个声音，是楼下厨房的盘子发出的咯咯声，汤姆从床上坐起身来，往前用力探了探身子，透过开着的门往他父亲和他新妻子的房间望去。他的头脑完全清醒了。

毕竟，晚餐已经吃过了，孩子们都要上床了，此刻楼下那个女人把三个大一点的孩子哄上床之后，正在厨房洗碗。汤姆父亲上了楼，正脱下衣服，换上一件脏兮兮的白色睡袍。随后，他来到屋子前面那扇打开的窗子前，跪下身子，又开始祈祷。

汤姆油然而生一种阴郁的愤怒，他没有迟疑，默默下了床。他此刻不觉得自己病了，而是觉得充满力量。床脚放着一块马车上用的横木，一块圆圆的硬木，就像一根棒球棍，但两端逐渐变尖。横木的两端都挂着一个铁环。这块横木是他父亲留在这儿的，他总是把东西丢在意想不到的地方。他在儿子卧室放了这块横木，随后，再过一天，当他套马去耕地，要用到这块横木时，就得花上好几个小时不安地用手指捋胡子，四下寻找。

汤姆手里拿着这块横木，光脚轻轻走过开着的门，进入父亲的房间。"他想成为树林里的那个人——他一直以来就是那样祈祷的。"汤姆的脑中闪过一些念头——从一开始起，他脑中总会有许多专断独行的想法——嗯，你看，他想克服身上的无能和懒惰。

他下定决心，要用横木杀了父亲。随后，他悄无声息地踩在地板上，右手紧握着那块横木。那个看起来病恹恹的婴儿已经放在房间的一张床上，此刻已经睡熟。婴儿的小脸从另一床脏兮兮的被子中探出来，清冷的月光泄入房间，落在床上，落在窗边地板上跪着的人身上。

汤姆快穿过房间的时候，突然看到了某个东西——他父亲那双光着的脚正从白色的睡袍底下伸出来。那对脚后跟，还有脚趾下红红的水泡被田里的泥染黑了，但脚心却不是黑的，在月光的照耀下，反倒显露出一种泛黄的白色。

汤姆蹑手蹑脚回到自己的房间，轻轻关上了两个房间之间的门。说到底，他并不想杀人。在他父亲看来，跪下向上帝祈祷前，没有必要洗净双脚，而汤姆自己在上楼就寝前也没有洗脚。

此刻，他的双手颤抖起来，身子因寒战而不停晃动，但仍坐在床边试图思考。他还是个孩子时，和父母亲去教堂曾听过一个故事。一个人去参加宴会，在土路上长途跋涉之后到了宴会。有个女人用双手给他洗脚，还给那双脚抹上珍贵的膏药，又用头发将它们擦干。

他最初听到这个故事时还小，并不觉得其中有什么特别含义，但是现在……他坐在床边，表情怪异地笑起来。人们能否把自己的双手变成一个象征，来传达多年前那个女人的双手的意义呢？人们能不能把自己的双手变成一个谦卑仆人之手,去触碰某人肮脏的双脚和肮脏的身体呢?

这是一个古怪的念头,是一整套让自己成为本性纯然正直的守护者的方式。当一个人病了之后,他对事物的理解就会产生些许偏差。在汤姆的房间里,有一个锡盆和一桶水,这桶水是他每天早上从房后打来的。他一直自己照顾自己,或许在那一刻,他在体内找到了某种东西,这种东西后来丢失了,或者只有在经过很长一段时间之后才能重新拾回,那是一种配得上他年轻身体的感觉,像人们所说的,把自己的身体当成一座庙宇。

不管怎么说,他一定在童年的那个晚上有过类似的想法。而我永远也忘不了,在威尔斯大街,当他和我说起这个故事时,我在他身上看到的某种幻觉。在那一刻,从那具笨重的躯体里似乎涌出了某种东西,某种年轻、坚硬、洁净、白色的东西。

但我必须谨慎一点。或许还是顺着我的故事讲为好,就像他那样,简单将它呈现出来就好。

不管怎么说,他从床上起了身,在这个极为杂乱且萎靡的家的二楼,站在房间当中脱去衣服。墙上的钩子挂着一条毛巾,但并不干净。

但是,他碰巧有一件没破的睡衣,他取了出来,不顾一切地从睡衣上扯下一块布，用来当作毛巾。随后他站起身来，把锡盆放在脚边，用冰冷的水仔细洗了洗自己。

他在威尔斯大街告诉我这则故事的那个晚上，无论我对他产生了怎样的幻觉，但他一定如我所描述的那样，无疑在童年的那个晚上成了某种年轻、坚硬、洁净、白色的东西。在那一刻，他的身体无疑就是一座庙宇。

至于他将自己的生活握在自己手中这个事实——那是在他回到床上之后发生的事儿，他故事中的那个部分我确实不理解。也许在讲述的时候，他把这部分给搞混了，又或许是我的理解产生了偏差。

我记得他一直把手放在威尔斯街那家酒馆的桌上，不停地把手指张开又合上，就仿佛这样就能解释一切似的。不过，这个手势对我来说并不能解释什么，至少当时没有。你看到后，或许能够明白些什么。

"我回到床上，"他说，"把自己的生活握在手中，试图决定是否要继续握下去。整晚上我都像那样握着它，我指的是我的生活。"他说。

他显然是在解释一种观念，认为别人的生活是独立于他生活之外的东西，是无法去触碰、去玩弄的东西。很久以前，在他童年那个晚上，他究竟产生了多少这样的想法呢？又有多少想法是后知后觉感受到的呢？我不知道，人们会想当然地认为他肯定也不知道。

不过，那一晚，他似乎好几个小时都在琢磨这个念头。他父亲的妻子上了楼，两个大点的孩子躺到了床上，之后房子里寂静无声，于是那个特定的时刻来临了，在这样的时刻里，他可以轻易地将属于他的生活握在手中，又放下，就好像在芝加哥威尔斯大街的酒馆里，他伸开并放在桌上的手一样。

"我曾想过不这样做，"他说，"不去张开我的手，不去摊开我的手。我感觉不到生活有什么明确的目标，但确实有某种东西。我有一种感觉，当我浑身发冷，赤裸着身体清洗自己时，我曾有一种感觉。或许，某一天，我会再有想清洗自己的感觉。你懂我的意思——那天晚上，在月光下，我真的净化了自己。

"于是我回到床上，把我的手掌合起来，就像这样，握成杯子状。我把自己的生活握在手中，每当我想张开手，让生活从我手中溜走时，我就会想起自己曾在月光下沐浴。

"所以，我没有张开我的手掌。我把手像这样合在一起，握成个杯子状。"他说，随后又慢慢把手掌合在一起。

二

汤姆在芝加哥一家办公室里写了很多年的广告，我也在那里工作。他已人到中年，还未成家，而到了周日的晚上，他会坐在公寓里读书或草草弹几下钢琴。除去上班之外，他鲜有同伴，尽管他在青春期和刚步入成年的时候，日子过得比较坎坷，但他在幻想中，一直活在过去。

他和我曾一度关系较为亲密，就这么时断时续松散地保持了几年关系。尽管我比他年轻许多，但我们总在一起喝个半醉。

在他个人的经历中，总有像标签一样摆动着的末端从他身上泄露出来，在我认识的所有男女中，他给我的故事素材最多。他自己说过的话，不管出于记忆还是凭空捏造，却从未被完整地讲述过。它们是被拾起的碎片，像被风刮起抛向空中，随后又突然掉落下来。

我们俩总会在傍晚去酒吧喝酒。在此期间，我们会聊工作，等汤姆醉意渐浓，就会戏谑地说起广告写作的重要性。他那些观点让我有点困惑。"我跟你说，在你现在所做的那些广告中，有许多是非常重要的。你一定要全身心地投入其中。美国的家庭主妇会买明星牌洗衣皂，而不会买箭牌洗衣皂，这一点很重要。还有一件事——现在间接雇用你的那家肥皂厂老板有个长得非常漂亮的女儿。我见过她。她现在十九，很快就要从大学毕业了，如果她父亲能赚到很多钱，那就会大大影响她的生活。她将来会嫁给什么样的男人可能就取决于你现在所写的广告是否成功。你在以一种隐晦的方式为她战斗。就像一个古老的骑士，你用你的长矛，或者说你的打字机，在为她效力。今天，我走过你的办公桌，看见你坐在那里挠着头，思忖着是应该写'明星牌洗衣皂——最佳选择'，还是应该用略带俚语的口气说'买明星牌——就对了'——这么说吧，我的心完全扑在你和那位从未谋面也永远不会见面的人身上。我和你说，我被打动了。"他打了个嗝，向前倾了倾身子，亲切地拍了拍我的肩膀。"我告诉你，年轻人，"他微笑着补充道，"我想起了中世纪，想起了那些曾经到圣地去侍奉圣母的男女和孩子们。他们的薪水没你高。我跟你说，我们广告人的薪水太高了。如果我们光着脚，穿着破旧的斗篷、拿着手杖到处走，我们的职业会更有尊严。我们可以更有尊严地把乞丐的碗拿在手里，嗯！"

此刻，他开怀大笑起来，但突然间，他又收起了笑容。汤姆的欢笑中总带着几分忧伤。

我们出了酒馆，他有点踉跄地向前走着，即使他很清醒，腿却也不太稳。他身上并没有明显的生命力，他笨拙地晃动着身体，沉重的身体有时会撞到人行道上的行人。

我们曾站在芝加哥市拉萨尔街和湖街之间的街角处，周围挤满了回家的人群，高架火车在我们头顶隆隆作响。风把一片片碎纸和一团团尘土风吹到我们脸上，灰尘也会落进我们的眼睛。我们神经质地笑起来。

不管怎么说，对我们而言夜晚才刚刚开始。我们一起散步，一起吃饭。他又钻进了刚从那儿出来的酒馆，一会儿回来时口袋里就装着一瓶威士忌。

"威士忌可真是个可怕的东西，嗯，但谁叫这里也是个可怕的城镇呢。人们在这里不能喝酒。酒属于开朗、欢笑的人群和地方。"在他看来，我们生活在这样一个现代化的工业城市里，酗酒是必须的。"你等着吧，"他说，"你等着瞧。总有一天改革家们会想尽办法把我们的威士忌拿走，那会怎样呢？你看，我们的身体会凹陷，变得就像生了太多孩子的老女人。我们的精神会全都垮掉，然后你就会知道发生什么了。没有威士忌，没有人能站起来反对这一切丑陋的东西。我觉得，这是不可能的。我们会变得像袋子一样空虚——我们会的——所有人都会那样。我们就像没人爱却生了一堆孩子的老女人。"

我们穿过许多条街,来到一座桥上。天渐渐黑了下来,我们在暮色中站了一会儿,在朦胧的光线中,河边紧挨着的那些大仓库和工厂开始变得奇形怪状。河流穿过由建筑物形成的峡谷,有几艘船在交会,有轨电车从远处的桥上驶过。它们就像深紫色天空映衬下移动着的星团。

他不时喝着瓶里的威士忌,偶尔也请我喝上一口,但他常常会忽视我,自顾自地喝。他又喝了一口,轻轻对着酒瓶说:"小妈妈,我总是在你的怀里,嗯?你不能让我断奶,对吗?"

他渐渐有了脾气。"那么,你为何要把我生在这里?当母亲的应该把孩子生在人能谋生的地方。这里不过是空有建筑的荒漠。"

他又从酒瓶里喝了一口,在把酒瓶递给我之前,把它贴着脸颊放了一会儿。"威士忌酒瓶就像女性,"他说,"只要里面装着酒,人们就不愿与它分别,也不愿把它拿给朋友,这一点有点像邀请朋友认识你的妻子。我听说,在某些东方国家里,人们就会这么做——这是一个非常优雅的传统。或许那里的人比我们文明多了,而到那时,或许他们就会发现,女人有时也会喜欢这么做,对吧?"

我想笑,但没笑出声来。现在,当我在书写我这位朋友时，我发现自己终归无法很好地把握他。或许因为在我的记述里，过分强调了他的悲伤。他身上总会呈现出那样的元素，不过他调整得很好，但在我对他的记述里，我却无法将它调整好。

首先，他不是特别聪明，而我似乎在把他塑造成一个相当聪明的人。在我和他待在一起的许多个晚上，他都沉默不语，非常沉闷，一连好几个小时都无精打采，一边还说着办公室里的事儿。他曾说起一个又长又混乱的故事。他曾和公司的总裁一起去了底特律，两人去那儿拜访一个广告商。就当时他们说了些什么——那些"他说"和"我说"的内容——他做了一番冗长而乏味的讲述。

又有一次，他曾说起他自己的一些经历，那是在他投身广告业之前，他曾做过报社的记者。他在芝加哥当地的一家报社——或许是《论坛报》——的编辑部里工作。人们渐渐习惯了他头脑中的小怪癖。他的脑子有时会毫无进展，随后就会有某种老生常谈的故事浮现出来。有一个初出茅庐的记者来到报社办公室，他带来一则重要新闻，独家新闻。没有人相信这位记者说的故事。他只是一个孩子。他说有一个凶手，全镇都在提防着这个人，而那个初出茅庐的小子却把他抓了起来，还把他带到了报社。

那个危险的凶手就坐在那里。那个初出茅庐的小伙子在一家酒馆里发现了他，并走上前去对他说："你最好死了这条心吧。他们一定会抓到你的，如果你去自首，事态就会好很多。"

随后，这个危险的凶手就决定去自首，而那个初出茅庐的小伙子就陪他一起去，他俩没去警察局，而来到了报社。这真是一则轰动的独家新闻。再过一会儿，排版就要完成了，报纸就要拿去印刷了。截稿时间临近了，而这位初出茅庐的记者在屋里奔走相告。他不断指着那个凶手，那是一个看起来非常文雅的人，个子矮矮的，长着一双蓝眼睛，正坐在板凳上等候。这个初出茅庐的记者几乎快要疯了。他手舞足蹈地喊道："我告诉你们，坐在那里的人可是莫德克。别犯傻了，我告诉你们，莫德克就坐在那里。"

此刻，一个编辑冷漠地走了过来，对那个蓝眼睛的小个子男人说了几句，随后突然间，报社办公室里所有人的语调全都变了。"我的天啊！这是真的！手上的活儿都停一停！把头版空出来！我的天啊！这是莫德克！这么危险的事儿！我们差一点就让它溜了！我的天啊！那是莫德克！"

这桩发生在报社的事一直留在我朋友的脑海中。它在他脑中就像在水池里一样四处游动。大概每过六个月，他就会重复一遍这个故事,每一次都说一样的话,那一刻报社办公室里的紧张气氛不断在他口中呈现。他变得越来越亢奋。此刻,办公室里的所有人都聚集在那个小个子、蓝眼睛的莫德克边上。他杀了妻子、情人和三个孩子。随后他跑到了大街上,随随便便就射杀了两个刚好路过的无辜路人。他坐在那里静静地说着话,城里所有的警察,以及其他报社的记者都在找他。他就坐在那里说着话,紧张地讲述着他的故事。故事本身并没有什么。"是我杀的。就是我杀的。我想我当时蠢透了。"他不断地说。

"好吧,这个故事必须得延伸一点。"那位带他来的初出茅庐的记者骄傲地在办公室里走动。"是我办到的!是我办到的!我证明了自己才是这座城市里最伟大的新闻记者。"年长一些的人都在笑。"真是傻子!傻子有傻福!如果他不是个傻子,绝不可能办到这一切。瞧瞧他走路的样子。'你是莫德克吗?'他走遍整个镇子,进入酒馆,逮到人就问:'你是莫德克吗?'上帝对傻子和醉汉可真好!"

这个故事我朋友向我说起过十次、十二次、十五次,丝毫不知它已成了老生常谈。当他重现报社办公室里的场景时,他总是会给出同样的评价。"这是一则好故事,哈,不过,这是真事儿。我当时就在那里。得有人把它写下来,登在杂志上。"

我盯着他看,在他讲述这则故事时,我紧紧盯着他看,并且随着年龄的增长,我一直在听这则有关凶手的故事,他也会定期讲起别的故事,但不会意识到他之前已经讲过了,于是我冒出了一个想法。"他是一个没有听众的说书人,"我想,"他是一条淤塞的河流。他装满了故事,这些故事在他身边盘旋、转动。这么说吧,他还不是一条淤塞的河流,他就是一条满溢的水流。"我走在他身边,一遍遍聆听那个初出茅庐的记者和凶手的故事,在那时,我总会记起我父亲房子后面的一条小河,房子就在俄亥俄州的某个镇上。春天时,水会漫到我家房子边的一块田地,褐色的泥浆会一圈圈疯狂打转。有人若往水里扔一根树枝,它就会被水流带去远方,但是,过了一段时间之后,树枝就会转回到我站在那里观望的高地边。

让我感兴趣的是那些没有说出来的故事,抑或是我朋友脑中那则没有完结、不会绕圈打转的故事。一则故事一旦形成,就会隔三岔五地被人讲述出来,但那些没有形成的片段,只能被窥见一次,随后就会退隐,永不再现。

那是春天的一个傍晚,他和我一起在杰克逊公园散步。我们坐上了一趟有轨电车,我们正下车时,车就突然开动了,我那位朋友踉踉跄跄摔在了地上,在街上翻起滚来。司机、售票员,以及几位乘客跳下车来,围拢过来。不,他没有受伤,不会把姓名和住址告诉那位焦急的售票员。"我没受伤。我不会起诉你们公司的。妈的,老兄,我绝对不会给你我的姓名和住址的,我压根不屑于这么做。"

他装出一副义愤填膺的高贵模样。"现在你只需想想,如果我碰巧是某个大人物,正在这个国家旅游——比如,在外交部工作,隐姓埋名的一个人。比如,假设我就是一个伟大的王子或者诸如此类的显贵。看看,我身形多么伟岸。"他指了指自己的大肚子。"如果我告诉你我是谁,人们就会欢呼起来。我不在意那些。你明白吧,对我来说,这件事发生在你自己身上会有很大的不同。这类事我经历多了。我对此感到厌烦。在我研究你们这个国家的风俗时,我恰巧从有轨电车上跌落下来,这是我自己的事儿。我又没有碍到任何人。"

我们离开售票员向前走去,司机和乘客们有点愣住了。"啊,他是个傻子。"我听到一个乘客对另一个乘客说。

等到了秋天,从我这位朋友身上抖落出某个东西。我们后来有一次一起坐在公园长椅上时,其中有个片段,他过往经历中某个微小的闪光片段——他身上时不时会掉落这些片段,而这对我来说就是他最大的魅力——似乎被摇晃松了,就像从风中的树上跌落一只苹果般从他身上掉落下来。

他开始讲起来，有些犹豫，这种感觉就仿佛他在夜里摸黑走过一间古怪屋子的门廊一般。事情是这样的，我从未见他与女人待在一起过，而他也很少提起女人，只用一种诙谐和半轻蔑的语调调侃过几句，但现在，他开始说起他和一个女人的一段经历。

这个故事讲述的是他年轻时的一段冒险。它发生在他母亲去世、父亲再婚之后，实际上是发生在他永不回头地离家之后。

他与父亲之间似乎总存在一种敌意，随着他继续待在家里，这种敌意变得越来越明显，但就儿子——也就是我朋友——这一方来看，他从未将这种敌意说出来，而对他父亲的厌恶就体现在他藐视父亲如此恶劣的再婚行为中。那所房子里新搬来的女人看起来是个笨头笨脑的可怜人。房子总是很脏，而那些孩子，别人生的孩子，总是在地上爬来爬去。当去地里干活的父子回来吃饭时，饭菜又烧得难以下咽。

父亲想让上帝用某种神秘的方式让他成为一个卫理公会派的牧师，这个愿望一直持续着，并且随着他年岁渐高，儿子很难抑制对家庭生活言辞刻薄，总要将这些话说出口："卫理公会派的牧师到底算什么？"儿子充满了年轻人的偏狭。他父亲是个工人，一个从未上过学的人。他难道会认为，仅凭不停地祷告，无须努力，上帝就会突然将他变成另一个人吗？如果他真的想成为一名牧师，为什么自己不去准备呢？他急不可耐，结了婚，然后在第一任妻子尸骨未寒之际，就匆匆续了弦。但他娶到的又是多么笨手笨脚的一个可怜女人啊。

儿子朝桌子另一边的继母望去，她害怕他。他们的眼神相遇了，随后这个女人的双手开始颤抖起来。"你想要什么？"她焦虑地问。"不想要什么。"他回了一句，随后就不声不响地吃起东西来。

春季的某一天里，他在地里和父亲一起干活，突然决定要到外面的世界去看看。他和父亲当时在种玉米。他们家没有玉米种植机，于是父亲得用自己做的标记物在田垄里标记出种植点，随后他就光着脚沿着田垄一边走，一边将玉米粒播撒下去，而他儿子，手里拿着锄头跟在后面。儿子把土盖在玉米粒上，随后用锄头的背面拍打种下玉米的地方。这样做是为了夯实上面的土层，以防玉米生根之前，乌鸦飞下来把玉米粒吃了。

整个早上，父子俩都在一声不吭地干活，随后到了中午，他们来到田垄的一端，收工休息。父亲走入了篱笆的角落里。

儿子非常紧张。他坐了下来，随后又起身四处走动。他不想往篱笆的角落望去，他父亲无疑正跪在那里祈祷——他总会在不合时宜的时候祷告——但那一刻，他却没有那么做。恐惧袭上他的心头。父亲默默跪着祈祷，儿子又能看见他的两只光脚从低矮的灌木丛中伸了出来。汤姆颤抖起来。他又看见了脚后跟、脚掌的肉垫，以及脚趾下面那两个球状的指头肚。它们都成了黑色，但每只脚的脚背都是白色的，而且还带有一种奇怪的白色——就像鱼肚白。

读者会理解汤姆的脑子里在想什么——一段记忆。

他没对父亲或父亲的妻子说什么，就这么穿过田地，走进房子，收拾好东西，起身离开了，也没有和任何人道别。女主人看见他走了，什么也没说。等他走到路上的一个拐弯处，她就穿过田野向她丈夫跑去。她丈夫还在祈祷，根本没有注意发生了什么。他的妻子也看到了从灌木丛里伸出的那双光着的脚，尖叫着冲过来。她丈夫站起身来，她开始歇斯底里地哭起来。"我觉得大事不妙，哦，我觉得大事不妙。"她抽泣着说。

"啊，怎么啦，怎么啦？"她丈夫问道，但她没有回答，只是跑了过来，一头扑进了他的怀抱，两人就这样站着，像两个奇形怪状的谷物袋，拥抱在灰色天空下新开垦的黑色田地里。那个儿子则在一棵树前停下了脚步，看着他们。他走到树林边，站了一会儿，然后沿着路走远了。后来，他再也没有见过他们，也没有听到过他们的消息。

关于汤姆追女人的故事——他讲得就像他离家出走的故事一样，是以一种零碎的方式讲述的。这个故事，就像我刚才讲的故事一样，是在长时间的沉默间隙断断续续讲出来的。我这位朋友说起这个故事时，我就坐着看着他。我承认，有时候我不禁在想：他一定是我一生中认识的最伟大的人。"他感受了更多的事物，他凭借无声感受事物的能力，对生活的了解要比我认识的任何人，甚至比生活在我这个时代的任何人都深。"我这样想着——内心被深深触动了。

就这样，他上了路，慢慢徒步穿过俄亥俄州南部。他打算到某个城市去，并开始自学。他在童年时，曾在某个冬天去一所乡村学校念书，但某些他想要的东西在乡下是找不到的，比如书。"我当时就知道，现在也知道，书，真正的书的重要性。世界上这样的书很少，要找到它们需要花很长的时间。几乎没有人知道它们是什么样的，而我一直没结婚的原因之一就在于，我不想让某个女人挡在我追寻那些书的路上。"他解释道。他总是用这种极短的评论来打破他对故事主线的讲述。

整个夏天，他都在农场里干活，有时会在那里待上两三个星期，随后就继续往外跑。到了六月，他就去距离辛辛那提以西二十英里之外的地方，他在那儿的一个德国人的农场里干活，就在那儿发生了他那天晚上在公园长椅上对我讲的冒险故事。

他干活的那个农场属于一个身材高大魁梧的德国人，他五十岁了，二十年前来到美国，通过辛勤劳作发了财，得了不少土地。在下定决心娶个女人的三年前，他写信给德国一位朋友，让他帮忙物色个妻子。"我不想在这些美国女孩中找，我想要一个年轻的，不要老的。"他写道。他解释说，美国女孩都怀有这样的想法：她们可以支配丈夫，并且大多数人都成功了。他说："她们现在只想悉心打扮一番，骑着马到处跑，要么就骑马进城去。"就连他雇的年长的美国女管家也是如此。她们中没有一个能在这里安心打理农场、喂牲口、做欧洲农夫的妻子本应做的事情。若他想雇一个女管家，她只负责家务就够了。

随后，女管家去前廊缝东西或看书了。"简直荒唐！你给我去给找个德国好姑娘，身体强壮又漂亮的那种。我会寄钱给她，这样她就可以来这里做我的妻子了。"

这封信是寄给他年轻时的一个朋友的，他现在是德国小镇上的一个小商人。在和他的妻子商量了这件事之后，这位商人决定把他二十四岁的女儿送到美国去。她已经和一个军人订了婚，可那人在服役期间得病死了，她父亲觉得女儿已经虚度了太多光阴。商人把女儿叫到妻子的房间里，把自己的决定告诉了她。她坐在那里，眼睛盯着地板看了很长时间。她要吵闹一番吗？一个坐拥大农场的富有美国丈夫可不能就这么放过。女儿抬起手，摸了摸她浓密的黑发。毕竟她是个强壮的女人。她的丈夫不会被骗。"好，我去。"她轻轻地说，站起身来，走出了房间。

　　这个女人到了美国之后一切都还好，只不过，她丈夫认为她话说得太少了。虽然她在生活中主要就是操持家务、种田、喂牲口，把男人的穿戴打理好，这样他就不必总是去买新衣服了，但有时，还是会有别的事情可以去做的。农夫在地里干活时，有时会自言自语起来："一切都已妥当。万物都遵循时间，各有归处。"这个人平日里就干干活，空下来也会稍微放松一会儿。他会时不时找几个朋友聚聚，喝喝啤酒，吃吃油腻的食物，然后再找点乐子，这也挺好。他不会玩得太过火，但如果聚会上有女人，就会有人给其中一个女人搔痒痒，这个女人就会咯咯笑起来。他曾对腿发表过评论——没什么特别的。"腿就是腿。马或女人的腿都很重要。"

所有人都笑了起来。他度过了一个愉快的夜晚，玩得很开心。

这个农夫在他的女人来了之后，时常会在田里干活时想她究竟出了什么问题。她整天都在干活，把屋子收拾得井井有条。这不，她要喂好牲口，这样他就不必为它们操心了。她烧得一手好菜。甚至会用古老的德国方式，在家酿造啤酒——啤酒的味道也很不错。

其实，问题就出在她话太少了，过于沉默了。他和她说话时，她总会态度温和地回答，但她本人不会发起话题，到了晚上，她就一声不吭地躺在床上。德国人在想，这是否她马上就要怀上孩子的征兆。"那可能会带来不同的结果。"他想。他停下手里的活儿，朝田地那头望去，那里有一片牧场。他养的牛正在安静地吃草。"哪怕是这些牛，当然牛是不会说话的，也算是非常沉默的物种，但即便如此，牛也会有闹腾的时候。有时魔鬼也会钻入牛的体内。你会牵着它沿着大街小巷走，突然间它会发疯似的发作起来。一不留神，它或许就会用头挤开栅栏，把人撞倒，什么事儿都干得出来。它欲望喷薄，疯狂地想要某种东西。就算是一头牛，也不会一直木着一声不吭的。"德国人感觉自己上了当。他想起了那位把女儿送来的德国朋友。"啊，他妈的，他本该送一个更开朗点的人来的。"他想。

汤姆来到农场时正值六月，农收开始了。那个德国人有很多土地，他在地里种了小麦，收成也不错。他还雇了另一个人整个夏天在地里干活，但汤姆也有活干。他不得不睡在谷仓里的干草垛上，不过他不介意。他只想立马开工。

任何认识汤姆、并且看过他那巨大粗笨的身体的人，一定会意识到，他正是血气方刚的年纪，身体一定异乎寻常得强壮。首先，他还不会像日后那样，整日沉入思考之中，也不会像日后那样，常年枯坐在桌前。他和另两个男人一起在地里干活，到了吃饭时间就和他俩一起进屋吃饭。他和德国人的妻子有很多相似的地方。汤姆的脑中一直在想某些事情——有关他童年时的思绪——他也会想很多有关未来的事。这么说吧，他一直在往西走，沿途做点活儿，赚点小钱，赚来的每一分钱他都留着。他还没去过美国的城市，并且有意在避开诸如斯布林菲尔德、代顿和辛辛那提这样的地方，一直都待在小一点的地方和农场里。

一段时间之后，他或许就可以攒下一点钱，这样就可以去城里学习、看书和生活了。他对美国的城市有一种幻想。"一座城市里会有很多人，他们不会孤独。他们会意识到只有一起劳作，才能获得生活中更好的东西。众人一起劳作就可以创造神奇，众人一起思考就可以想得透彻，众人一起努力就可以让生活更加美好。"

如果我给你留下这样一个印象：汤姆，这个来自俄亥俄农场的男孩，拥有如此清晰的想法，那一定是我犯了错。他有一种感觉——类似的感觉。他体内有某种无声的渴望。我非常确定，他那时甚至就有日后一直保有的东西，那是某种近乎圣洁的内在谦卑感。这是他作为男人最大的魅力，但或许就是这种谦卑感妨碍了他获得坚定自信的男子气概，这种男子气概似乎是我们美国人都非常看重的。

不管怎么说，汤姆就是这样的人，而那个女人，那个沉默不语的人，现今已经二十七岁了。三个男人正坐在桌子旁吃饭，她则在一旁候着。他们在农场的厨房里吃饭，那是一个老式的大厨房，她要么站在炉子旁，要么就在等食物吃完后一声不吭地再端上一些。

到了晚上，几个人要到很晚才会吃饭，有时他们在桌旁落座后，天都已经黑了，她就会给他们点起煤油灯。扇动着巨大翅膀的昆虫和蛾子疯狂撞击着纱门，它们想要冲进屋子里，在煤油灯旁飞舞。男人们在吃完晚饭之后，会坐在桌旁喝啤酒，女人就去洗盘子。

那一年夏天来干活的人是个三十五岁的男人，他身材高大，骨瘦如柴，下巴留着一撮胡子。他和那个德国人很聊得来。德国人心想，嗯，这可真不错，总算有人打破屋里的沉默了。这两人聊起了即将要干的脱谷的活儿和刚刚收完的干草。其中一头牛下周就要产牛犊了。留胡子的男人喝了一杯啤酒，用长满又长又黑的毛的手背擦了擦胡子。

汤姆把椅子拉到后面，倚着墙一声不吭地坐着，在德国人深深沉浸在对话中时，他会看看那个女人，有时她会把目光从正在洗的盘子上移开，朝他看去。

他有时会感到某种东西，某种感情——也许她也有——但屋里那两个男人的感受就说不清了。可惜她不会说英语。不过，即使她会说，他也无法向她传达他的心意。不过，哼，他心里什么想法也没有，什么也说不出来。她丈夫时不时会用德语和她说话，她轻声回答，然后再转回英语同那两个男人说话。她又端来了一些啤酒。那个德国人感到心满意足。能在家里聊天真是太好了。他劝汤姆也喝点啤酒，汤姆接过酒杯喝了起来。"你也是个闷葫芦，嗯？"他笑着说。

汤姆的奇遇发生在他在这儿的第二个星期。晚上人们都已睡了，但他睡不着，于是便默默起了床，拿着毯子从干草棚里下来。这是一个炎热的朔夜，夜色寂静且温柔，他来到延伸到谷仓的草地，铺上毯子，靠着谷仓的墙坐了下来。

即便不睡觉也没什么关系。他年富力强。"如果我今晚睡不着，那就明晚再睡。"他想。空气中有某种东西让他觉得只关注自己就好，他就这么醒着，坐在室外，看着远方谷仓旁苹果园里的朦胧树影，看着天上的繁星，看着几百英里之外隐约可见的农舍。他在室外就不再有不安感了。也许只是因为此刻他离自己更近了，又或许只是因为夜晚的缘故。

他渐渐意识到有什么东西，某个在黑暗中不安移动着的东西。院子和果园之间有一道篱笆，篱笆旁边长着浆果树丛，黑暗中有什么东西正沿着浆果树丛移动。那是一头跑出畜棚的奶牛，还是被风吹动的树呢？他玩起了一个乡村男孩都知道的把戏。他把一根手指塞进嘴里，站起身来，把湿漉漉的手指伸到面前。风会迅速吹干手指的一面，这一面会变冷。这样就可以感知到风力和风向。嗯，当时的风力不足以吹动浆果树丛——一丝风也没有。他光着脚从谷仓的阁楼下来，走动时没有发出任何声音，他走过去，默默站在毯子上，背靠着谷仓的墙壁。

树丛里的动静越来越明显了，但这并不是树丛里的动静。某个东西正沿着他和果园之间的篱笆移动。篱笆边上的某个地方是一块老旧的铁轨，那上面没有长灌木，此刻那个默默移动的东西正经过这块空地。

原来是房子里的女人，那位德国人的妻子。到底怎么了？难道她也想不声不响地靠近什么吗？汤姆的脑袋里闪过各种念头，身上油然而生某种无声的欲望。他隐隐希望这个女人是来找他的。

事后，当他向我说起那晚发生的事时，非常肯定当时占据他头脑的不是对一个女人的肉体欲望。他母亲在多年前就去世了，而他父亲随后娶进门的那个女人在他看来仅仅就是家里的一个摆设，并不怎么能干，长得皮包骨头，头发乱作一团，身体根本做不了她理应去干的活儿。"我极度排斥所有女人。或许我一向如此，只不过那是——我敢肯定我自己就是一个乡下土里土气的贵族。我觉得自己是个人物，是世上的一个异类，而我见过或认识的女人，任何女人，比如几个像我父亲一样可怜的邻居家的妻子，几个乡下姑娘——我都懒得鄙视她们，她们都是我脚下的尘土罢了。

"而对那个德国人的妻子，我却没有那种感觉，我不知道这是为什么。或许是因为她就和那时的我一样保持沉默的习惯，这个习惯自那之后我就丧失了。"

就这样，汤姆站在那里——等待着。那个女人慢悠悠地沿着篱笆，一直待在灌木的阴影里，随后穿过那块空地，往谷仓走去。

事后，当他想到当时究竟发生了什么的时候，永远也无法确定那究竟是她在梦游,还是醒着在向他慢慢靠近。他们之间语言不通,在那晚之后再也没有见过彼此。或许她那时一直不太安宁,想要下床离开她丈夫,自个儿从屋里出来走走,没有刻意想过自己在干什么。

她来到他站立着的地方,这才缓过神来,随后害怕起来。他向她走去,她停了下来。他俩的脸靠得很近,她因惊恐而瞪大了双眼。"她的瞳孔都放大了,"他在谈到那一刻时说,他一直在说那双眼睛,"那里面有一种东西正拍打着翅膀。我肯定我当时清清楚楚地看到了一切,就仿佛我们一起站在白天里一样,这么说一点儿也不夸张。或许是我的眼睛出了什么问题?那也有可能。我没法跟她说话,让她安心下来——我没法对她说:'别害怕,女人。'但我说不出话来。我想这一切都是我眼神透露的。"

显然,应该说些什么。不管怎么说,在我那位朋友年轻时经历的不凡之夜里,他的脸和那个女人的脸越靠越近。随后,他们的双唇碰在了一起,随后他拥她入怀,抱了她一会儿。

就是这样。他们一起站着,一个二十七岁的女人,一个十九岁大、担惊受怕的乡下男孩。或许这就解释了为何没有发生别的事。

至于别的事儿我就不知道了，但是我在讲这个故事时，有你这样的读者所不具备的优势。我是听这个人断断续续讲完了的——他经历了我想描述的事儿。过去那些讲故事的人，从一个地方走到另一个地方，讲述他们的神奇故事，他们都有一个优势，而这种优势是我们这些身处印刷时代的人所不具备的。他们既是讲故事的人，又是演员。他们在讲故事时会调整自己的语调，用手摆出姿势。他们时常仅靠自身的信念力量就能获得信念。所有我们这些现代人，为了达到同样的目的，只会在写作的风格上小题大做。

而我现在试图表达的是，我那一晚和我朋友在公园聊天时，我的一种感受：那是两个人在俄亥俄州一个谷仓边深深的阴影里的结合，是非个体性的两人结合，这种结合与身体有关，但同时又与身体无关。这件事只能靠感受，而不能用理性来理解。

不管怎么说，他们在一起抱了一会儿，或许有五分钟之久，他们的身体靠在谷仓的墙上，双手握着，紧紧扣在一起。他们中的一方时不时会往后退一步，面朝对方站立一会儿。或许有人会说这是欧洲在黑暗的谷仓边直面美国。或许有人会联想到别的什么，但我只想说，他们就像我描述的那样站着，怪异地把脸朝向谷仓——我猜，这是本能地转过身去——并且时不时会有一个人往后退几步,面朝对方站立一会儿。他们的双唇自第一次触碰之后,就再也没有触碰过。

下一幕上演了。德国人在屋里醒了过来,并开始喊了起来,然后他拿着提灯出现在厨房门口。由于那个提灯帮助那位妻子和我朋友脱离了险境。提灯发出一个小小的光圈,他无法看清光圈外的任何东西,但他一直在用一种慌张又惊恐的方式呼唤着他的妻子,她的名字叫凯瑟琳。"哦,凯瑟琳,你在哪里?哦,凯瑟琳。"他喊道。

我的那位朋友立刻采取了行动。他抓住那个女人的手,沿着谷仓的阴影——无声无息地——跑了起来,随后穿过谷仓和篱笆之间的空地。这两人只不过是在谷仓漆黑的墙上一闪而过的两道幻影。在篱笆上没有灌木丛的地方,他一把托起她,随后跟着她爬了过去。他跑过果园,跑到路上,把手放在她的肩膀摇晃着她。她似乎明白他的企图,于是回应了丈夫的呼唤,当提灯朝他们摆动下来的时候,我那位朋友一猫腰躲进了果园。

那个男人和妻子朝屋子走去。德国人激动地说着话,那个女人则像往常一样轻声应答。汤姆感到迷惑不解。那天晚上发生在他身上的一切都使他感到迷惑,很久以后,当他告诉我这件事的时候,他想到了一种解释——所有人在这种情况下都会这么做——但那是另一个故事,现在不是说的时候。

关键是,在那一刻,我的朋友有一种完全占有了这个女人的感觉,同时,他也知道她丈夫永远也无法占有她,丝毫没有机会占有她。一股无边的柔情通过他的全身,他只有一个愿望,想要去保护这个女人,尽一切所能不让她现在的生活变得更加艰难。

于是他飞快地跑向谷仓,系好毯子,悄悄爬上阁楼。

那个下巴上长着一撮胡子的农场帮工正在干草垛上安静地睡着,汤姆在他身边躺下,闭上了眼睛。就如同他料想的那样,那个德国人没过多久就来到了阁楼,没有用灯照亮那个老人,而是对准了汤姆的脸。然后,他走了,汤姆躺在床上醒着,开心地笑了起来。那时他还年轻,心中燃起某种骄傲和复仇感——那一刻,他对那个德国人就抱着这种态度。"她丈夫知道了,但同时又不完全知道,他不知道我已经从他手里夺走了他的女人。"很久以后,当他把这件事告诉我时,他曾这样对我说。"我不知道,为什么那么想会让我如此开心,但事实就是如此。那一刻,我自己之所以觉得那么高兴,只是因为我们都打算逃走,但现在我知道,事实并非如此。"

可以非常肯定的是,我朋友意识到了什么。第二天早晨,在他走进屋子时,早餐已经摆在桌子上了,可那个女人却不在边上服侍。桌上摆着早餐,炉子上放着咖啡,三人默默地吃着。然后,汤姆和那个德国人一起走出了屋子,仿佛按照事先安排好的一样,走进了谷仓。德国人什么也不知道——他妻子在夜里变得越来越焦躁,随后下了床,走到外面的路上,而另外两个人都在谷仓里睡觉。他从来没有以任何理由怀疑过她,而她正是他所要的那种女人:从不去城里逛,不会花钱买衣服,什么活儿都愿意干,从不惹麻烦。他不明白自己为什么突然对他雇来的这个年轻人产生了如此强烈的厌恶感。

汤姆最先开了口:"我不想干了,我觉得我还是自谋出路吧。"他在那时离去,显然会打乱德国人的计划,他原定在抢收时节把活儿干完,但他并不反对汤姆离开。汤姆已经按照周时安排好了工作量,而那个德国人则把日子往回算到了上周六,并打算玩点花样。"我只欠你一周的钱,对吧?"他说。这样他就可以让这个人再白干两天的活儿——如果这能成的话。

但汤姆并不想被他算计。"一周零四天,"他回答说,故意多说了一天,"如果你不打算支付四天的钱,那这周我就不去干活了。"

德国人走进屋子,拿出钱,随后汤姆就上了路。

他走了两三英里后，停下脚步，走进了一片树林，一待就是一整天，不断在想之前发生的事。

或许，他也没有多想。在芝加哥公园里的那个晚上，当他讲起这个故事时，他说，当时他的脑子里一整天都有一些人影在走动。他就坐在一块木桩上，任由他们在脑子里走动。他当时是否意识到，他身上已经燃起了对生活的冲动，并且这股冲动再也不会有了？

当他坐在木桩上时，脑海里闪过他父亲、已故的母亲，以及在俄亥俄乡下的童年里他周围的人。他们不停地在做各种事情，不停地说着。我的读者会很清楚，我认为我的朋友是一个讲故事的人，并且出于某种原因，他永远无法把他的故事讲给别人听，这当然也就可以解释那天在林子里发生的事儿了。他自己也认为，当时他处于一种昏睡状态。他在那一天的前一个晚上没有睡觉，虽然他没这么说，但在他身上确实发生了某件有点神秘的事儿。

他向我说起了那个如梦般的白天，其中有一件事非常古怪。在他的想象中，一次又一次地出现了一个他从未在现实中见过，并且自那以后也再没有见过的女人的身影。他宣称，不管怎么说，那都不是德国人的妻子。

"那是一个女人的身影，但我看不出她的年龄，"他说，

"她正从我身边走开,穿着一件满是黑点的蓝色裙子。她身材苗条,看上去很结实,但身体又残缺不全。就是这样。她正走在一条小路上,那是一个我过去从未见过,现在也没见过的地方,一个没有树木,有着低矮山丘的国度。那里没有草,只有齐膝高的矮树丛。人们可能会认为那是一个北极国家,但那里每年会有几个星期的夏季时光。那个女人把袖子卷到肩上,露出纤细的胳膊,把脸埋在右臂的臂弯里。她的左臂像是残缺的,她的腿像是残缺的,她的身体也像是残缺的。

"可是,你看,她一直在走,沿着小径,在低矮的灌木丛中,在光秃秃的小山丘上走。她走路也很有劲儿。这听上去似乎不可能,也很愚蠢,可我一整天都坐在树林里的那个树桩上,一闭上眼睛,就可以看见那个女人像那样走着,有力地向前走着。然而,你看,她已经变成了碎片。"

成为女人的男人

我父亲是镇上的药品零售商,我们这座镇子位于内布拉斯加州,它就像我见过的其他上千座小镇一样,没什么可逛的,也不值得浪费你我的时间来描述。

不管怎么说,我成了药店的店员。在我父亲死后,这家店卖给了别人,母亲带着钱,往西去加利福尼亚投奔了她妹妹,走之前给我留下了四千美元,我用这笔钱开始在这个世界上立足。当时我只有十九岁。

我去了芝加哥,在那里的药店当了一段时间的店员,随后,我的身体突然出了问题,这或许是我对整座城市的孤独生活,以及药店里的景象、气味极为厌恶所致,随后我决定踏上当时在我看来最大胆的冒险之旅——当一段时间的流浪汉。没钱时,就时不时去打打工,但整段时间里,我都可以在户外随便闲逛,或者乘货运火车在这块土地上到处走走,看看大千世界。甚至在夜里,我还会在偏僻的镇子里偷窃——有一次,我偷了某人留在晾衣绳上的一整套高级服装,还有一次我在货运火车上顺走了放在盒子外的一双鞋子——但是,我一直在担惊受怕,怕被抓住扔进监狱里去,所以我意识到靠偷盗出人头地并不适合我。

那一段生活中最令我开心的经历,是我当马夫——或叫马童——与赛马待在一起的时间。就在那段日子里,我遇见了和我同龄的一个年轻人,他后来逐渐成了某个名声显赫的作家。

这个年轻人常说,他将进入赛场当马夫视为荣耀,那是他一生的高光时刻。

他那时未婚,也还没有成为一名成功的作家。我的意思是说,他那时是自由的,并且我猜想,我和他一样,喜欢常来赛场的那些人——小商贩、马童、司机、黑人和赌徒——身上的某种东西。你知道这是一群多么华而不实、多么靠不住的人——如果你经常来赛场的话——他们都是我见过的最狡猾的骗子,从不存钱,也不考虑什么道德,就像大多数药贩子、纺织商,以及其他我父亲昔日在内布拉斯加州的朋友一样——他们不会卑躬屈膝,不会谄媚别人,他们觉得自己一定比自己想象得还要显赫、富有,还要有势力。

我想说的是,他们都是特立独行之人,常常把"滚开""来喝一杯威士忌"这样的话挂在嘴边,当他们当中有人赢下一局马赛——我们称之为"狠揍了他们一顿"——他就会把赚来的钱挥霍一番,然后继续去赌马。没有哪个国王、总统或肥皂商——他和家人去欧洲旅游时——摆阔起来能超过他们。他会戴上镶钻的大戒指,在领带上扣着镶钻的马蹄铁,诸如此类。

我非常喜欢这群声名狼藉的人,他也一样。

他暂时在给一匹名叫"笨伯·乔"的阉马当马夫,它参加的是快速赛,隶属于一个身材高大,长着黑胡子,名叫阿尔弗雷德·克雷姆博格的人,它尽一切努力证明自己是一匹真正的赛马。结果,我们碰巧都参加了同一场巡回赛,整个秋天都在宾夕法尼亚州西部参加乡村马会。在天气晴朗的晚上,我们会花很长时间在一起散步、聊天。

假设那是星期一或星期二的晚上,我们的马被关起来过夜。比赛通常要到一周的晚些时候举行,通常会在周三。在这样的马会中,总有一个小餐厅,那里主要由镇上的基督教妇女禁酒协会经营。我们会去那里吃饭,在那里花二十五美分就可以吃一顿很不错的饭菜。至少当时我们觉得很不错。

我会安排好一切,这样就可以坐在这个名叫汤姆·米恩斯的人边上。我们在吃完东西后,就去看看我们的两匹马。"笨伯·乔"会在单圈里吃干草,而阿尔弗雷德·克雷姆博格会站在那里捋胡子,神态看起来就像一只伤心的鹤。

但他并不是真的伤心。"你们两个可以去市区找姑娘。我老了不中用了，早就过了干这事儿的年纪了，你们去吧。反正还有我在这儿，我会替你们照看这两匹马的。"他会这样说。

于是，我们就出发了，没有进城去找镇上的姑娘，镇上的姑娘可能会嫌弃我们是陌生人，或是在马场干活的人，我们去了乡下。我们走入一片丘陵区，那里挂着一轮明月。树叶纷纷从树上落下，铺在路上，我们走在路上把它们和尘土一起踢起来。

说实话，我想我爱上了汤姆·米恩斯，他比我大五岁，虽然当时我不敢这么说。美国人是羞于提起这样的事儿的，并且我发现，这里的男人不敢承认自己爱上另一个男人，他们甚至不敢承认自己有过这样的感觉。我猜他们害怕这种感觉。

不管怎么说，我们沿路向前走着，有些树的叶子已经掉光，看起来就像一个个肃穆地站在路边、正倾听我们说话的人。只是我没有说什么。汤姆·米恩斯倒是真的说了很多话。

有时，在我们回到赛马场时，天色已晚，月亮已经落下去，四下一片漆黑。然后，我们常常会沿着赛道一圈又一圈地走，有时会走上十几圈，然后钻进干草堆里睡觉。

汤姆总会谈论两个话题：写作和赛马，但主要还是在谈赛马。赛马场上细微的动静、马的气味，以及与马相关的东西，似乎都能让他兴奋起来。"哦，该死的，赫尔曼·达德利，"他突然大声喊了出来，"别跟我说话。我知道我在想什么。我见过的人比你多，我什么样的人没见过啊。无论男女，甚至自己的母亲都比不上一匹马，也就是说，一匹纯种马。"

有时他会这样讲上很长一段时间。他会说起见过的人和他们的性格。他想在日后成为一名作家。他说，在成为一名作家后，他想用一匹驯良的马奔跑、慢跑或快跑的方式来写作。他是否按照这种方式写过，我说不准。他写了很多东西，但我不太能判断他写得好不好。不管怎样说，我不认为他曾这样试过。

不过，他一谈到马，无疑就成了一把刮尺[1]。如果不是他，我永远不会有现在这种对马的感觉，也不会像现在这样享受和马在一起的时光。他常常会滔滔不绝讲上一个小时，谈论马的躯体、思想和意志，仿佛它们是人一样。"上帝保佑我们，赫尔曼，"他会抓住我的胳膊说，"你难道不会激动吗？我是说现在，当一匹好马，比如我服侍的这匹'笨伯·乔'，一直

---

[1] 刮尺（darby）：一种给马梳毛的工具，这里形容此人喋喋不休的状态。

俯身在直道上领先冲刺,步步接近,你知道它离终点不远了,你知道它的心在怦怦直跳,它要赢了,你知道它不会让自己被别的马击败的——你难道不会为此激动吗?它难道不会让你变得像魔鬼一样激动吗?"

这就是他说话的方式,后来,他有时也会谈谈写作,也会让自己为之激动万分。他对写作有些认识,但我从未好好思考过写作的问题,但同样,也许他的话,对我也起了作用,让我想要自己动笔来写这个故事。

那段时间在赛场里的一次经历,我的内心驱使我不得不将它说出来。

这么说吧,我也不知道为什么,但我必须这么做。我觉得,这有点像虔诚的天主教徒忏悔,或者更好的说法是,这就好比你是单身汉——就像我一直以来一样——要去把你住的房间打扫干净。房间很乱,床好几天没有整理了,衣服和其他东西都扔在壁橱外的地板上,或许床底下也有。随后,你把一切清理干净,换上新床单,换下衣服,双手和膝盖撑着地,把地板擦得干净到都可以在上面用餐,然后,出去走走,过一会儿再回到家里,房间的味道变得甜美了,你的感觉也变得甜蜜了,内心感觉更美好了。

我的意思是说,即使在我和杰西结婚,并过上幸福生活之后，这个故事也一直藏在我心里，我经常梦见它的来龙去脉。我甚至有时会在夜里尖叫起来，于是我对自己说："那就让我把这个该死的故事写出来吧。"故事是这样的。

那时已是秋天。早晨，我们从毯子里爬出来，躺在马厩上面小阁楼的干草堆上，探出头来四处张望，地上结了一层白霜。我们醒了，马也醒了。你知道赛道旁的马厩是怎样布置的——那是排成一排的像小谷仓一样的马厩，上面有一个小阁楼。每间马厩设有两道门，一道门到马的胸部，另一扇一直到顶，只有在晚间或遇到恶劣天气时，这扇门才会被关上。

到了早晨，上面那扇门就会打开，拴好，这样马就会把头伸出来。赛道围成的巨大椭圆形草地上结起了白色的雾凇。通常，整个马队会配有六匹、十匹，乃至十二匹马，或许还会配一个黑人厨师，他会在一排马厩前的空地上架起篝火来做饭。厨师此刻在做饭，马睁着美丽的大眼睛四处张望，嘶鸣着。一个马厩里的种马朝门外张望，看见一匹眼神温柔的母马正在看它，于是兴奋地叫了一声。那里还有一个男人的笑声，四下没有看到女人，也没有任何女人的迹象，所有人都感觉像是在笑，通常都会这样。

一切都很美好，但我不知道这里的美好，直到我认识了汤姆·米恩斯。

我在讲这些的时候，汤姆已经不在我身边了。一星期前，他的主人阿尔弗雷德·克雷姆博格已经把他的马"笨伯·乔"带去参加俄亥俄巡回赛了，至此我再也没在赛马场看见过汤姆。

马厩里有传言说，"笨伯·乔"，那匹又高又瘦的棕色阉马其实根本不叫"笨伯·乔"，它其实是一个替代品，这匹马曾在爱荷华州创下过最快纪录，并在那一年横扫西北的各个城镇，克雷姆博格选中它，一整个冬天都保守着这个秘密，随后将它带到了宾夕法尼亚州的乡下，取了一个新的名字，把记录册上的一切信息全都清理干净了。

我对这事一无所知，也从没听汤姆说过。但是，不管怎么说，他、"笨伯·乔"、克雷姆博格现在都走了。

我想我会永远记得那段日子的。我会记得汤姆在晚上对我说的那些话，以及在九月初之前，我们坐在马厩前，克雷姆博格坐在一个倒扣过来的饲料箱上，捋着他那长长的黑胡子，有时还会哼起别人无法听懂的小曲。歌曲唱的是有关一口深井和一只在井壁上爬的小灰松鼠。他从不笑出声来，也不怎么笑，但在他那双不太光亮，但远比光亮还要微妙的严肃的灰眼睛里，总藏着什么东西。

其他人低声交谈着,汤姆和我一声不吭地坐着。除了和我独处的时间之外,他从不会与人侃侃而谈。

出于对他的考虑——如果他看到了我的故事——我应该提一下,我们唯一去过的大型赛马场位于宾夕法尼亚州的里德维尔,我们在那里看到了伟大的骑手波普·吉尔斯本人。他把马养在赛道另一边,离我们的马厩很远的地方。我觉得像他这样的人想把马养在哪儿就可以养在哪儿。

有一天晚上,我们去了另一边的马厩,在门口站着,而吉尔斯本人则坐在马厩前的一个箱子上,正在用马鞭敲打着地面。赛道里的人都叫他"田纳西州的闷葫芦",而他确实很沉默——不管怎么说,那一晚,他一声不吭。我们只是站着看他,大概过了半个小时,我们就走了。那天晚上,汤姆说的话,要比我之前听到的都动听。他说,他这一生的志向就是等波普·吉尔斯去世后写一本关于他的书,随后在书中显示:在美国,至少还有一人从未疯狂地想要发财致富,或者像其他该死的人一样,拥有一家大型的工厂。"他就像那样坐着,等待生命中的重要时刻来临,到那时他会驾一匹快马,朝终点逼近,随后,他妈的,他会把自己的一切倾注到他前面的东西上。只是这样,我觉得他就会很满足。"汤姆说。说完,他的情绪变得非常激动,开始大声哭起来。我们沿着赛道内侧的栅栏走着,那时已是黄昏,在附近的一些树旁,有几只鸟,大概是麻雀,正在欢叫着,你还可以听到昆虫的歌声,西面的树丛里亮着一盏小灯,微粒在空气中跳舞。汤姆就是那样说波普·吉尔斯的,虽然在我看来,他想得最多的还是他自己想做却做不了的事情,然后他走到栅栏边哭了起来,我也哭了起来,尽管我不知道为什么要哭。

但或许,我终究还是知道原因的。我想,汤姆是想在成为一名作家后,感受老波普在他的马匹晃动着身子,过上弯[1]时他一定会感受到的感觉,冲刺直道就在眼前了,如果他想让他的马最终跑在前面,他必须把这个上弯转好。汤姆指的是任何男人心里都有的,用来理解类似事情的一种东西,而女人只有动脑才会懂得。他经常会脱口而出说出有关女人的话,但我注意到,他后来还是娶了那样的一个女人。

不过,我还是回到我的故事中来吧。汤姆走后,我一直住在马厩里,走遍了宾夕法尼亚州那些漂亮的县政府所在地的小镇。我的老板是一个极其亢奋的人,他来自俄亥俄州,曾在赌马上输了很多钱,但他一直觉得自己能把钱全赢回来,那一年他运气很好。我养的是一匹强壮的小骟马,五岁大,

---

[1] 赛马场上接近冲刺直道前的最后一个弯道。

经常会赢下比赛，所以老板从奖金里拿了一部分出来，又买了一匹三岁大的黑色快速赛种马，它的名字叫"哦，我的老兄"。我的那匹骟马叫"加速小子"，因为在它参加比赛，快要跑到终点时，我的老板总会激动得有点发狂，用方圆一英里半都能听见的声音大喊："快跑，加速，小子，加速，小子，加速小子！"他不停地叫着，在得到这匹优等小马时，就给它起了这个名字。

那匹骟马确实跑得很快。就像赛道边的孩子们常说的那样，它"猛一加速，就把对手甩得远远的"。我们都说它是天生的赛马，可以全速奔跑，根本不需要太多训练。"你只要把它扔到跑道上，它就会撒欢狂奔。"这是我老板在夸耀他的马时，总对别人说的话。

所以你看，汤姆走后，我晚上一直无事可做。然后那匹三岁的种马来了，还来了一个叫伯特的黑人。

我很喜欢伯特，伯特也喜欢我，但这种喜欢与汤姆和我之间的喜欢不一样。我们成了好朋友，我想伯特会为我做些事，也许我也会为他做些事，这是汤姆和我不会为对方做的。

但是，和一个黑人在一起，你不可能像和一个白人在一起那样，和他成为亲密的朋友。这其中有一些你无法理解的原因，但的确是真的。关于白人和黑人之间的区别已经谈论得太多了，而且你们都很害怕，所以再说什么也没用，我想伯特和我都知道这一点，所以我很孤独。

我还年轻时，身上经常会发生某件事情，这件事我从来没有真正搞懂过。现在，我有时会想，这一切都是因为我快要长成一个男人了，却还从来没有和女人在一起过。我不知道我出了什么问题，我无法和女人说话。我尝试过很多次，但是每次都会发生同样的事情。

当然，现在我和杰西在一起，情况就不一样了。但在我述说的事儿发生的时候，杰西还离我很远。在我遇见她之前，我经历了很多事情。

你可能会觉得，赛场周围那些打杂的、驾车的，以及城里来的陌生人都少不了女人。他们没必要憋着。每个镇子都会有些应召女郎会到这样的地方。我想，她们觉得自己在和那些生活无忧的男人们随便玩玩。这些姑娘会从养赛马的马厩前走过，如果你能入得了她们的眼，她们就会停下来，对你养的马称赞几句。她们会用小手摸摸马鼻子，这时——如果你不是一个像我这样拘谨不安的人——你就得笑着说："你好，姑娘。"然后你就可以和她在吃完晚饭后去镇上幽会。这事儿我可做不到，虽然上帝知道我已经尽力了，而且常常会使出浑身解数。或许会有一个姑娘单独来我这里，她或许是个娇小的姑娘，会对我抛媚眼，而我则会试了又试，却什么也说不出来。后来，汤姆和伯特有时也会嘲笑我，但我想，就算我能和其中一个姑娘说上话，并设法和她约会，也还是不会有什么结果的。我们可能会在镇子里逛逛，一直走到镇子尽头某个漆黑的地方，然后她得用棍子把我打晕，我们才能继续下去。

我就是这样，已经习惯了汤姆和我之间的交谈方式，当然，伯特在黑人中也有自己的朋友。我开始变得懒惰、郁郁寡欢，干起活来也有气无力。

事情是这样的。有时我会坐着，也许是在傍晚赛马结束、人群散去的时候，就坐在一棵树下。总有很多男人和男孩，他们的马在当天没有比赛要参加，于是他们就在马厩前，或站着，或坐着聊天。

我会听一会儿他们的谈话，然后他们的声音似乎就飘远了。我眼前所看到的景象也会离我远去。在不到一百码远的地方，或许有一棵树，它或许刚从地里冒出来，于是就像蓟一样飘走。它会在天空中越变越小，然后突然砰的一声，它又回到了本该在的地方，就立在地上，于是我就又听到那些人说话的声音了。

汤姆和我在一起的那些夏夜是多么美妙啊。我们时常会四处闲逛，聊到很晚，然后我就钻进自己的窝里睡觉。每当我独自一人蜷缩在毯子里的时候，汤姆说的话总会一直停留在我的脑海。我想他有种一边说话一边画画的本事，这些画面就像伯特说起他做的猪排一样留在我的脑中。"给我一块猪排，让他们吃个饱。"伯特总是这样说，话中带着想象的成分，汤姆的谈话也总是这样。他激发了你内心的某种东西，并不断重现，你会在脑子里不断地把玩着这些，就像在一个陌生的镇子里闲逛、观光一样，随后你会悄然入睡，做起美妙的梦，早晨醒来充满活力。

然后他走了，一切都变了，我陷入我所描述的困境之中。晚上，我不断在梦中看到女人的身体和嘴唇，第二天早上醒来时，感觉就像魔鬼缠身一样。

伯特对我很好。他总是在比赛后帮我给"加速小子"降温，他做自己的事儿的时候，动作又娴熟又迅捷。比如，在马匹上赛道热身之前，他会抚平马的腿上的绷带，看看每一条带子是否已经绑妥，每个搭扣是否对准了插口。

伯特知道我出了问题，所以他会竭尽全力不让老板知道。老板在边上时，总是会吹嘘我："他是我在场地里合作过的最聪明的孩子。"他会边说边咧嘴笑，那时候我还远不是一个老手。

当你出去遛马时,有一项工作总是会花费很多时间。傍晚时分,你的马跑完了比赛,在你给它洗完澡、擦干净之后,它必须得慢慢地走上一阵子,有时一走就是好几个小时,这样它的身子才会慢慢凉下来,才不会诱发肌肉酸痛。所以,做这份工作的人总是我,而伯特则会去做更重要的事。他可以无拘无束地和其他黑人聊天,玩玩骰子,我也不介意。我非常喜欢这样,在一场艰苦的比赛过后,即使像"哦,我的老兄"这样的种马,就算周围有母马,也会变得温顺无比。

你一圈一圈地走着,你肩膀边的马头,以及你所处的地方里的一切生命都在往前走,但你总会有一种古怪的感觉,会觉得你并不是真正属于其中。或许没有人会有我那时的感受,只有那些还没完全变成男人的男孩,那些像我一样从来没有和女孩或女人在一起过的男孩——我的意思是说,真正和她们待在一起,完完全全待在一起过。我过去常想,年轻的姑娘们是不是在结婚前或者像我们常说的"去寻欢作乐"之前,也会这样。

如果我没记错的话,我当时也没怎么多想。如果不是伯特对我大吼大叫,提醒我的话,我常常会忘记去吃晚饭。有时,如果他忘了做饭,跟另外一个黑人到镇子上去,我就会完全忘记吃晚饭。

我牵着马，就像那样慢慢地、慢慢地、慢慢地绕着圈走。现在，人们都离开了马会的场地，有些人走路，有些人坐着马车和福特车到农场去了。一团团尘土在空中飞舞，一直飘到西边的镇子，也许太阳就要落山了，一个红色的火球正从尘土中落下。就在几个小时前，人群还很亢奋，人人都在大喊大叫。假设我的马那天下午参加了比赛，而我则站在场地前，肩膀上盖着马毯，或许边上还站着伯特，当马匹跑上冲刺直道时，我的老板开始用他那古怪的高亢声音喊叫起来，这个声音似乎飘浮在看台上的所有声音之上。依照惯例，他的声音会一遍又一遍地喊着："快跑，加速，小子，加速，小子，加速，小子！"我的心怦怦直跳，几乎透不过气来。伯特弯着腰，打着响指，嘴里嘟囔着："加油，小甜心。冲向终点。你妈妈需要你。来，带上你的姑娘和面包，加速，小子。"

好了，现在比赛结束了，周围的人都压低了声音。而"加速小子"——我就像之前说的那样，正牵着它慢悠悠地绕着小圈转，好让它的身子慢慢凉下来——也变了。也许它为了第一个撞线，或者说在冲刺直道上保持领先，跑得心都快跳了出来，而现在，它内心的一切都变得平静而疲惫，在那段日子里，我的内心也几乎也总会有这样的感觉，不过我只感到疲惫，没有平静。

你还记得，我告诉过你，我和马总在绕着圈走，一圈，一圈又一圈。我猜我的内心也在不停地转啊转。太阳有时会这样，树木和一团团的尘土也会这样。有时我不得不停下脚步，这样它们就能伸到合适的地方，而我就不会像个醉汉一样蹒跚了。

随后，一种奇怪的感觉出现了，这种感觉很难形容。这跟我和马的生活有关。这些年来，有时我会想，也许黑人比白人更能理解我现在想说的东西。我指的是关于人与动物的事，关于他们之间的事，只有当一个白人稍微失态时才会发生的事，我想我当时就是这样。我想，很多喜欢骑马的人或许有时也会有这种感觉。事情大概是这样的——你是否会觉得，我们白人所拥有的、反复琢磨的、非常引以为傲的某样东西，其实根本就没有什么用处？

我们体内有某种东西，它想要变得更伟大、更宏大，或许也更重要，并且它不会让我们仅仅像一匹马、一条狗或一只鸟。比如，"加速小子"如果在那天赢得了比赛。那个夏天它赢下了不少比赛。那么，它既不会像我如处在它的位置那样感到骄傲，也不会在内心彰显出刻薄。它就是它自己，用一种简单的方式处事。这就是"加速小子"的样子,当我和它在渐浓的夜色中缓慢前行时,我开始在它身上感受这种单纯。我莫名其妙地进入了它的身体,它也进入了我的身体。我们经常会无缘无故地停下来,它会把鼻子凑近我的脸。

我有时希望它是一个姑娘,或者我是一个姑娘,而它是一个男人。这说起来很奇怪,但却是事实。像那样如此安静地和它长时间待在一起,治愈了我内心的一些东西。通常在经历这样的一个晚上之后,我会睡得很好,并且不会做我所说的那种梦。

但这种治愈效果并没有持续很久,我也没有被治愈。我的身体看起来很好,和以前一样好,但我却没有活力。

随后,秋天变得越来越漫长,我们抵达了最后要去的一个小镇,在这之后,我的老板就会把马关起来过冬了。这个小镇是他的家乡,位于俄亥俄州的州界线的另一端,而赛道则建在一座山上,与其说这是一座山,倒不如说是一个海拔高于城镇的高原。

这不是一个好地方,棚屋很不稳定,赛道也很糟糕,尤其是弯道。我们一到那个地方,安顿好马厩,天就开始下起雨来。雨下了整整一个星期,所以马赛都被迫推迟了。

由于此次比赛的奖金不够多,所以有些老板就直接走了,但我们的老板留了下来。无论比赛是否会在下周举行，马会的主办方都要保证费用的支出。

我和伯特整整一个星期没有什么活儿可干。我俩只在早晨把粪便清理出马厩，并且等待雨小一点的时候，赶着马匹沿着泥泞的跑道上慢跑几步，然后再将它们清理干净，盖上毯子，把它们赶回马厩。

对我来说，那是段最难熬的时间。伯特的境况并不算糟，因为附近有一两个黑人，到了晚上，他们就到镇子上去喝酒，很晚才唱着歌、说着话，甚至冒着冷雨回来。

然后，有天晚上我把想告诉你的事情给搞混了。

那是一个周六的晚上，我现在回过头去看，似乎每个人都离开了马场，只剩下我一个人。傍晚时，一个又一个马童来到我的马厩问我是不是会一直留在这里。我说是的，那个人就让我替他看一会儿马，别让他的马出什么事。"偶尔也去那边逛逛吧，嗯，孩子，"其中一个人说，"我只去镇里待一两个小时。"

我会说一声"好的"以示肯定，随后不久，天色就变得漆黑一片，在空荡荡的马会赛场里，除了马匹和我，周围什么人也没有。

我尽可能地忍受着，在雨中泥泞的路上踱来踱去，心里一直在想,我希望自己是另一个人,而不是我自己。"如果我是别人,"我想,"我就不待在这里,而是会和其他人一起在镇子上。"我看到自己走进酒馆,喝上几杯酒,然后还可能去给自己找个女人。

我想了很多,在黑暗中跌跌撞撞地走着,就好像我脑子里想的事情真的发生了一样。

只不过,我不是和一个卑贱的女人,也就是那种如果我有勇气去做我想做的事,就会找的那种女人待在一起,而是和一个在我看来无法在这世上找到的女人在一起。她身材苗条,就像一朵花,身上也有某些赛马身上才有的东西,我猜,她身上有些东西就像跑在冲刺直道上的"加速小子"。

我一直在想她,直到我再也无法想下去为止。"无论如何我都要做点什么。"我对自己说。

就这样,尽管我已经告诉所有的马童要留下来照看他们的马,但我还是离开了马场,沿着一条路往山下走去。我走下山,来到一个下等小酒馆,它没有建在城镇的主要路段,而是建在半山腰上。这个酒馆曾是一个住宅,或是一间农舍,但如果它曾经是农舍的话,我敢肯定,住在那里并在山坡上耕种的农民的生活过得并不太好。这片乡下并不像耕种庄稼的地方,不像我们整个夏末和秋天造访过的镇子那样。放眼望去，到处可见从地里凸起的石头，那里的树木大都是粗壮而矮小的品种。我的意思是说，那里看上去狂野、凌乱、破败。那上面是一块平坦的平原，马场就设在那里，那里还有几片农田和牧场，赛道旁的田野里还养着一些羊，在离镇子最远的地方，位于非冲刺直道的后面，曾是屠宰场的所在地，它的废墟仍然立在那里。虽然那里已停工好长一段时间了，但田野里到处可见动物的骨头，还有一股从旧房子里飘出来的让你光闻着就会毛骨悚然的气味。

马匹也像我们这些马童一样讨厌这个地方。早上，为了保证它们的比赛状态，我们会让它们绕着道，在泥泞的地里小跑一会儿。每次我们把"加速小子"和"哦，我的老兄"带到冲刺直道后面，在接近昔日的屠宰场的地方热身时，他俩都会欺负"老奈德"。它们会站立起来，用马嚼子打斗，然后快速奔跑起来，直到驱散腐烂的气味为止，伯特和我都无法拦住它们。"这是一个地狱般的小镇，而这里也是地狱般的赛道，"伯特不停地抱怨，"如果他们在这儿举办该死的马会，就会有人在这里流血，或许还会丧命。"我不知道他们会不会丧命，因为我没有等到马会开始就离开了，原因我很快就会告诉你。但伯特说得很有道理。赛马不像人。它无法像人一样忍受在腐烂、丑陋的垃圾场里被迫工作，也不会像人一样忍受这里的气味。

再回到我的故事上来。我就这样,没有遵守待在山上给别人看马的诺言,冒着又冷又湿的雨,在黑夜里从山坡上走下来。我来到小酒馆,决定喝一两杯。我很久以前就发现,我喝两杯酒就会倒,所以喝三分之二的量,就无法走直线了,但那天晚上我根本不在乎。

于是,我离开大路,走上了一条小路,朝酒馆走去。当这里还是一个农舍的时候,这个酒馆一定是这座房子的客厅,那里有一个小门廊。

我在拉开门前停了下来,往四周看了看。我站在这里,可以俯瞰城镇的主要街道,就像在纽约或芝加哥这样的大城市里,站在写字楼的十五层往下眺望街道一样。

山坡非常陡峭,上山的路虽然弯弯曲曲,但要不是这样,根本就没人能走出镇子去参加那个讨厌的赛马会了。

我看到的这个小镇并不怎么样——一条主街上有不少酒馆和几家商店,还有一两家不起眼的放电影的地方,几辆福特汽车,几乎看不到女人和姑娘,却有一大群男人。我试图想起那个一直梦到的姑娘,但此刻我做不到。这就好像想象"加速小子"把自己逐渐推入我那时的状态,然后进入那座令人厌恶的垃圾场一样。这是不可能的。

尽管如此,我还是知道这个城镇看起来并不怎么样。在这里的后山,或是山谷拐弯处的主街所在地,肯定有好多宾夕法尼亚的矿工住的房子。

我想到的是,那是星期六的晚上,天又下着雨,因此女人和孩子或许都待在家里,只有男人会出门喝个痛快。自那以后,我去过其他一些矿业城镇,如果我是一个矿工,必然会住在他们与女人和孩子一起住的其中一个房间里,也会出门喝上几杯。

我就站在那里看着,心里难受得像条狗,身上又湿又冷,就像下水道里的老鼠。我看见一大堆黑影在下面走动,主街对面有一条河,即使在我所处的地方,依旧可以远远地听到流水的声音。河那边有几条铁路,分道引擎在上上下下。我想它们和矿井有关,镇上的人都在那里工作。不管怎么说,就在我站在那里观瞧、聆听的时候,有一阵雷鸣般的声音从天空中滚下来,我猜那是很多煤,也许是一整车煤,倾倒在煤车上发出的动静。

除此之外,在远处的山坡上,还有一长排炼焦炉。它们都有一扇小门,火光会从门里吐出来,它们紧紧挨在一起,看上去就像某个吃人的巨人的牙齿,躺在山里等着大吃特吃。

眼前的这一切,以及即便生活在这样的鬼地方男人们却依旧心满意足的景象,让我烦躁不安,我的肝都在颤抖。而就在那天晚上,我想我对所有人,包括我自己,都有了一种蔑视感,这种感觉从未如此彻底过。我就直说了吧,我认为女人并不像男人这么糟糕。她们不会想要掌控一切。

然后,我推开门,走进了酒吧。在一间狭长肮脏的小房间里,大约有十来个人,我想他们是矿工,正在那里打牌。房间的一侧有一个吧台,吧台后面站着一个留着胡子、满脸通红的大个子男人。

这地方臭气熏天,挤满男人的地方都是这个味儿。他们穿着汗涔涔的衣服,也许,还穿着这样的衣服睡觉,衣服从来不洗,就这样一直穿着。如果你去某个城市待过,我想你知道我的意思。你会在城里闻到这种气味,会在雨夜的有轨电车里闻到这种气味,那时车里会挤满在工厂上班的工人。我流浪时对这种气味已习以为常,但仍然很讨厌它。

我就站在那儿,手里拿着一杯威士忌,我觉得所有的矿工都在盯着我看,但其实他们压根就没看我,但我以为他们在盯着我看,我感觉他们像是在盯着我看。随后,我抬起头,在酒吧后面那面有裂缝的破镜子里照了照自己的脸。如果矿工们真的一直在盯着我看,或者嘲笑我,那么当我看到自己的样子时,也就不会觉得奇怪了。

它——我是说，我自己的脸——苍白得就像一张面饼，出于某种我无法确切解释的原因，它看上去完全不是我自己的脸。我想告诉你一件有趣的事，我知道你对我的看法，想必你也知道，所以不必以为我是无辜的，也不必认为我心怀内疚。我只是好奇。自那以后，我想了很多，但还是想不出来。我知道在那晚之前，我从来没有那样过，我也知道从那以后，我再也没有那样过。也许是孤独感，只是孤独感，在我身上持续了太久。我常常在想，女人会不会比男人更孤独。

关键是，那天晚上我从威士忌酒杯中抬起头，从酒吧后面的镜子里看到的那张脸，根本不是我自己的脸，而是一张女人的脸。那是一张姑娘的脸，我就是这个意思。就是这样。那是一张姑娘的脸，一个孤独而又害怕的姑娘。那时，她还只是个孩子。

当我发现那杯威士忌快要从我手中掉下来的时候，就一口把它干了，随后在柜台上放了一块钱，又叫了一杯。"我得悠着点——我面对的是新事物，"我自言自语道，"如果这里随便哪个男人发觉了这一点，我就有麻烦了。"我喝完第二杯之后，就又叫了一杯，我心想："喝完第三杯之后就离开这里，赶在我干出蠢事、大醉一场之前，回到山上的马场去。"

接着，正当我一边想，一边喝第三杯威士忌的时候，屋里的人开始大笑起来，我当然以为他们是在嘲笑我。但他们没有。这个地方没有人真正注意过我。

他们笑的是一个刚从门口进来的人。我从来没见过这样的人。他身材高大，红头发直竖着，怀里抱着一个红头发的孩子。那孩子跟他一模一样，我是说，就他这个年龄来说，这个孩子个头很大，还留着一头同样的红发。

他走过来，把孩子放在吧台上，紧挨着我，然后给自己倒了一杯威士忌，房间里所有的男人都开始大声嘲笑他和他的孩子。只不过，当他盯着他们看，想要看看究竟是谁在喊叫和嘲笑他的时候，那群人就不再喊叫和嘲笑了，而当他把头转向另一边时，他们又会喊叫和嘲笑起来。他们一直叫他"神经病"。有人唱道："这个旧铁锅的裂缝越来越大了。"接着大家都笑了起来。

你懂吧，该如何让你明白我那晚的感受呢，我很困惑。在我看来，既然已经开始写这个故事了，那我就得去面对，得努力去做。我并不是说我能给你提供什么信息，或者帮到你什么忙。我只是想让你了解一些关于我的事，就好比如果有机会的话，我也想了解你或任何人的事一样。不管怎么说，在下雨的那个周六晚上，发生在小酒馆里那件该死的事都不像是真的。我已经告诉过你，我望向吧台后面的镜子，看到的不是我自己的脸，而是一张被吓坏了的小女孩的脸。而那些人，那些在半明半暗的房间里坐在桌旁的矿工们，那个红脸的酒保，还有进门来的那个长相邪恶的大个子，以及他那个此刻正坐在吧台上的孩子——他们全都像戏剧中的角色，一点也不像真人。

那就是我自己，一点不像自己的我——我也不是什么仙子。任何了解我的人都知道这一点。

再说说那个进门来的人吧。他给人一种完全不像你从一个男人身上能感受到的感觉。这种感觉更像是你从马身上感到的，只不过他的眼睛不像马的眼睛。马的眼睛里有一种平静的东西，而他的眼睛却没有。假设你曾在晚上带着一盏灯，正沿着一条小路在林中行走，然后，你突然感到有某种特别的东西，随后你停下脚步，发现在你面前有几对小动物的眼睛，它们从黑暗的死亡之墙里望向你——这几双眼睛睁得大大的，非常安宁，但每双眼睛的正中央都有一个点，那里舞动和摇摆着某种东西。你倒不是害怕那些小动物会扑向你，而是在怕这些小小的眼睛会扑向你——就是这样的感觉。

只不过，当你在夜里走进马厩看到的马，或者在树林里撞见让你分神的小动物，它们当然是不会说话的，而那个带着孩子进来的大男人却在说话。他一直在说话，像他们说的那样，低声嘀咕着什么，我只能偶尔听懂几个字。他说话的方式让他变得更可怕。他的眼神透露出的是一回事，嘴上说的却是另一回事。两种东西似乎并不相符，却都属于同一个人。

首先，这个人太高大了。他身形高大得有些反常。他的手、胳膊、肩膀、身体、脑袋都很大，或许就像你在热带国家的树林和灌木丛中看到的那种巨大感。我从未到过热带国家，但我看过照片。只不过，他的眼睛很小。它们长在他的大脑袋上，看起来像鸟的眼睛。我还记得，他的嘴唇很厚，就像黑人的嘴唇。

他没有注意到我，也没有注意到房间里的其他人，只是不停地在自言自语，或是在对着坐在吧台上的那个孩子喃喃自语——我也说不清他在说什么。

他先喝了一杯，然后很快又喝了一杯。我站在那里盯着他，思考着——我的思绪乱成了一团麻。

我当时肯定是这么想的："嗯，他就是你在城里经常见到的那种人。"我是说，他是那种精神有问题的人。几乎在任何一个小镇上，你都能遇上这样精神有问题的人，有时还可能会遇上两三个。他们走在街上，自言自语，人们对他们都很不客气。他们的家人会说他们很善良，但其实他们并不善良，镇上的其他人,那些男人和男孩们都喜欢取笑他们。他们会指派这种人,让这种温和却愚蠢的人去干一些愚蠢的差事,比如,让他绕着广场或十几个杆子来回走,或在他背上贴上写着"踢我"之类的卡片,随后他们不停地笑,就好像他们做了什么可笑的事一样。

就这样,酒馆里进来了一个精神有问题的家伙。我看得出来,酒馆里的人想捉弄他一番,找点乐子,不过他们不敢。他不是那种温和的人,这是肯定的。我一直看着那个男人和他的孩子,然后抬头看着酒吧后面有裂缝的镜子里,自己古怪而不真实的脸。"老鼠,老鼠,挖地洞——矿工都是老鼠和小长腿野兔。"我听到他对一脸肃穆的孩子说。我想,说到底,也许他的精神并没有什么问题。

坐在吧台的孩子不停地朝他父亲眨眼,就像一只在日光下被捉到的猫头鹰。现在,父亲又喝了一杯威士忌。他一口气喝了六杯,一杯接着一杯,喝得都是十美分的廉价酒。他的心一定是铁铸的。

酒馆里有两三个人(也许他们真的比其他人更害怕,所以不得不通过夸张的举止来给自己壮胆)一直在嘲笑和逗弄那个大个子男人和他的孩子。其中有个家伙最为恶劣。我永远忘不了那家伙的长相,也忘不了随后发生的事情。

他的确是个举止夸张的人,而且他就是唱着"旧铁锅的裂缝越来越大了"的人。他唱了两三遍,然后胆子变得更大了,开始在房间里走来走去,一遍又一遍地唱着这首歌。他是个爱显摆的人,穿着一件花哨的背心,背心上有棕色的烟草污渍,还戴着眼镜。每次说一些笑话时,他就向其他人挤眉弄眼,好像在说:"你们看到了吧。我可不怕这个大家伙。"随后,其他人都笑了起来。

酒馆的老板一定知道正在发生什么,也知道其中蕴藏的危险,因为他一直靠在吧台上对这个爱炫耀的人说:"嘘,闭嘴吧!"那家伙活蹦乱跳像只大公鸡,他把帽子歪向头的一边,站在大个子后面,唱起了那首"旧铁锅上有裂缝"的歌。他是那种在开窍之前,你一直会让他们住嘴的那类人,而且这次,他没过多久就醒悟过来了。

那个大个子一直在和他孩子嘀咕,一边喝着威士忌,好像什么也没听到,然后,他突然转过身来,伸出大手抓住了我,没去抓那个在炫耀的家伙,而是抓住了我。他的手臂一挥,就把我拉到他庞大的身躯前。然后,他把我推了过去,我的胸就卡在了吧台里,他盯着孩子的脸说:"现在你看着他,如果你让他掉下去,我就杀了你。"他说话的语调平静而普通,就仿佛在对某个邻居在说"早上好"一样。

然后，孩子俯下身来，用双臂卡住我的头，尽管如此，我还是设法扭过头去看到底发生了什么。

那是我永远不会忘记的一幕。大个儿转过身来，抓住那个爱炫耀的人的肩膀，那人的脸可真值得一看。这个大个子在城里一定顶着坏人的恶名，即便他精神不正常。那个穿花哨背心的人现在咧着嘴，帽子从头上掉了下来，他现在闭嘴了，害怕了。当我流浪的时候，我曾见过一个被火车撞死的孩子。这孩子在铁轨上走着，在其他孩子面前炫耀，想要让他们看看在他逃离前，火车能离他有多近。火车呼啸而来，有个女人在不远处的房子门廊里上蹿下跳，不停尖叫。那孩子让火车离他越开越近，一心想显摆，结果他绊了一下，摔倒了。天哪，我永远也忘不了他脸上的表情，就在他被撞死前那一秒的表情，现在就在这个酒吧里，同样可怕的表情出现在另一张脸上。

我把眼睛闭上一会儿，浑身都不舒服，等我睁开眼时，那个大个子的拳头正打在另一个人的脸上。那一拳把那人打得不省人事，那人就像一头野兽被一斧头砍倒在地。

然后，最可怕的事情发生了。大个子穿着沉重的靴子，他抬起一只靴子，踢在另一个人的肩膀上。那人脸色苍白，呻吟着躺在地板上。我能听到骨头嘎吱作响的声音，这让我非常难受，我根本站不起来，但我必须站起来，抓住那个孩子，否则我知道，下一个就轮到我了。

因为那个大个子似乎也不怎么激动，仍在对自己嘀咕着，仿佛他一直站在吧台边，心平气和地喝着威士忌一样，现在他又抬起了脚，或许这一次，它将落在另一个男人的脸上，就如同运动员和职业拳击手常说的那样，"只想将他彻底打倒"。我颤抖着，像受了风寒一样。但是，谢天谢地，当那个人用胳膊抱起我，一手抓住我的鼻子，那个男孩开始嚎叫起来，他父亲不再揍地板上的男人，而是转过身来，把我拉到一边，随后把孩子抱在怀里，大踏步离开了酒馆，仍像进来后的那样，自己嘴里不停嘀咕着。

我也跟着出去了，但我告诉你，我没有趾高气扬地跟出去。我像个小偷或胆小鬼一样偷偷溜了出去，也许我本来就是这样一个人，至少某种程度上是这样的。

就这样，我站在外面的黑暗中，这是任何人都经历过的寒冷、潮湿、黑暗、凄凉的夜晚。那天晚上一想到人类，我就感到恶心，一想到人类，我就想呕吐。我在泥泞的路上跌跌撞撞地走了一会儿，随后爬上山坡，回到了马场，然后，几乎还没等意识到自己身处何方，我就发现自己和"加速小子"待在马厩里。

那天晚上，我独自和那匹马待在温暖的马厩里，那是我一生中最美妙、最甜蜜的时刻之一。我曾告诉过其他的马童，我会不时地在马厩里走来走去，看看其他的马，但现在我完全忘记了这一诺言。我站在那里，把背靠在马厩的一边，思考着人类是多么吝啬和低等，如何地蜷缩成一团。哪怕是人类当中的佼佼者，也有可能会变成那样，仅仅因为他们是人类，或许头脑和内心，不像动物那般简单明了。

也许你知道一个人在这样的时刻会有什么感觉。你会想起一些事，一些你以为已经忘记的古怪小事。曾几何时，当你还是个孩子的时候，你和父亲在一起，他穿戴得整整齐齐，好像是去参加葬礼或是七月四日的国庆活动，他牵着你的手走在街上。你经过一个火车站，那里站着一个女人。她是你们镇上的陌生人，穿着你从来没有见过的衣服，而且你从来没有想过你会看到一个如此漂亮的女人。很久以后，你才知道那是因为她很会打扮，很少有女人有这样的品位。你曾在童话故事中读过关于女王的故事，一想到她们你就兴奋不已。这位陌生的女人的眼睛多么可爱，她手指上的戒指多么漂亮。

然后，你爸爸出来了，他走进火车站，或许只是去车站时钟旁对对手表。他拉起你的手，和那个女人以一种尴尬的方式相视一笑，而你一直渴望再回望她一眼。你离开她之后，听见你问你父亲,她会不会是一个女王。也许你的父亲对民主和自由国家不是很感兴趣,还大谈公民自由之类的废话,他说,他希望她是一个女王,也许,据他所知,她确实是。

或者,当你像我那天晚上一样,不明白你为什么活着,也想不通其他人为什么活着,你可能根本不会去想那些人,而是会想起你曾见过和感受过的事情——比如,在冬日里,走在爱荷华州的一条雪道上,听路边谷仓传来柔和的声音,或在另一个时间走在山上,太阳西沉,天空突然变成一个颜色柔和的碗,一切都闪着珠宝的颜色,一个遥远的强大国度里的伟大女王可能正把这个碗放在树下的餐桌,此刻正值她一年一度邀请所有忠诚和钟情于她的人来共享晚宴。

当然,当你和那晚的我一样孤独时,我不知道你会想什么。也许你和我一样都会想到女人,或许你会像我曾遇到过的人一样,他曾告诉我,当他遇到这种情况,他什么也不想,只想找一张干净、温暖的大床,躺下睡觉。"我不关心其他任何事情,也不会让自己去想其他任何事情,"他说,"如果我像你一样,有时会去想女人,就会发现自己被她的石榴裙给缠住,她会对我耍花招,也许下半辈子我就得在某个工厂里为她和她的孩子们卖命了。"

就像我说的,不管怎样,我还是在那里,独自和那匹马待在温暖的马厩里，在那个黑暗寂寞的集市上，一想到人的样子，我就有种恶心的感觉。

突然间，我又有了对马儿曾有过一两次的那种奇妙之感，那种我们之间以某种我无法解释的方式相互理解的感觉。

于是，我再次走过到它站立的地方，用我的手抚遍它的全身，仅仅因为我喜欢触碰它的感觉，有时，说实话，我觉得我的手是在触摸一个女人的身体，这个女人我见过，在我看来是可爱的。我用手摸了摸它的头和脖子，然后摸了摸它那结实的身体，再摸了摸它身体的两侧，最后摸了摸它的腿。我记得它身体的两侧在微微颤抖，有一次它转过头来，用它冰冷的鼻子顺着我的脖子往下蹭，还用一种温柔且调皮的方式轻轻咬了咬我的肩膀。我感到有点疼，但我不在乎。

于是，我从一个门洞慢慢爬上了阁楼，原以为这一晚就这么过去了，心里美滋滋的，但事实并非如此。

我的衣服都湿透了，而且我们这些赛马的马童本来没有什么睡衣或睡袍，所以，我不得不裸着上床，这是必然的。

不过，我们有很多马毯，所以那天晚上我就蜷在一堆马毯中间，尽量在那晚不再多想什么。"加速小子"就离我近在咫尺，这种感觉让我好多了。

随后，我沉沉地睡去，做起了梦，随后——砰的一声，我就像被人用棍子袭击了一下——接着我又挨了一拳。

我想事情是这样的，我当时心情不好，所以忘了闩上楼下"加速小子"的马厩的门，于是两个黑人进来了，他们以为这是他们的地方，于是爬了上来。他们有点兴奋，但没有喝得烂醉，我猜他们是想干自己从未干过，但口袋里有几个钱的白人马童会干的事儿。

我指的是，几个白人，喝得酩酊大醉，在镇上大摇大摆地溜达，如果他们想找个女人或几个女人，他们就会去找。在我所见过或听说过的任何镇子上，总能找到一些这样的女人，当然，酒保会给他们提示该去哪里找她们。

可是，一个黑人，在没有黑人女人，或者说很少见黑人女人的乡下，当他想找女人时，是不知道该怎么办的。

情况总是这样。伯特和其他几个我很熟的黑人跟我聊起过很多次。你现在遇上了一个年轻的黑人——不是一个赛马的马童，也不是流浪汉或其他下等人——但是，我们得说，这个人上过大学，表现优良，想成为一个好人，如他们所说，尽力成为最好的人，并且洁身自好。不过，他也没好到哪里去，不是吗？如果他赚了一些钱，想去一家豪华的餐馆坐坐，或者去听一些上等的音乐，去剧院看一场精彩的演出，他还是会如我们经常在赛道上说的那样"烂泥扶不上墙"，不是吗？

即使是在被人们称为"恶心的房子"这种低等地方，情况也一样。白人马童和其他人可以很快走进一个可以找到黑人女人的地方，他们确实也是这样做的，但你换黑人马童试一下，看看他是怎么做的。

你看，我现在坐在自己家里写这篇故事，妻子杰西正在厨房做馅饼或别的什么东西，此时的我可以相当公正地看待整件事了。我本可以给你展示那两个黑人男子是如何走进我入睡的阁楼，并精力充沛地鼓吹说在这个国家的黑人是如何面对这种情况的，但我告诉你，我不认为事情是这样的。

因为他们喝得半醉，其中一个掀开我的毯子，他们把我当成了一个女人。其中一人提着灯，但灯又黑又脏，也不怎么亮。所以他们一定在想——我的身体白皙苗条，我猜想就像一个年轻女孩的身体——是某个白人马童把我带到这里来的。在某个下雨天的晚上，马童会带镇上的女孩来马场，这类女孩并不漂亮，但你在镇上总能找到这样的女孩。我这辈子见过很多这样的女孩。

所以，我想，这两个身形高大的黑人，尖叫着，打定主意要把我当成女人带走。

"天啊，你这个静静躺着的美人。我们不会伤害你的。"

其中一个说着，轻笑了一下，这笑声除了笑之外，还藏着别的意思。这种笑声会让你不寒而栗。

我真是见了鬼，竟一句话、一个字也说不出来。为什么我不能大喊一声"见鬼了"，然后逗逗他们，再把他们赶出去呢？我不知道，也做不到。我试了又试，喉咙都痛了，但我一句话也没说。我就躺在那里盯着他们看。

那是一个混乱的夜晚。我从没经历过这样的夜晚。

我害怕吗？万能的主啊，我告诉你，我当时害怕极了。

因为，那两张大黑脸现在就在我面前，我能感觉到他们的酒气呼在我脸上，两双眼睛正就着昏暗的灯闪耀着光芒，而在他们双眼之中舞动着摇曳的光，这种光，如我之前所说，是你拿着一盏灯走在夜间的林子里，可以在一双动物的眼中看到的。

这真是一个难题！你看，我这一辈子从来没有过姐妹，当时也从来没有过情人——我一直在梦想着女人，一直想要女人。并且，我一直梦想着为我自己找到一个上帝为我量身定做的纯洁女人。男人就是这样。不管他们说什么"让女人见鬼去吧"之类的话，但他们总是把这个想法藏在自己心里的某个地方。我想，这是一个自负的人才有的想法，但是他们的确会这么想，并且类似现今说着"我和男人一样好，男人能做的事儿我也能做"这种话的女人，如果她们真想那样做，那么无疑走错了路，你或许会说她们最多只能"管住"自己的男人。

于是我在梦中创造出某个公主来，她长着黑发，苗条的身材。我把她当成一个害羞的姑娘，害怕对别人说出自己真实的想法，所以只对我一个人说。我幻想如果我真能找到这样一个女人，那我就是坚强可靠的那个，而她则是胆小怕事的那个。

现在，我就是那个女人，或者说是像她一样的人。

我像一条你刚从钩上取下来的鱼一样蠕动。我接下来没办法深思熟虑，我被抓住了，我慌张失措，就是这样。

那两个黑人都向我扑来，可是不知怎的——因为灯被踢翻了，灯光在他们刚采取行动时就熄灭了——从某种意义上说，他们两个都朝我扑来，却没有扑中。

幸运的是，我的脚碰到了一个洞，你就是从那儿把干草拿到下面的马厩去的，并且正是通过这个洞，我才能爬上阁楼，钻进干草堆里的毯子睡觉。我顺着这个洞滑了下去，没顾得上用脚去找梯子，就让自己这么滑了下去。

不到一秒钟，我就摸黑冒雨逃出了门，而那两个黑人也跟着从门洞溜了出来追我。

我永远也不知道他们到底追了我多久,又追了多远。天漆黑一片,下着大雨,狂风大作。我的身体是白的,在我奔跑时,一定在黑夜中划过一道微弱的闪电,不管怎么说,我觉得他们能看见我,而我看不见他们,这让我的恐惧增加了十倍。每一分钟,我都以为他们会抓住我。

你知道,当有人像我一样心怀恐惧时会是个什么样子。我想,这两个黑人或许跟了我一段时间,穿过泥泞的赛道,随后进入一片跑道内侧的树林里,但也许几分钟后,他们就放弃了追逐,转身回去睡觉了。就像我说的那样,他们都喝多了,也许还会觉得有点好笑。

但我不知道他们是否真的那样做了。我在跑时,一直在留意周围的响动,雨落在树上枯死的树叶,风吹过它们发出的声音,或许,我自己光着脚踩在枯树枝上,并将它踩碎发出的声音最让我惊恐。

有一种奇怪而可怕的声音,像是某个粗壮的人和我并肩跑着,喘着粗气。也许那是我自己的呼吸声,越来越急。我想,我听到了我在阁楼上听到的那种咯咯笑声,那种让我浑身颤抖的笑声。当然,我走近的每棵树都像一个人,随时准备抓住我。我不停地躲闪,砰一声撞到别的树上。我的肩膀不断撞着树,肩膀上的皮都被磨掉了,每一次,我都觉得有一只漆黑的大手抓住我，正在撕扯我的皮肉。

我不知道我跑了多久，可能一小时，也可能只有五分钟。但无论如何，黑暗并没有消失，恐惧也没有消失，为了保命，我不能尖叫，也不能发出任何声音。

为什么我不能发出声音，我也不知道。会不会是因为当时既是一个女人，又不是一个女人？也许变成一个女人太令人羞耻了，又因为害怕男人，所以不敢出声。我不知道。我搞不懂。

但不管怎样，我发不出声音来。我试了又试，喉咙痛得发不出声音。

然后过了很长时间，或者说似乎过了很长时间，我才从赛道内侧的树林钻出来。我觉得那两个黑人还在追我，你能理解，于是我像疯子一样又跑了起来。

当然，像那样沿着那条路跑，我一定踏上了非冲刺直道，过了一会儿，我来到了那个旧屠宰场，就在赛道旁的地里。我是闻到它散发出的难闻气味知道的，我很害怕。然后，不知怎的，我翻过了马场老旧的高篱笆，到了屠宰场里。

我一直想大喊大叫，或是理智地告诉那两个黑人我是男人而不是女人，但我做不到。然后我听到了木板开裂或栅栏破裂的声音，我想他们还在追我。

于是我像个疯子一样继续跑，就在这时，我绊了一下，被什么东西绊倒了。我已经告诉过你，旧屠宰场里堆满了骨头，它们在那里很久了，都被洗得白白的。有羊头、牛头和各种各样的骨头。

我摔倒了，向前一冲，正好摔进某种静止、冰冷、苍白的东西之间。

躺在那里的很可能是一匹马的骨架。在那样的小镇里，人们会牵一匹老马，把它拖到城外的田地里，剥了它的皮，做成兽皮，卖一两块钱。这样的马没什么特别，通常就是这样的下场。也许，哪怕是"加速小子"或者"哦，我的老兄"，抑或是其他的快马也会落得这样的下场。

躺在那里的是一匹马的骨骸，它一定是仰卧着的。鸟儿和野兽把它的肉都吃光了，雨水把它的骨头冲刷得干干净净。

总之，我摔倒了，身子向前一倾，身体两侧被划出很深的道子，我的手抓住了什么。我正好摔在马的肋骨之间，它们似乎把我紧紧包围起来。我的手抓住了那匹死马的双颊，它的双颊被雨水淋得冰凉。白骨缠绕着我，白骨握在我的手中。

现在，我油然而生一种新的恐惧，这种感觉似乎深入我的内心，深入骨髓。我就像看见谷仓里的老鼠被狗叼着晃动一样。当你走在海滩上看见巨浪向你袭来,就会感到类似的恐怖。你看到它向你打来,你试图逃跑,但当你开始向岸边奔跑时,却出现了一个你无法翻越的石崖挡住了去路。就这样,海浪像山一样高,它就挡在你面前,世上没有任何东西可以阻止它。现在,它把你撞倒,或许会一遍又一遍地在你身上翻滚,直到你死去为止,从而把你冲刷得干干净净,一尘不染。

这就是我的感觉——我觉得自己似乎死于无名的恐惧,我的意思是,这感觉就像上帝的手指滑过你的背,把你烧得干干净净。

这让我忘记了想成为女孩的那些愚蠢念头。

我终于喊出了声,身上的魔咒被打破了。我敢打赌方圆一英里都能听到我的尖叫声。

我立刻觉得好多了,于是从那堆白骨里爬起身。我不是一个女人,也不是一个年轻姑娘,而是一个男人,就是我自己。并且,据我所知,我一直就是这样。现在,漆黑的夜晚也变得温暖而有生气起来,就像一个母亲在黑暗中出现在孩子面前一样。

只不过,我不能回到赛马场,因为我哭得很伤心,我为自己感到羞愧,为自己的愚蠢感到羞愧。有人可能会看到我,而我至少在那一刻，不想见人。

于是，我穿过田野，来到一个篱笆前，爬了过去，进入另一片田野，在一片漆黑中，我发觉那里有一个稻草堆。

稻草堆在那里已经有很长时间了，羊已经把它一点点啃掉了，直到它们在边上弄出了一个很深的洞，就像山洞一样。我发现了那个洞，爬了进去，里面有几只羊，大约有十几只。

我爬进来的时候，羊们并没有慌张，只是稍稍激动了一下，然后就安静下来。

于是我也在它们中间安顿下来。它们温暖、温柔、善良，就像"加速小子"一样，和它们在一起，要比跟任何人待在一起的感觉都好。

我睡了过去，醒来时已是白天。天不太冷，雨也停了。现在，乌云正从天空中退散，也许下个星期会有赛马，但即便有的话，我知道我也看不到了。

我所期待的事情确实发生了。我不得不回去，穿过田野和马会的赛场，去我的地方拿衣服。此刻在光天化日之下，我光着身子，我当然知道会有人提高嗓门喊叫，每个马童和司机都会把脑袋伸出来，大笑着喊叫。

人们会问我上千个问题，而我会太过羞愧而无法一一作答，也许，我还会哭起来，那会让我更加羞愧。

一切结果正如我所料，只不过嘲笑比我想象得还要响，伯特从"哦，我的老兄"的马厩里走了出来，他看到了我，不知道发生了什么，但他知道事情不太对劲，而不应该来指责我。

他气得一时说不出话来。接着，他抓起一把干草叉，在马厩前挥舞着，用你从未听过的狠话好好教训了一下那帮车夫和马童。你真该听听他骂人的话。真是太华丽了。

在他骂人的时候，我偷偷溜进了阁楼，听到他那样咒骂我真是太高兴了，于是便哭了起来。我很快把湿衣服穿上，俯下身子，在"加速小子"的脸颊上吻了一下，然后就走了。

我最后见到的是伯特，他还在不停地喊着要那个捉弄我的人出来，让他好好接受报应。他手里拿着干草叉，不停地晃来晃去，不时地朝树或什么东西猛冲过去，他气得要命，而他眼前根本没有人了。伯特甚至都没看见我沿着篱笆穿过一扇门，走下山坡，离开了赛马和流浪的生活。

牛奶瓶

那一年夏天,我住在芝加哥北边一栋老房子顶楼的大房间里。那是八月,天气很热。我在一盏台灯前——汗水顺着我的背脊往下淌——一直坐到午夜后,琢磨着幻想中的生活,他们也想活在我所写的这篇故事里。

这是一件无望的事儿。

我陷入对这些虚幻人物的苦心构思中,而他们也被牵连进现实中这间闷热难受的房间里,其实,尽管按照中西部农民的说法,现在是一个"长玉米的好时节",但此时住在芝加哥简直糟透了。那些活在我想象世界里的虚幻之人和我本人手拉着手,摸索着穿过一座树叶全都被烧光了的树林。火热的地面灼烧着我们的脚。我们拼命想要找到逃离树林,进入一座凉爽而又美丽的城市的道路。其实,如你理解的那样,我当时有点神志不清了。

当我放弃挣扎,站起身来之后,房间里的椅子都跳起了舞。它们还在漫无目的地跑过一片燃烧着的土地,努力想抵达某个神秘的城市。"我最好离开这里,出去走走,或者跳进湖里让自己冷静一下。"我想。

我走出房间下了楼,来到街上。在这所房子的底层住着两个演滑稽戏的女演员,她们刚忙完晚上的活儿回来,现在正坐在房间里聊天。当我走到街上的时候,某个沉重的东西从我头上呼啸而过,随后摔在石头路面上。一种白色的液体喷到我的衣服上,一个女演员的声音从楼里唯一亮着灯的房间里传出来。"哦,该死!我们竟过着这种该死的生活,我们竟在这样一个小镇上!狗都比我们过得好!现在他们又要没收我们的酒!在这样一个炎热的夜晚,我从炎热的剧院回来,我看到了什么——窗台上的半瓶馊牛奶!"

"我忍不了了!我要把一切都砸了!"她喊道。

我朝房子东边走去。成群结队的男人、女人和孩子从城市西北来到湖边,选择在户外过夜。那里也闷热得令人窒息,空气中弥漫着一种挣扎的感觉。在一片几百英亩曾是沼泽地的平地上,大约有两百万人在为了获得一个安稳觉而挣扎着,却无法如愿。在半明半暗的暮色中,水边那一小片公园之外,在天空的映衬下,芝加哥上流人士居住的空房子留下了灰蓝色的污点。"感谢诸神,"我想,"总有些人可以离开这里,他们可以到山上、海边或欧洲去。"在半明半暗的夜色中,我被一个躺在草地上睡觉的女人的腿绊了一下。在她身边躺着一个婴儿,她坐起来时婴儿就哭起来。我低声道了声歉,我的脚碰倒了半瓶牛奶,牛奶流到了草地上。"哦,我很抱歉。请原谅我。"我说。"没关系,"女人回答,"反正牛奶已经馊了。"

他是一个驼背的高个子男人,长着一头早早就泛白的头发。他是芝加哥一家广告代理公司的文案编辑——我有时也会被这家代理公司所雇用——在那个八月的夜里,我遇见了他。他当时正迈着矫健的步子,沿着湖岸快速走过疲惫而暴躁的人群。起初,他并没有看见我。在别人都似乎半死不活的时候,他身上还能有活力,这使我感到奇怪。当一盏街灯把光照在我的脸上时他突然迎了上来。"我说你,上我那儿去,"他大声喊道,"我有东西要给你看。我正要去看你。我正打算这么做。"他快速朝我走来。

我们去了他的公寓,它坐落在能看见湖和公园的街上。德国人、波兰人、意大利人和犹太人,正打算去外面过夜,他们带着脏兮兮的毯子和随处可见的半满牛奶瓶,但是人群中的美国人却放弃了寻找阴凉,一小股人流沿着人行道,又回到了炎热的房子里和热烘烘的床上。

已经一点多了,我朋友的公寓炎热而凌乱。他解释说,他妻子带着两个孩子回了娘家,去伊利诺伊州斯普林菲尔德附近的农场探望母亲。

我们脱下外套坐下来。我朋友瘦削的脸颊泛着红晕,眼睛闪闪发光。"你知道——嗯——你明白。"他开口说道,然后犹豫了一下,像个尴尬的学生一样笑了起来。"好吧,"他又开口说,"我早就想写些真实的东西,某种能超越广告的东西。我觉得我很傻,但这就是我。我一直梦想写些激动人心的大事。我想这是许多广告作家的梦想,对吧?而现在你来看——你可别笑。我想我做到了。"

他解释说,他写了一篇关于芝加哥的文章,如他所说,这座城市是整个中西部的首府和中心。他渐渐激动起来。"从东部、农场,或者像我一样,从某个不起眼的小镇来的人们都认为把芝加哥搞垮是明智的,"他宣称,"我想我应该让他们瞧瞧。"他补充道,跳了起来,紧张地在房间里走来走去。

他递给我许多张纸,上面潦草地写着许多字,但我不想看,请他念出来,他照做了,就站在那里,把脸转了过去。他的声音有些颤抖。他写的是一个我从未见过的神秘小镇。但他管它叫芝加哥,有着色彩鲜艳的大街,幽灵似的屋子高耸入云,还有一条沿着金色道路流入无边西部的河流。我告诉自己,这就是我脑中的那座城市,我和我故事里的人一直在寻找的就是这座城市，当时因为天气太热，我有点发昏，无法再写作了。他描写的那座城市里的居民都是头脑冷静、勇敢无畏的人，他们向着某种精神上的胜利而前进。

现在，我天性中露出残酷的一面，但是，我总不能为了把女人孩子塞上芝加哥的街车而把他们都打晕吧，我也不能当着这位作者的面告诉他说，我认为他的作品写得烂极了。

"你写得很好，埃德，你写得真棒。你一击必中，你写出了旷世巨作。你把芝加哥都写成了美国文学的中心，而且你就住在这里。我觉得你唯一漏掉的就是关于牲畜围场的一些小细节，你可以在以后补上。"我加了一句，说完便准备离开。

"这是什么？"我拿起椅子旁的六张纸问道。等我读完后，他结结巴巴地道歉，然后从房间那头走过来，一把从我手里夺过稿纸，从一扇开着的窗户将它们丢了出去。"我希望你什么也没看到。这是我写的关于芝加哥的另一些东西。"他变得有些不安起来。

"你看，晚上太热了，我原本必须待在办公室里写一则炼乳广告，但在我偷偷溜回家干活的时候，有轨电车挤满了人，个个散发着恶臭，而当我终于回到家——妻子已经离开了——家里一团糟。于是，我根本写不出来，而且我很痛苦。

这原本应是我的机会，你看，妻子和孩子都走了，难得清静。后来我就去散步了。我觉得我精神有点不太对劲。随后我回到家，写出了刚刚扔出窗外的那些东西。"

他又高兴起来。"哦，好吧——这没什么。那篇愚蠢的文章激发了我的灵感，使我能够去写其他的东西，也就是我先前给你看的有关芝加哥真实情况的东西。"

随后我回到家，躺在床上，发现另一种类型的作品的微弱灵感，这种作品——无论好坏——真正呈现了这些城镇里的人的生活——有时是散文，有时是激动人心的华丽歌谣。这是桑德堡或马斯特斯可能会在一个炎热的夜晚散步后写出的东西，就比如《芝加哥的西国会街》。

我读到的埃德的故事集中描写了月光下窗台上的半瓶变质牛奶。在那个八月之夜的早些时候，升起了一轮月亮，那是一轮新月，挂在天空的一道细细的金色新月。发生在我那位朋友，也就是那位广告文案作家身上的事是这样的——谈话结束后，我躺在床上睡不着觉，想通了这一切。

我不知道是否所有广告文案作家和报纸记者都想写其他类型的文章，但埃德肯定会去写。八月那个炎热之夜的前一天，对他来说非常难熬。他一整天都想待在自己安静的公寓里创作，而不想坐在办公室里写广告。下午晚些时候，他原以为把一天的活儿都干完了,但文案总编来了,命令他为杂志写一页炼乳广告。"如果我们能在短时间内写出一些出色的文章,就有机会获得一个新客户,"他说,"埃德,我很抱歉在这么热的天里向你提这件事,但我们面临着困难。让我们瞧瞧你是否还有以前的活力。现在就钻到地底下去,在回家之前挖点新鲜的料出来。"

埃德尽力了。他把一直以来对这座美丽的城市——发光的平原之城——的想法抛到脑后,直接切入正题。他想到了牛奶,孩子们喝的牛奶,未来芝加哥人喝的牛奶,可以为广告撰稿人在清晨的咖啡里制造一点奶油的牛奶,可以让所有在芝加哥的兄弟姐妹保持健壮体魄的甘甜而新鲜的牛奶。埃德真正想要的是一杯带酒精的冷饮,但他努力让自己觉得他想喝的是牛奶。他全神贯注地想着牛奶,炼制的、黄色的牛奶,他小时候父亲养的那头牛带来的温热牛奶——他的思想像一条小船,正驶向一片牛奶的海洋。

他从中想到了所谓的广告创意。他驶过的那片牛奶之海变成了炼乳罐堆起的山,他的想法就是从这个幻想中产生的。他为一个场景画了一幅粗略的草图,上面画的是起伏的宽阔绿野和白色的农舍。奶牛在绿色的山丘吃草,而在画的一侧,一个光着脚的男孩正赶着一群奶牛,走出甜美而美好的土地,沿着一条小路往下,进入一个漏斗,而在漏斗的尽头是一个炼乳罐头。他在图画上加了一个标题:《惠特尼·威尔斯牌炼乳,浓缩乡村的健康和新鲜》。首席文案师称这是一件了不起的作品。

然后埃德回到家,想马上开始写这座美丽的城市,饭都没顾上吃,而是在冰柜里翻来翻去,找了些冷肉给自己做了个三明治。还给自己倒了一杯牛奶,但牛奶已经馊了。"哦,该死!"说着他把奶倒进了厨房的水槽里。

埃德后来向我解释说,他坐了下来,想立刻开始写他真正想写的东西,但似乎无法进入状态。在办公室里度过的最后一个小时,在坐着又热又臭的汽车回家的路上,再加上嘴里馊牛奶的味道,这些都在刺激着他的神经。其实,埃德天性相当敏感,也较为平和,但现在一切都乱了。

他走了几步,想冷静下来,但他的思绪就是停不下来。埃德现在已经快四十岁了,那天晚上,他的思绪回到了年轻时在这座城市里的生活——并停留了很久。像其他在芝加哥长大的孩子一样,他在搬来这座城市之前,曾住在一个农场里,他像所有在这些城镇和农场长大的孩子一样,他来这里时也怀着朦胧的梦想。

他当时是多么渴望去芝加哥,在那里干出一番事业啊!

你可以想象他在这里做成的事儿。首先，他结了婚，现在就住在北边的公寓里。要真实描绘出他从青年时代起就悄悄溜走的十二到十五年的生活，那就得写上一部小说，那不是我的目的。

不管怎么说，他此刻——散步回来——待在自己的房间里，那里炎热又寂静，但他没办法进入创作状态。妻子和孩子都不在，公寓里难得安静！可他一直想着自己在这个城市度过的青年时代。

他记得年轻的时候，有一天晚上，他就像在八月那个晚上一样，出门散步。那时，他的生活并没有因妻子和孩子而变得复杂，他独自一人住在自己的房间里。那时也有什么东西曾让他心烦意乱。很久以前的那个晚上，他在自己的房间里感到不安，于是便出去散步。那是夏天，他先是去了正在装货的河边，然后去了一个拥挤的公园，那里全是女孩和年轻人。

他壮了壮胆，与一个独自坐在公园长凳上的女人攀谈起来。她让他坐到身边，因为天很黑，她又没说话，于是他先开了口。那个夜晚让他变得多愁善感。"人就是这么难以捉摸。我希望我能接近某人。"他说。"哦，说下去，你在做什么呢？你不是想骗人吧？"那个女人问。

埃德跳了起来，随后走开了。他走进一条长长的街，两旁都是黑漆漆的无声建筑，然后，他停下脚步四处张望。他想住在公寓大楼里的人都过着有指望的生活，他们怀揣伟大的梦想，可以去做伟大的冒险。那天晚上，他对自己说："他们和我之间只有砖墙之隔。"

就在那时，牛奶瓶的主题第一次打动了他。他走到一条小巷，去看公寓大楼的后面，那天晚上也有一轮月亮。月光照在窗台上一长排装了一半的瓶子上。

他心里有点不舒服，于是急忙走出小巷，来到街上。一男一女正从他身边走过，而后他俩在一栋建筑的入口停了下来。他以为他们是一对情侣，于是他躲在另一栋大楼的入口，听他们的谈话。

这对男女原来是一对夫妻，他们正在吵架。埃德听到那个女人的声音说："你过来，你不能骗我。你说你只是想出去走走，但我了解你。你想出去花钱。我想知道的是，你为什么不肯为我花点钱。"

这就是埃德年轻时发生在他身上的故事，他在晚上漫步在城市中，而当他年满四十，在走出房子，并试图在幻想中描绘一座美丽的城市时，同样的事情再次发生了。也许，创作炼乳广告，再加上从冰箱里拿出的馊牛奶的味道，这些都影响了他的心情。但是，不管怎样说，牛奶瓶，就像一首歌的副歌，进入了他的脑海。它们似乎正从所有街道上的所有窗户里嘲笑他，当他转过身去看人，他遇到了从西边往公园和湖边走的人群。每一群人前面都有一个手拿牛奶瓶的女人。

于是，在那个八月的夜晚，埃德怒气冲冲地回到家，心神不宁地写下了他的城市。就像我家楼下那个滑稽戏女演员一样，他想把什么东西给砸了，如果那时他手里拿着的是牛奶瓶，他也会把它给砸了。"我可以握住奶瓶的瓶颈，它还挺称手的，我可以用这东西杀死一个男人或女人。"他绝望地想。

接着他写出了我读到的那五六页内容，然后感觉好多了。在那之后，他又写到了那些经由勇敢的冒险之手建造出的高耸入云的幽灵的建筑，还有那条沿着黄金之路奔流而下的河流，它一直延伸到无边无际的西部。

正如你了解到的那样，他在他的杰作中描述的城市是没有生气的，但是他在关于牛奶瓶的文章中以一种奇怪的方式表达出城市是无法被人忽视的。它让你感到有点可怕，但它就是如此，尽管它有怒气，但也许正因为这股怒气，它获得了一种可以被歌颂的品质。就在那几张潦草的纸上，奇迹诞生了。我真傻，竟没有把那几页纸放进口袋里。那晚，当我从他的公寓走下来的时候，我的确去黑漆漆的小巷子里找了那些纸，但它们消失在了垃圾的海洋里，垃圾从一长排垃圾桶上满溢出来，这排垃圾桶就立在一段阶梯旁，这条阶梯直通楼上那座公寓的后门。

悲伤的号手

威尔家遭遇了凶年。阿尔普顿一家住在彼得韦尔镇一条偏远的大街上。威尔的父亲是一个房屋油漆工。二月初,厚厚的雪覆盖在大地上,屋外刮着刺骨的冷风,威尔的母亲突然去世了。他那时才十七岁,他在这个年纪已经长得非常高大了。

母亲的死突然降临,毫无征兆,就像夏日里一个昏昏欲睡的男人在闷热的房间里扬手打死了一只苍蝇。二月的一天,她在后院的绳子上晾完衣服,从阿尔普顿家的后门走进来,站在厨房的炉边暖手,这双手布满了蓝色的血管——随后带着羞涩的笑容看了看孩子们——她就喜欢这样,三个孩子早已习以为常。随后,仅仅过了一周,她就冰冷地躺在了棺材里,棺材安放在这家人含糊地称为"另一个房间"的地方。

在那之后,夏日来临了,全家人努力调整自己,以便应对新的情况,但另一场灾祸却降临了。灾祸来临的那一刻,汤姆·阿尔普顿,那位房屋油漆工,似乎刚好进入生意的旺季。家中的两个男孩,弗莱德和威尔,准备去给他当帮手。

弗莱德那一年确实只有十五岁，但他无论干什么都很机敏又利落。比如，如果遇上贴墙纸的活儿，他就会帮父亲抹胶水。

汤姆·阿尔普顿从梯子上跳下来，跑到一块长长的木板上，墙纸就摊开放在那上面。他很高兴能有两位助手帮忙。是这样的，人都喜欢当头儿，喜欢管事。他从弗莱德手中夺过糨糊刷。"别这么刷，"他喊道，"要这样拍打。这样去涂——就这样，确保边边角角都要涂到。"

三四月份，在室内贴墙纸是一份温暖、惬意又舒适的活儿。当屋外寒冷或下雨时，装修的屋子里就会生起炉子，地板上的地毯上铺着报纸，家具上盖着被单。屋外下着雨或雪，而屋里面温暖舒适。

在阿尔普顿一家看来，在那段时间，好像母亲的死将他们拉得更近了。威尔和弗莱德都能感受到，或许威尔更敏感一些。这家人的收入非常微薄——母亲的葬礼花了一大笔钱，于是弗莱德退了学。这让他挺高兴的。他们在这家房子干活时，家里还有别的孩子，他们会在傍晚从学校回来，从门里看着弗莱德把糨糊涂满一张张墙纸。他用刷子发出拍打声，但不看那些孩子。"啊，继续去上学吧，你们这帮孩子。"他想。他要干的可是男人干的活儿。威尔和他父亲站在梯子上，正把一张张墙纸小心地贴到天花板和墙上。当墙纸贴到某个位置时,弗莱德就会跑过去用一个小木滚子把它滚平,房子里的孩子多嫉妒啊。他们还得过上好一段日子才能像弗莱德一样,离开学校,干起男人的活儿。

到了夜晚,走在回家的路上也很舒服。威尔和弗莱德穿上了一整套白色的外套,上面还有干掉的糨糊和斑斑点点的油漆,看上去非常专业。他俩一直穿着这套衣服,还在外面套上了雨衣。他们的手也因沾满了糨糊而发硬。主街上的路灯亮了,其他人在经过汤姆·阿尔普顿时都会向他打招呼。镇上的人都叫他托尼。"你好,托尼!"某个店主喊道。这可真糟糕,威尔觉得他父亲一点尊严也没有。他太男孩子气了。那些要长大成人,即将进入成年的男孩可不会喜欢父亲过于孩子气。汤姆·阿尔普顿在彼得韦尔镇的"银色短号乐队"里吹短号,但他吹得很烂——每当需要独奏时,他都吹得一团糟——但乐队里的其他成员都很喜欢他,因此也就没人说什么。那时他又堂而皇之地谈起了音乐,说起了短号手的嘴唇,所有人都认为他已经从悲伤中走了出来。"他受过教育,我和你说,托尼·阿尔普顿知道的可多了。他是个聪明人。"乐队里的成员总这么说。

"好吧,真该死!或许,一个人过一段时间之后总得长大吧。一个人的妻子不久前才刚刚去世，他总得在走过主街时有点尊严吧——至少在那段时间里得这样。"

汤姆·阿尔普顿总会朝在街上经过的人眨眨眼，仿佛在说："你们看，我的孩子现在跟着我，我们虽然什么也不会说，但在上周三的晚上，我和你不是过得挺欢乐的吗？别多说，老朋友。什么也别说。下一次我们再一起去的时候，还会好好玩上一把。"

有一件他无法完全理解的事儿让威尔越来越生气。他父亲在杰克·曼的肉铺前停了下来。"你们两个回家去吧。告诉凯特我要带牛排来。我随后就回家。"他说。

他会拿着牛排，然后走进阿尔夫·盖格的酒馆，喝上一杯威士忌。现在，再也没有人会在他回家后费心去闻他嘴里的气味了。这倒不是说，他喝酒后他妻子会唠叨什么——但你知道，家里有女人时男人会是什么感觉。"喂，你好，比勒达·史密斯——那个老瘸腿怎么样了？来吧，跟我喝点。上一次乐队在主街聚会的那晚，你在吗？你听到我们演奏新的乐曲了吗？那简直是杰作。火鸡怀特的长号独奏非常精彩。"

威尔和弗莱德已经走出了主街，威尔从大衣口袋里掏出一根带弯嘴的小烟斗，将它点燃。"我敢打赌，如果给我一个机会，我准可以在没有父亲的情况下把天花板贴好。"他说。

现在他的父亲不再因为没有尊严而让他难堪了，他感到舒心快乐。而且，能够毫不狼狈地抽起烟斗来，这也是一件很了不起的事。母亲还活着的时候，她会在他晚上回家时亲吻他，所以那会儿他抽烟得非常小心。现在情况不同了。他已经长大了，担起了男人的责任。"你一点儿也不觉得恶心吗？"弗莱德问。"哈，一点也不！"威尔轻蔑地回答。

八月下旬，新的灾祸降临到了这个家庭，秋天的活儿即将开始，前景也都不错。珠宝商瑞格利刚在前年买的农场上盖了一座大房子和一座谷仓。它们坐落在镇外一英里的特纳高速公路旁。

这是一份可以让阿尔普顿一家好好过冬的活儿。房子一共要漆三层，外加屋内的全套活儿，而谷仓得漆两层——两个孩子得和父亲一起干，还会拿到固定的薪水。

只要一想到要在那所房子里干活儿，汤姆·阿普顿就会流口水。他一直在谈论这件事，到了晚上，他喜欢坐在阿普尔顿家前院的椅子上，叫某个邻居过来唠叨这事儿。他真是满嘴油漆工的行话！门和柜子都要按"仿风化"的橡木做出纹理，前门要做成卷曲的枫木和黑胡桃木。嗯，镇上没有另一个画家能像汤姆那样模仿出所有种类的木头。只要给他看看木头，或者告诉他——你什么都不用给他看。只要报出名儿来——就够了。当然，人欲善其事，必先利其器，只要给他工具，把一切都丢给他，转身离开就行。保准没错！瑞格利把这栋新房子交给他时，他证明了自己是个行家里手。

至于实际情况，家里的每个人都知道，瑞格利给的工作意味着一个有保障的冬天。所以，这份活丝毫容不得马虎，得按合同上的计划施工。所有的工作都按日计酬，孩子们也有工资。这份工作关系到男孩们要穿的新衣服，凯特要穿的新裙子，可能还得加上一顶帽子，整个冬天的房租，地窖里的土豆。这份工作意味着保障——这是事实。

有时到了晚上，汤姆会拿出工具来看看。刷子和制作纹理的工具摊在厨房的桌子上，凯特和两个男孩聚在一起。弗莱德的工作是确保所有的刷子都干干净净，汤姆用手指一根一根地捋刷毛，然后在他的手掌上来回地刷。"这是骆驼毛做的，"他说着话，拿起一把柔软的细毛刷递给威尔，"我花了四美元八十美分买的。"威尔还在他的手掌上来回挥舞着刷子，就像他父亲做的那样，然后凯特把它拿了过去，做起了同样的动作。"它像猫的背一样柔软。"她说。威尔觉得这话听起来很蠢。他期待着有一天能拥有自己的刷子、梯子和罐子，这样就可以在别人面前炫耀了。他想着从父亲口中听到的话。刷子的"后跟"和"尖端"。清漆得"轻轻拂过"。他这一行的行话，威尔现在全都弄懂了，再也不是偶尔干点儿杂活的油漆杂工了。

在那个不幸的夜晚，有人要为"虔诚山庄"里的巴德夏尔夫妇举办一场惊喜聚会，他们就住在阿普尔顿家的对面。这对汤姆·阿普尔顿来说是个好机会。只要遇到张罗这类事情，他都喜欢凑上去。"来吧，我们得好好露一手。晚饭后，他们会在屋里坐着，巴德夏尔的老妈在洗碗。他们猜不到我们会干什么，我们就穿着周日的衣服，然后突然摔倒，大叫一声。我也会带上我的小号，在聚会上吹上一曲《山姆山庄里发生了什么？》，知道了吧，我会看见比尔·巴德夏尔跳起身来骂人，他会以为我们是一群来捣乱的孩子，就像在万圣节前夜干的事儿一样。你只管去弄点吃的，我去家里煮点咖啡，然后趁热送过来。我要找两个大壶来，把它们全都灌满。"

阿普尔顿的房子里一片忙乱。汤姆、威尔和弗莱德当时在镇外三英里处粉刷谷仓，但他们四点就下班了，汤姆让农夫的儿子开车送他们进城。他自己得洗漱一番。他在柴棚里的浴缸里洗澡，刮胡子——就像在星期天一样。他整理利索之后，看上去不像个大人，反而更像个孩子了。

然后，六点钟刚过，全家人就得吃完晚饭，汤姆直到天黑才敢出门。可不能让巴德夏尔一家看到他这样打扮。这是他们的结婚纪念日，他们可能会起疑心。他不停地在房子周围转悠，偶尔从前窗望望巴德夏尔的房子。"你真是个孩子。"凯特笑着说。有时她会这样对他说话，说完他就上楼去，拿出他的短号吹了起来，声音很轻，从楼下听几乎听不到。当他演奏的时候，你不知道他演奏得有多糟糕，就跟乐队在大街上表演，他独奏时一样糟糕。他坐在楼上的房间想事儿。当凯特嘲笑他的时候，他感觉仿佛妻子又活过来了。她眼睛里闪烁着同样羞涩又揶揄的眼神。

这么说吧，自从他妻子死后，这还是他第一次出门，可能有些人会认为，他待在家里会好些——看起来好多了，就是这样。他刮脸时，下巴刮破了，流了点儿血。过了一会儿，他下了楼，在厨房水槽上方的镜子前，用毛巾一端沾了沾水，轻轻擦了擦。

威尔和弗莱德站在他边上。

威尔的脑子一直在转——也许凯特也是。"那里会有——可能吗？——哦，在这样的宴会上，只有年纪大的人才会被邀请——也就是说，那里总得来两三个寡妇。"

凯特不希望任何女人在她的厨房里晃悠。她已经二十岁了。

"最好不要说没妈的孩子的闲话。"汤姆会这样沉思。甚至弗莱德也这么想。家里出现了一阵对汤姆的不满情绪,像无声的波浪,轻轻爬上一个低洼的沙滩。

"寡妇会常到这种地方去,然后成双入对地回家。"凯特和威尔脑海中都泛起了同样的画面。夜深了,两人都在阿普尔顿家楼上的窗户往外看,沉浸在幻想中。所有人都从巴德夏尔家的前门出来,比尔·巴德夏尔站在那里撑着门。他想在晚上偷偷溜出去,穿上他最好的衣服。

人们一对一对地走了出来。"那个女人,那个寡妇,奇尔德斯太太出现了。"她结过两次婚,丈夫都死了,就住在莫米派克路那边。"究竟是怎样一个女人会在她这个年龄干出这么愚蠢的事?"一个女人在送葬了两个男人之后,怎么还能保持年轻和漂亮,这实在太可怕了。有些人还说,即使她上一任丈夫还活着……"

"不过,不管这是不是真的,她行事和讲话都不太明智。"现在她的脸转向灯光,对老比尔·巴德夏尔说:"放心去睡吧,睡个好觉,今晚做个美梦。"

"当一个人的父亲缺乏尊严的时候,他可能会这样做。现在那个老傻瓜汤姆出来了,他像个孩子似的从巴德夏尔家蹦跳着走了出来,直奔奇尔德斯太太而去。'我可以送你回家吗?'他说,而其他人都会意地笑着。看到这种事真叫人不寒而栗。"

"来吧,把锅装满。把旧咖啡壶准备好,凯特。这伙人很快就会到街上去了。"汤姆不自觉地喊着,一边蹦蹦跳跳地走来走去,打破了屋里的一圈圈思绪。

事情是这样的——就在夜幕降临,所有人都聚集在阿普尔顿家的前院时——汤姆跑去,想要同时拿起短号和两个大咖啡壶。他为什么不晚一点再拿咖啡呢?屋外黑漆漆一片,有几个人在窃窃私语,吃吃地笑。这时候,汤姆从门内探出头来,大声喊道:"让她去吧!"

他一定是疯了,他跑回厨房抓起两个大咖啡壶,同时又抓起了他的短号。他在昏暗的路上绊了一下,摔倒了,所有滚烫的咖啡都溅到了他身上。

情况很糟糕。洒出来的滚烫咖啡在他的厚衣服下面冒着热气,他躺在地上疼得哇哇直叫。现场乱成一团。他扭动着身体,尖叫着,周围的人在半明半暗的黑夜中疯子般跑来跑去。这是某个搞怪的人最后搞的恶作剧吗?汤姆一直是个喜欢出鬼点子的怪人。"你应该在'阿尔夫·盖格斯'那儿看看他,有时是在星期六晚上,他会模仿乔·道格拉斯爬上一根大树枝,然后再把树枝锯断,他还会模仿树枝开裂时乔脸上的表情。看到他模仿出的那个样子，你一定会笑到发出尖叫。"

"但现在是什么情况？我的天啊！"凯特·阿普尔顿哭着、呜咽着，想要扯下她父亲的衣服，年轻的威尔·阿普尔顿把人们推到一边。"喂，有人受伤了！出了什么事？我的天啊！谁去找医生来。他被烫伤了，伤得还不轻！"

十月初的时候，威尔·阿普尔顿坐在从克利夫兰开往布法罗的日间列车的吸烟车厢里。他的目的地是宾夕法尼亚州的伊利，他是在俄亥俄州的阿什塔布拉上的车。为什么目的地是伊利，他自己也解释不清楚。反正他要去那里，去工厂或码头找份活儿干。也许去伊利，只是他一拍脑袋决定的。那里不像克利夫兰、布法罗、托莱多或芝加哥那些城市那么大。

他在阿什塔布拉上了车，坐在一个小个子老头旁。他自己的衣服又湿又皱，头发、眉毛和耳朵都被煤灰染黑了。

在那一刻，他对故乡彼得韦尔镇怀有一种苦涩的厌恶感。"天哪，一个人竟然在那儿找不到活儿干——冬天是没有活儿可干的。"他父亲出事儿之后，家里的一切计划都泡了汤，九月份的时候，他在农场找到了一份工作。他跟着一群脱谷子的人干了一段时间，后来又跟人割玉米。一切都很好。"每天可以挣一美元，还管饭，由于他整天穿着工作服，所以衣服也不用愁。不管怎么说，彼得韦尔镇的人能赚钱的时代已经过去了，他父亲被烫得不轻，可能得躺上几个月。"

一天，威尔从一个农场到另一个农场逛了一上午，还是找不到工作，于是他打定主意，回家告诉了凯特。"真该死。"他并没有打算马上离开——他本以为他会再待上一两个星期。是的，他会在晚上去城里，穿上他最好的衣服，在那里消磨时间。"你好，哈里，今年冬天你打算干什么？我想我会跑到宾夕法尼亚州的伊利。那边一家工厂给了我一份工作。那就，再见吧——如果我再也见不到你的话。"

凯特似乎还不明白，似乎急于把他送走。可惜的是，她没有多长一些心眼。尽管如此，凯特依旧很好——毫无疑问，她很担心。谈话结束后，她只说了一句："好，我想这样最好了，你去就是了。"说完，她就去给汤姆换好腿上和背部的绷带。父亲正坐在前厅的摇椅上，椅子上垫着枕头。

威尔上楼收拾东西，把工装裤和几件衬衫捆成一个包裹。然后走下楼梯，沿着一条通往乡间的路走了出去，然后在一座桥上停了下来。这座桥就在他和别的孩子夏天常来游泳的地方旁边。他突生一个想法。有一个在"波西珠宝店"工作的年轻人有时会在周日晚上来看凯特，他们会一起出去散步。

"凯特想结婚吗?"要是她真想这么做,他现在这么一走,可能就真走对了。他以前从没想过这个问题。那天下午,突然间,彼得韦尔镇外面的世界对他来说变得无边无际又异常可怕,几滴暗藏已久的泪珠涌上了他的眼睛,但他还是忍住了。在那一瞬间,他的嘴奇怪地张开又合着,就像一条从水里捞出握在手中的鱼一样。

晚饭时间他回到了家里,情况好多了。他把包裹放在厨房一把椅子上,凯特把它包得更仔细了,还放了一些他忘了放进去的东西。他父亲把他叫进了客厅。"没事儿的,威尔。每个年轻人都应该去外面闯闯。我跟你差不多大的时候就是这么干的。"汤姆有点得意地说。

随后,晚餐端上来了,有苹果派。这是阿普尔顿一家当时享受不起的奢侈品,但威尔知道凯特下午就在烤,这可能是她向他表达情感的一种方式。他吃了两大块。

就在这时,在他还没有意识到时间是如何溜走的时候,时间已过了十点,他该动身了。他打算乘货运火车出城,而十点有一趟从当地到克利夫兰的火车。弗莱德已经上床睡觉了,他父亲在客厅摇椅上睡着了。他拿起包裹,凯特戴上了帽子。"我去送送你。"她说。

威尔和凯特默默沿着街道走着,他朝惠利仓库进发,在阴影处等待货车进站。后来，当他回想起那天晚上，他很高兴，尽管凯特比他大三岁，他却比凯特长得高。

后来发生的一切历历在目。火车来了，他爬进一节空空的装煤车厢，蜷缩在角落里。抬起头可以看到天空，火车在镇前停靠时，他藏身的那辆车厢很有可能会被推到侧轨上。车工沿着铁轨在车厢旁走动，互相喊叫着，他们手中的灯在黑暗中发出点点光亮。

"天可真黑啊！"过了一会儿，天上下起了雨。"他的套装会淋得一团糟。说到底，他还是无法直截了当地问他妹妹是否打算嫁人。如果凯特嫁人了，那么他父亲也会再婚。像凯特这样的年轻女人倒没什么，可一个四十岁的男人要考虑结婚——这太可怕了！为什么汤姆·阿普尔顿就没有一点尊严呢？毕竟，弗莱德还是个孩子，而一个新进门的女人要来做他的妈妈——对一个孩子来说，这也许没什么。"

在货车上度过的那一夜，威尔想了好多关于婚姻的事——那些都是些相当模糊的想法——思绪就像鸟儿在灌木丛里飞进飞出，来来回回。这件事——男人和女人之间的事——并没有让他感到非常要紧——现在还没有。拥有一个家——那是另一回事。家是一个人的支撑。当他去某个农场干上一星期的活，晚上到一个陌生房间去睡觉时，他或许总能看到阿普尔顿家的房子——仿佛那是漂浮在脑海深处的一幅画——阿普尔顿家的房子，凯特在四处走动。她刚到城里去了，现在已经回家，正在上楼。汤姆·阿普尔顿在厨房忙个不停。他喜欢在上床睡觉前吃点东西，但不久之后，他就会上楼到自己的房间去。他喜欢在睡觉前抽烟斗，有时他会拿出短号，吹两三个柔和而伤感的音符。

到了克利夫兰，威尔从火车上爬下来，随后乘电车穿过城市。工人们正要去工厂，他从他们中间走过，没人注意到他。他的衣服又皱又脏，工人的衣服也好不到哪去。工人们一声不吭，有的望着电车上的地板，有的望着窗外。汽车驶过的街道两旁，竖立着一排排工厂。

他运气不错。八点钟在一个叫柯林斯伍德的地方赶上另一辆货车，但到了阿什塔布拉，他还是跳下货车，改坐客车。如果他想住在伊利，那么打扮得更绅士些，花钱坐客车去那里更好。

他坐在车上的吸烟车厢里，觉得自己不太像一个绅士。煤尘落进了他的头发，雨水将煤渣洗刷成一条条肮脏的痕迹，垂挂在他的脸上。他的衣服很脏，需要清理和刷洗，捆绑着工作服和衬衫的纸包又破又皱。

车窗外的天空是灰色的，毫无疑问夜晚要变冷了。也许还会下一场冷雨。

不断经过的城镇有一点非常奇怪——镇里所有房屋都显得冰冷阴郁。"真见鬼。"在彼得韦尔，他父亲在老比尔·巴德夏克的晚会上出了丑，还被狠狠地烫伤了，在那个晚上之前，所有的房子似乎都是温暖舒适的地方。当他独自一人时，他会吹着口哨走在街上。晚上，温暖的灯光透过窗户照射出来。"车夫约翰·怀亚特就住在那栋房子里。他妻子的脖子上有颗痣。在那边的谷仓里，马斯格雷夫老医生养着他那匹瘦骨嶙峋的老白马。这匹马看起来病得不轻，但肯定还能走。"

威尔在座椅上扭来扭去。旁边的老人个子小得几乎和弗莱德一样。他穿着一套看起来很奇怪的衣服。裤子是棕色的，外套是灰黑色格子的。他脚边的地板上放着一个小皮箱。

那人还没开口，威尔就知道会发生什么。结果证明，这是个会吹短号的家伙。他是个上了年纪的人，但毫无尊严可言。威尔想起了父亲和乐队一起在彼得韦尔大街上巡游的情景。那是一个重要的日子，也许是七月四日，所有人都聚在一起，托尼·阿普尔顿装模作样地吹着他的短号。难道街上的人都知道他吹得很烂，却达成了某种共识，所以都不去嘲笑他吗？尽管他本人处境窘迫，但威尔的脸上还是露出了一丝微笑。

他身边的那个小个子男人也报以微笑。

"好吧,"他开始说,话语没有兜兜转转,直奔他对生活的不满,"好吧,年轻人,你看,你面前的这个人正有困难。"老人想自嘲一番,但并没有什么效果。他的嘴唇在颤抖。"我得像条狗一样夹着尾巴回家。"他说。

老人在两种冲动间来回平衡。他在火车上遇见了一个年轻人,他渴望有人主动陪他,同时又想表现得轻松些,从而和对方打成一片。某人若在火车上遇见一个陌生人,他就得先讲一个故事。"对了,先生,前几天我听到了一个新故事——也许你没听过?讲的是阿拉斯加的一个矿工,他已经很多年没见过女人了。"一个人就该这样抛出话题,然后才会开始谈论自己的事。

这位老人却想直奔他自己的故事。他说着话,言辞沮丧,眼神一直透着一丝特殊的迷人笑意。这双眼睛在说:"若我所说的惹恼了你,或让你感到厌烦,你也不必理会。虽然我已经老了,也不再有什么用处了,但我确实是一个不错的人。"他的眼睛是浅蓝色的,水汪汪的。看到这双眼睛出现在一个老人脸上有些奇怪。它们理应长在一条流浪狗脸上。这不是真正的微笑。"别踢我,小伙子。如果你不能给我吃的,就摸摸我的头。至少做个好人的样子。我被踢得够多了。"狗的这双眼睛会说这样的话。

威尔竟同情地笑了起来。确实,这个小老头身上有某种狗一般的感觉,威尔被自己这一发现给逗笑了。"一个能用自己眼睛看东西的人,或许会在这世界上过得很好。"他想。他的思绪从老人身上移开了。彼得韦尔镇住着一位独居的老妇人,她养了一条牧羊犬。每年夏天,她都准备剪掉狗的长毛,然后——在最后一刻——她改变了主意。于是,她手里紧紧攥着一把长剪刀,向狗的身体两侧伸去。她的手有点颤抖。"我是继续,还是停手?"两分钟后,她放弃了。"这会让它变得很丑。"她这样为自己的胆怯辩护。

后来天热了,狗又伸着舌头到处走,老妇人又拿起了剪刀。狗耐心地站在那里等着,但她在它背上浓密的毛发中剪出了一条又长又宽的沟,随后又停了下来。从某种意义上说,按照她的看法,削去它华丽的长毛无异于削去它自身的一部分。她无法继续下去。"瞧——这让它看上去比以前糟多了。"她自言自语道。她毅然决然地把剪刀收了起来。整个夏天,这条狗都带着困惑和羞愧的神情走来走去。

威尔一直笑着,心里想着老妇人的狗,然后又看了看火车上的同伴。老人身上那套杂色衣服,让他看起来有点像一条剪了一半毛的牧羊犬。两者都显出同样困惑和羞愧的样子。

现在威尔开始出于私心利用老人了。在他的内心，有一件他想面对，但又无法面对的事——至少现在还无法面对。自从他离开家，事实上，是从他回到家告诉凯特他打算去闯荡世界那天起，他就一直在躲避着什么。如果说他想到了那个小个子老人，也想到了那条剪了一半毛的狗，那也就势必不会去想自己了。

一个夏天的下午，他想起了彼得韦尔，想起了那个养狗的老妇人，她站在她家的门廊上，狗一直跑到门口。到了冬天，等它的毛重新长长之后，就又会对着街上走过的男孩大呼小叫了，但现在它就开始狂吠、咆哮，随后停了下来。"我看起来很可怕，给自己招来不必要的目光。"狗像是突然下定了决心似的。它狂怒地跑向大门，张嘴狂吠，然后又突然改变了主意，夹着尾巴小跑回了屋子。

想到这里，威尔不禁莞尔一笑。自从离开彼得韦尔以来，他第一次感到开心。

现在，那个老人在讲述自己的生活，但威尔听不进去。年轻人心中涌起了一股逆流的冲动，他似乎默默站在一所房子的走廊里，听着两个声音在远处交谈，他不确定要去听哪一个。

毫无疑问，这位老人和他父亲一样也是个短号手——他是个吹法国号的。放在地板上那个破旧的小皮箱里的就是他的短号。

老人中年丧偶，随后又娶了妻。他当时有一笔小小的财产，一时糊涂就把它全部给了比他小十五岁的续弦之妻。她拿了钱，在伊利的工业区买了一幢大房子，然后开始接纳寄宿者。

老人感到茫然，在自己的房子里变得毫无价值。事情就这么发生了。他妻子不得不考虑寄宿者——他们的需求必须得满足。他的妻子有两个儿子，现在都快成年了，都在工厂工作。

嗯，一切都很顺利——一切过得都很平稳——儿子们付的膳宿费也不错。他们的需要也得考虑。他喜欢在晚上睡觉前吹一会儿号，但这会打扰到屋子里的其他人。他什么也没说，一直在退让，他也想在一家工厂找份工作，但他们不接受他。他太老了。于是有一天晚上，他下了车，去了克利夫兰，他希望在那里的乐队找份工作，在电影院也行。不管怎么说，他的愿望没能达成，于是他打算回到伊利和他的妻子身边。他给她写了信，她也叫他回家去。

"在克利夫兰，他们没有因为我老而拒绝我。而是因为我的嘴已经吹不动了。"他解释道。他那萎缩的老嘴唇微微颤抖着。

威尔一直在想老妇人的狗。不知怎么,老人的嘴唇颤抖起来的时候,他的嘴唇也跟着颤抖起来。

他怎么了?

他站在一所房子的走廊上,听到两个声音。他是想把耳朵堵上吗?第二个声音,那个他整天整夜都想避开的声音,是否与他在彼得韦尔镇阿普尔顿家生活的结束有关?那声音是不是想嘲弄他,想要告诉他,他现在是一个在空中摇摆,根本无法落地的东西吗?他害怕吗?他在怕什么呢?他曾经那么渴望成为一个男人,想要自己站起来,可现在他怎么了?他害怕长大成人吗?

他现在拼命在挣扎。老人眼中噙着泪水,威尔也开始默默抽泣,他觉得自己不应该这样。

老人喋喋不休地诉说着他的烦恼,但威尔听不见他在说什么。内心的挣扎愈演愈烈。他的思绪还停留在童年时代,停留在彼得韦尔阿普尔顿家的生活中。

弗莱德此刻出现在他想象中,眼中是得胜的神情,就像其他孩子看到他干大人的活时的眼神一样。一连串的画面浮现在威尔的脑海里。他和父亲,还有弗莱德正在粉刷一个谷仓,两个农民的儿子沿着一条路走了过来,就站在那里看着弗莱德在梯子上刷油漆。他们大喊大叫，但弗莱德就是不回答。弗莱德秉持着独有的神态——他拍了拍油漆，然后转过头，朝地上啐了一口。汤姆·阿普尔顿用眼盯着威尔，父子俩的眼角都露出了笑意。父亲和他的大儿子就像两个工人，彼此心里都藏着一个小秘密。他们深情地看着弗莱德。"老天保佑他！他觉得自己已经是个男人了。"

此刻，汤姆·阿普尔顿站在他家的厨房里，刷子摊在桌子上。凯特用刷子在手掌上来回擦着。"它像猫的背一样柔软。"她说。

有什么东西掐住了威尔的喉咙。就像在梦中一样，他看见他的妹妹凯特星期天晚上和那个珠宝店店员沿着街道走着。他们要去教堂。她和他在一起，意味着——好吧，也许意味着要组建一个新家庭——阿普尔顿家的终结。

在火车的吸烟车厢里，威尔从老人旁边的座位上站起来。车里几乎全黑了。老人还在说话，一遍又一遍地讲他的故事。"我还不如根本没有家呢。"他说。在火车上，在一个陌生的地方，在许多陌生人面前，威尔就快要大叫出来了。他想说话，想说些老生常谈的话，但他的嘴只是张开，又合上了，就像一条从水里捞出来的鱼。

这时火车驶入了车棚，天很黑。威尔的手在黑暗中抽搐着，随后落在老人的肩上。

火车突然停了下来，两人站在那里半拥抱着。当一个刹车手把车顶的灯点亮时，威尔的眼中明显闪着泪水，但世界上最幸运的事情发生了。老人看见了威尔的眼泪，以为那是对自己不幸处境的同情之泪，于是那双水汪汪的蓝眼睛里流露出了感激之情。这对老人来说也是新生活。在老人刚开始讲他的故事时，曾有过一次停顿，威尔借机说过，他要去伊利找个工厂的活干。现在，当他们从火车上走下来时，老人紧紧抓住威尔的胳膊。"你不妨到我们家来住。"他说。老人的眼中闪过一丝希望。如果他能把他年轻的新房客带到妻子身边，他回家时的阴郁心情就会少一些。"你来吧。这是最好的办法。你就跟我去我们家吧。"他纠缠着威尔恳求道。

两个星期过去了，从表面来看，威尔已经适应了他在宾夕法尼亚州伊利的工厂当工人的新生活，周围的人也是这么觉得的。

然后，一个星期六的晚上，终于发生了他从彼得韦尔登上货运火车那一刻起，就一直莫名期盼又担心的事。凯特来了一封信，传达了一个重大消息。

临别的那天晚上，他在空煤车的角落里坐下来，四下无人，他曾探出身子，想最后看一眼他的妹妹。她一直默默站在仓库的阴影里，可是正当火车开动的时候，她向他走了过来，远处一盏街灯照在她的脸上。

那张脸并没有朝威尔凸显出来，只是在朦胧的光线中若隐若现。

她的嘴唇张开又闭上了，仿佛想对他说些什么，抑或会不会是那飘忽波动的光线产生的效果？在工人的家庭里，生活中的戏剧性时刻和重要时刻都是在沉默中到来的。即使在生死时刻，也很少有人说话。工人的妻子生了一个孩子，他走进房间。她躺在床上，新生儿的红色襁褓放在她身边，她的丈夫在床边木木地站了一会儿。他和妻子都不直视对方的眼睛。"照顾好你自己，当妈妈的。好好休息一下。"他说完就匆匆离开了房间。

黑暗中，在彼得韦尔镇的仓库旁，凯特朝威尔走近两三步，然后又停下来。在仓库和铁轨之间有一小片草地，她就站在草地上。此刻，在她嘴唇上颤抖着的会不会是最后的诀别之言呢？一种恐惧席卷了威尔，毫无疑问凯特也有同样的感觉。这时，她完全成了一个母亲，要面对自己的孩子，她想要表达的东西也被淹没了。她有话要说，却说不出口。她的身影似乎在黑暗中微微摆动，在威尔的眼里，她成了一个纤细而模糊的东西。"再见。"他在黑暗中低声说，也许她的嘴唇也在说着同样的话。外面只有一片寂静，火车隆隆开走时，她就站在寂静中。

此刻，在周六晚上，威尔从工厂回到家，从信中看到了凯特那天晚上没能说出口的话。工厂会在星期六的五点关门，他穿着工装裤回到家，走进自己的房间。他在前门旁的一张破桌子上发现了这封信，桌子上的油灯在噼啪作响。他拿着信爬上了楼梯。他焦急地读着信，仿佛等待着有一只手从空白的墙壁里伸出来拍打他。

他父亲的身体正在好转。花了很长时间才恢复的深度烧伤，现在真的开始痊愈了，医生说已度过了感染的危险。凯特找到了一种新的舒缓疗法。她把榆树枝放在牛奶里，泡软后，把它敷在烧伤处，这样汤姆晚上就会睡得更好。

至于弗莱德，凯特和父亲已经决定还是让他回去上学。对一个小男孩来说，失去受教育的机会实在太糟了，何况他又没有工作可做。也许他能找到一份工作，星期六下午去什么商店打打零工。

一位来自"女性救济团"的女士鼓起勇气来到阿普尔顿家，问凯特这家人是否需要帮助。好吧，凯特设法克制住了自己的情绪，并表现得很有礼貌，但是，如果那位女士知道她在想什么，她的耳朵会痒上一个月的。就是那个想法！

威尔到了伊利，在找到一份工作之后就寄来一张明信片，这真是太好了。至于寄钱回家——当然，能收到他寄来的任何东西，家里人都会高兴——他总不能让自己过不下去吧。"我们在商店的信誉很好。我们和店家处得很好。"凯特坚定地说。

然后她又写了一行字，上面说起了他那天晚上离开时她未能说出口的话。这关系到她自己和未来的计划："那天晚上你要走的时候，我想告诉你一些事，但又觉得这样很傻，说得太早了。"话说回来，还不如让威尔知道她打算在春天结婚呢。她想让弗莱德搬来与她和她丈夫一起生活。他可以继续去上学，也许他们能想办法让他上大学。家里应该要有人接受良好的教育。威尔已经开创了自己的生活，如果她想开创她自己的生活，那就不能再等下去。

威尔坐在那座木屋顶楼的小房间里，手里拿着那封信。这座房子现在归火车上那个老号手的妻子所有。房间在三楼，就在屋顶下面，位于房子的侧翼，旁边还有一个小房间，那是老人自己住的。威尔租这个房间是因为价格便宜。他可以自己打理，自己吃饭，自己洗衣服，每周给凯特寄三美元，而且每周还有一美元当零花，可以抽点烟，偶尔还可以看场电影。

"哎！"威尔读着凯特写的信，嘴唇发出了轻微的咕哝声。他坐在一张椅子上，穿着油腻的工作服，手指捏着白色信纸的地方，留下了一点油渍。他的手也有点颤抖。他站起来，从大罐里把水倒进一个白碗，开始洗脸和手。

衣服才穿了一半，就来了一位客人。走廊上传来疲倦的脚步声，老号手怯怯地把头伸进门来。威尔在火车上看到的那种狗一样恳求的眼神仍在他眼里。现在，他打算做些什么，打算对他妻子在家的权力进行一些温和的反抗，他需要威尔的精神支持。

一个星期以来，他几乎每天晚上都到威尔的房间里来找他聊天。他想要两样东西。到了晚上，他坐在房间里吹他的号，此外，他也想让钱在口袋里叮当作响。

他有一种感觉，新来的威尔是属于他，而不是他妻子的财产。到了晚上，他常常和这个疲惫、困倦的年轻工人聊天，直到威尔闭上眼睛，轻轻打起呼噜为止。老人坐在房间里唯一的一张椅子上，威尔则坐在床沿，老人讲起一个关于迷失的年轻人的故事，有点夸夸其谈。威尔的身体一往床上倒下，老人便站起身来，像猫一样在房间里踱来踱去。毕竟，他不能弄出太大动静。威尔睡着了吗？号手扬起肩膀，大胆的话语从他的唇间以近乎耳语的声音冒了出来。说实话，他真是个傻瓜，竟然把钱交给了妻子，哪怕他妻子占了他的便宜，那也不是她的错。他目前的生活过成这样，只能是咎由自取。他从一开始缺乏的就是胆量。身为一个男人就要有男人的担当，而且，很长一段时间以来，他一直在想——这么说吧，寄宿公寓无疑是有钱可赚的，他应该能得到他的那一份。他妻子固然是个好女人，但一谈到这个问题，所有的女人似乎都不把男人当回事了。

"我得跟她谈谈——是的，先生，我马上就去跟她谈。我可能会有点苛刻，但这是花我的钱经营的房子，我想要我的那份利润。我现在不会犯傻了。我告诉你，你得给我钱。"老人低声说，用他那双蓝色的水汪汪的眼睛盯着床上熟睡的年轻人。

现在，老人又站在门口，焦急地向里张望。门铃不停地响着，宣布晚饭已经准备好了。于是，他们下了楼，威尔在前带路。饭厅里的一张长桌旁已经聚集了几个人，楼梯上又传来了脚步声。

两排年轻工人默默吃着。星期六的晚上，两排年轻工人就这么默默地吃着饭。

吃完饭后，在这个特别的夜晚，所有这些年轻人都会飞快跑到城里，跑到城里有灯光的地方去。

威尔坐在座位上，紧紧抓着椅子的两边。

男人们会在周六晚上去做一些事儿。一周的工作结束了，口袋里的钱叮当作响。年轻的工人们默默吃着饭，然后一个接一个进城去了。

威尔的妹妹凯特将在春天结婚。她和珠宝店的年轻店员在彼得韦尔的大街上散步，已经开始在筹备了。

在宾夕法尼亚州伊利的工厂上班的年轻工人，在星期六晚上会穿上他们最好的衣服，走在伊利灯火辉煌的街上。他们走进公园。有些人会站着和女孩说话，另一些人会和女孩一起在街上闲逛，还有一些人会到酒馆里喝酒。男人们在酒吧里一起聊天。"我那个该死的工头！他要是敢对我说粗话，我就揍扁他的下巴。"

而我们来自彼得韦尔镇的年轻人就坐在寄宿公寓里，在他面前的盘子里放着一大堆肉和土豆。这房间里的光线不是太好。天阴沉沉的，灰色的墙纸有几条黑色的条纹。墙上影斑绰绰。在这个年轻人的四周，坐着其他的年轻人——默默地、匆匆地吃着晚饭。

威尔突然站起来，向门走去，其他人都没注意他。如果他不想吃肉和土豆，这对他们来说没什么区别。这所房子的女主人，那位老号手的妻子，在人们吃饭的时候在餐桌边服侍着，但现在，她已经到厨房去了。她是个沉默不语、表情冷酷的女人，总穿一件黑色的连衣裙。

在房间里的其他人看来——除了那个老号手之外——威尔的去留都毫无关系。他是个年轻的工人，在这些地方年轻的工人来来去去有的是。

一个肩膀宽阔、留着黑胡子的男人抬起了头，他比大多数人的年龄稍大一些。他用胳膊肘轻推了一下邻座的人，"新来的家伙这么快就勾搭上姑娘了吗？"他笑着说，"他甚至连饭都顾不上吃完。天哪——有条石榴裙在等着他呢。"

号手坐在威尔对面，看见威尔走了，他的眼睛也跟着望了过去，眼神充满了惊恐。他本来打算晚上跟威尔谈谈他的青春时光，用他那温和而犹豫的方式稍微吹点牛。这时，威尔已经走到通向大街的门口，老人的眼里噙满了泪水。他的嘴唇又颤抖起来。这个人的眼睛里总是噙着泪水，他的嘴唇动不动就会发抖。难怪他再也不能在乐队里吹小号了。

威尔走到屋外，那里一片漆黑。对于号手来说，这个夜晚显得格外凄凉，整幢房子里空无一人。他本打算在晚上找威尔谈话时，直截了当地把话说出来，尤其想谈谈他在金钱问题上对妻子采取的新态度。若把这整件事跟威尔讲清楚，就会给他带来新的勇气，给他壮胆。嗯，如果这是用他的钱

263

买下的房子，那现在这里成了公寓，他理应获得一部分利润。必须得有利润。为什么要经营一个没利润的公寓呢？他娶的那个女人可不是傻瓜。

即使人老了，口袋里也得有些钱。这么说吧，一个像他这样的老人，有一个朋友，一个年轻的朋友，他有时希望能对他的朋友说："来吧，朋友，我们去喝杯啤酒。我知道有一个好去处。我们去喝杯啤酒，然后去看场电影。我请客。"

号手吃不下肉和土豆了。他朝其他人看了看，起身回了自己的房间。他妻子跟到楼梯下问："怎么了，亲爱的——你不舒服吗？"

"没有，"他回答，"我只是不想吃了。"他没有看她，迈着沉重的步子慢慢走上楼梯。

威尔匆匆穿过街道，却没有到城里灯火通明的地方去。公寓就在工厂的一条街上。他向北转，穿过几条铁路，沿着伊利湖向码头走。他要靠自己去解决某件事情，需要去面对某件事情。他能处理好吗？

他向前走着，起初很匆忙，后来步伐慢慢放缓。现在已是十月下旬，空气中有股刺骨的寒气。路灯的间距很长，他在漆黑的地方进进出出。为什么他身上的一切突然变得奇怪而又不真实了呢？他忘了把大衣从彼得韦尔镇带来，他得写信让凯特把它寄过来。

现在,他快到码头了。不仅是这一晚,就连他自己的身体、他脚下的人行道、天空中遥远的星辰,甚至连他正走过的工厂建筑,都显得奇怪而不真实起来。仿佛他伸出胳膊,就能将手伸进墙内,就像伸进雾中一样。所有经过他的人都显得很奇怪,举止也很奇怪。黑影从黑暗中向他涌来。有一个人站在工厂墙边——一动不动。这些人的行为,以及他现在所经历的奇怪时刻,当中有种难以置信的东西。他走到离那个一动不动的人只有几英寸[1]远的地方。那是一个人还是墙上的影子?威尔现在要一个人过的生活,变成了一件可怕古怪的事情。也许所有的生命都是如此,都是无边的虚无。

他来到停靠着船的码头,面对着高墙似的船舷。它看起来黑暗且荒芜。他转过头去,看见一男一女从路上走过。他们的脚步踩在路上厚厚的尘土里变得寂静无声,他既看不见,也听不见,但知道他们就在那里。那是女人衣服的一部分——一团白色隐约闪现,男人的身影在夜色的映衬下缩成了一团黑影。"哦,来吧,别害怕,"那人用嘶哑的声音低声说,"不会有事的。"

---

[1] 英寸,英制长度单位,1英寸约合2.54厘米。

"闭嘴吧。"一个女人的声音答道,接着就爆发出一阵笑声。两个人影飘远了。"你不知道你在说什么。"女人的声音又一次响起。

现在,他收到了凯特的信,威尔不再是一个孩子了。一个孩子,当然会与自己毫无关系的情况下,与某样东西产生联系——而现在这种联系已经断了。他被推出了鸟巢,而这个事实,也就是他自己被推离鸟巢的事实,早已达成。问题是,虽然他不再是一个男孩,但他还没有长大成人。他仍在空中摇摆,没有地方可以落脚。

他站在黑夜里船的阴影下,肩膀怪异地扭动着,它几乎已经长成一对男人的肩膀。现在,他不用再想凯特、弗莱德待在阿普尔顿家了,也没有必要去想他的父亲汤姆·阿普尔顿在桌上把刷子摊开了,他不需要去想凯特在和那个店员溜达一晚后,上楼时发出的声音了。去想一条俄亥俄州的牧羊犬,一条被胆小的老太婆颤抖的手弄得荒唐可笑的狗来自娱又有什么好处呢?

现在,他与一个男子汉面对面站着——孤零零地站着。如果一个人能把脚落在什么东西上,就能克服这种从空间落下,坠入无边空虚的感觉。

"男子汉"——这个词在他脑中听起来很奇怪,这是什么意思？

威尔努力把自己想象成一个男人,在工厂里干活的男人。他现在工作的工厂里没有任何东西可以让他站稳脚跟。他整天站在一台机器前,往铁片上钻孔,把又小又短且没有意思的铁片装在一辆像箱子一样的卡车里,一个接一个拿起来,放在钻头底下。他拉动一根杠杆,钻子下来,卡住铁块。一股烟状的蒸汽冒出来,然后他把油喷到钻子打钻的地方。然后杠杆又被抬起来。洞已经钻好了,现在那块毫无意义的铁块被扔进另一辆卡车里。这和他一点关系都没有。他与此事毫无关系。

到了中午,在工厂里,他会往外走走,走出工厂大门,在阳光下站一会儿。在餐厅里,男人们坐在长凳上用饭盒吃午饭,有些人会洗手,另一些人则嫌烦不洗。他们默默吃着。一个高个男人往地上吐了一口唾沫,用脚抹去。夜晚,他从工厂回家吃饭,和其他沉默的人坐在一起,随后会有一个爱吹牛的老人到他的房间找他聊天。他躺在床上试着听他说话,但很快就会睡着。人就像凿了洞的铁片——有人会把它们扔到一辆箱子似的卡车里。他和他们没有任何关系。他们也与他本人无关。生命变成了日子的推进,也许所有的生命都是这样——只是日子的推进。

"男子汉。"

他只是从一个地方离开，又进入了另一个地方？青年和成年是他在不同阶段所居住的两所房子吗？很明显，他姐姐凯特即将迎来一件重要的事。首先，她是一个年轻的女人，有两个弟弟和一个父亲，和他们一起住在俄亥俄州彼得韦尔镇的一所房子里。

其次，总有一天，她会变成另一个人。她结了婚，住进了另一所房子，有了丈夫。也许还会生孩子。很明显，凯特已经抓住了什么东西，她的手已经伸出来，抓住了一些明确的东西。凯特把自己荡出了家巢的边缘，她的脚落在了生命之树上的另一根树枝上。

威尔站在黑暗中，有什么东西扼住了他的喉咙。他又在挣扎了，但是他又在挣扎些什么呢？像他这样的人是不会从一所房子搬到另一所房子里去的。他所居住的房子突然间倒塌了。他站在巢的边缘四处张望，一只从温暖的巢中伸出的手把它推到了空中。没有地方能让他落脚。他在空中摇摆着。

什么——一个高大的家伙，现在差不多有六英尺高了，在黑暗中，在船的阴影里，竟像个孩子般哭了起来！他满怀决心地走出黑暗，沿着许多竖立着工厂的街道，来到一条房屋林立的街道。他经过一家出售食品杂货的商店，看了看墙上的钟,已经十点了。两个醉汉走了过来,正站在一个小门廊上。其中一人抓着门廊的栏杆,另一个拉着他的胳膊。"让我一个人待一会儿。这样就好了。你就让我一个人待着吧。"那个抓住栏杆的人咕哝着。

威尔回到他住的公寓,疲惫地爬上楼梯。见鬼了——只要他不知道该面对什么,他就可以面对任何事情!

他打开一盏灯,在自己的床边坐了下来,那个老号手突然扑向他,像一只森林里的灌木丛下,正等待着食物的小动物一样扑向了他。他里拿着短号,走进了威尔的房间,眼睛里流露出近乎大胆的神情。他用那老迈的双腿稳稳站在屋子中央,宣布道:"我要演奏了。我不在乎她会说什么,我要演奏了。"他说。

他把短号放在唇边,吹了两三个音符——吹得那么轻,就连坐得那么近的威尔也几乎什么也听不见。然后,他的眼神摇曳起来。"我的嘴唇不好使了。"他说。他把短号推到威尔面前。"你来吹。"他说。

威尔坐在床边笑着。现在他脑子里有个念头。难道有什么东西,某种可以使人得到安慰的想法吗?现在,在他面前,在他的房间里,站着一个人,他毕竟还不是一个男人。他是个孩子,威尔也确实是个孩子,一直是这样一个孩子,将来也永远是这样的孩子。你不必太害怕。到处都是孩子。如果一个孩子迷失在一个无尽的虚无中,他至少可以和其他孩子交谈。你可以与人交谈,也许能理解自己和别人身上永远的孩子气。

威尔的想法不是很明确。在公寓顶层的小房间里,他只是突然感到了温暖和舒适。

现在那人又开始自嘲了。他想维护自己的男子气概。"我就待在楼上,"他解释道,"我不会下楼去和我妻子睡在那个房间里,因为我不想。这是唯一的原因。如果我想,我可以去。她有支气管炎——但别告诉任何人。女人讨厌什么事儿都让别人知道。她没那么坏。我爱怎么做就怎么做。"

他不停地催促威尔把短号放在嘴边吹,他身上有种强烈的渴望。"你可能真的不会演奏——你不知道怎么做——但这不会有任何差别,"他说,"你要做的就是发出一点声音,发出一点噪音,像魔鬼一样乱吹一气。"

威尔又觉得自己要哭了,但那天晚上在彼得韦尔坐上火车后,一直萦绕心头的无边无际的孤独感已经消失了。"好吧,我不能永远当个乖孩子。凯特有权利结婚。"他想,随后把短号放在嘴唇上。他轻轻吹了两三个音。

"不行,我告诉你,不行!不是那样吹的!吹吧!不要害怕！我告诉你，我希望你能吹出音符来。响亮地胡吹一气！我跟你说，这房子是我的。我们不需要害怕。我们可以做我们想做的一切。吹吧！响亮地胡吹一气！"老人不停地恳求着。

一个男人的故事

他因涉嫌谋杀而被审判，随后，有个双手紧张不安、略显怪异的秃顶小个子男人提供了能证明他清白的供词，整个过程中，我都注视着他，他那努力想让人理解某事的执着让我着迷。

他一直沉迷于某事，而这件事与他谋杀那女人的指控毫无关系。至于他的谋杀罪名是否成立，以及根据正当的法律程序是否会被绞死，他似乎并不感兴趣。法律是他的身外之物，他拒绝承认与杀人有任何关系，就像拒绝抽烟一样。"谢谢你，我现在不抽烟。我和一个家伙打赌说我可以一个月不抽烟。"

我说的大概就是这个意思。这令人费解。说真的，如果他被判有罪，若想保命，他这样做可就没什么好处了。你看，起初大家都以为他杀了人，我们都相信这一点，然后，就因为他那副事不关己的高傲派头，每个人都想要救他。当有消息传来，说那个神经质的小个子提供了供词，每个人听后都爆发出了欢呼。

从那以后，他摆脱了法律的制裁，但态度却丝毫没有改变。大概总会有那么一个男人或女人能理解他所理解的东西，所以，找到这样的人，并把这件事和盘托出，这是很重要的。在审判期间，以及在审判后，我都在某段时间里看见了他身上的很多东西，我对他有这种敏锐的感觉，就好像他在黑暗中摸索，试图找到掉在地板上的针一样。他就像一个找不到眼镜的老人。他摸遍了所有的口袋，无奈地左顾右盼。

我脑中也有一个问题，所有人脑中都有——"一个人能否做到在最亲近的人即将去世的时候，既表现得随意、残忍，同时又温柔、敏感呢？"

不管怎么说，这是一个故事，有时候人们喜欢直截了当地讲故事，而不会插入任何报纸上常见的美女继承人、冷血杀手或诸如此类的谎言。

当我读到这个故事时，我的感觉是这样的：

这个人叫威尔逊——埃德加·威尔逊——他从西部的某个地方，也许是从山区，来到了芝加哥。他或许曾经在遥远的西部做过牧羊人，因为他身上有种心不在焉的气质，那是拜长年独居生活所赐。关于他自己和他的过去，他讲过许多互相矛盾的故事，因此，与他在一起一段时间之后，你就会本能地忽略了他的过去。

"真见鬼——没关系——照那个方向，这个人是不会讲真话的——随便吧。"某人会对自己说。大家都知道，他是从堪萨斯州的一个小镇来到芝加哥的，他和另一个男人的妻子从堪萨斯州的小镇私奔了。

至于她的故事，我知道得很少。我想，她曾是一个相当标致的女人，从某种意义上说，是一个高大、坚强而又正直的女人。但在遇到威尔逊之前，她的生活过得相当混乱。在那些死气沉沉的堪萨斯州的镇子里，人们的生活丑陋且混乱，也不是因为发生了什么事情才使他们如此。个中原因，人们是无法想象的——随便吧。事实就是如此，作家写的有关那块地方的西部故事，人们不能全信。

更为确切地说一下这个女人吧——她年轻时，父亲摊上了事儿。他原来是个小官员，在一家快递公司干旅行代理人之类的活儿，后因为丢了一笔钱而被捕。随后，他被收押在监，在受审之前，他开枪自杀了。女孩的母亲也去世了。

一两年后，她嫁给了一个人，那个人相当诚实，但从各方面来看，都非常无趣。他是一个杂货店的店员，日子过得很节俭。没过多久，他又开了一家药店。

我刚才说过，这个女人本来很健壮，但现在却变得瘦弱且紧张。不过，她风韵犹存，而且身上有种能强烈吸引男人的东西。在那个破旧小镇上,有好几个男人都被她迷住了。他们给她写信,想让她在晚上偷偷溜出去。你知道这是怎么一回事。这些信没有署名。"星期五晚上你得去某某地方。如果你愿意和我聊聊的话,手里就拿一本书来。"

然后那个女人犯了个错误,把收到的其中一封信告诉了她丈夫。他气坏了,晚上端着一把猎枪就去了约会地点。到了那一刻,没有人来,于是他回到家,大呼小叫起来。他说了一些略显刻薄的试探性的话。"当那人在街上从你身边走过时,你肯定——用某种方式——看了他一眼。一个男人是不会如此大胆地看一个已婚女人的,除非你给了他机会。"

从那以后,男人就一直在唠叨个不停,家里的生活曾经一度充满了欢声笑语。后来她变得沉默了,她一沉默,整座房子也就沉默了。他们没有孩子。

后来埃德加·威尔逊来了。他那时正在往东走,在镇上停留了两三天。当时他带的钱不多,只能住在火车站附近一个小小的工人公寓里。有一天,他看见那个女人在街上走,就跟着她回了家。邻居们看见他们站在前门聊了一个小时,第二天他又来了。

那次他们谈了两个小时,然后她走进了屋子,拿了几件行李,和他一起走到了火车站。他们乘火车去了芝加哥,一起住在那里，直到她去世，显然过得非常幸福——至于他们是怎么生活的，我等等再告诉你。他们当然不能结婚，在芝加哥生活的三年里，他没有为他们的生活做过任何贡献。他们来这儿的时候，他带的钱很少，刚刚够他们从堪萨斯城搬到这里来的费用，他们很穷。

据我所知，他们住在北边，安顿在那些三四层高的老旧砖房住宅区里。这里我们曾称之为"好人之家"，但后来这家人变坏了。这块地方现在获得了重生，不过，在许多年里，它早就有了重生的迹象。这里有一些由老式住宅改建而成的寄宿公寓，窗户上挂着肮脏得令人难以置信的花边窗帘，时不时还会看到破败不堪、摇摇欲坠的老木屋——威尔逊和他的女人就住在其中一幢里。

这地方真够邋遢的！我想，这幢房子的主人一定是个精明的人，知道在芝加哥这样的大城市里，没有一个地段可以弃之不用。这个人一定会对自己说："好吧，我得离开这个地方。房子所在的地皮有一天会变得很值钱，但是房子却一文不值。我会以低廉的租金把它租出去，一点也不修缮。也许我可以从中得到足够的钱来交税，直到价格上涨。"

因此，这房子已经多年没有粉刷过了，窗户歪歪斜斜，屋顶上的瓦片几乎都要掉下来。通往二楼的楼梯有一个扶手，已变成了一种特殊的油腻黑色，就像在芝加哥或匹兹堡这样烧烟煤的城市里，木头会变成的那种颜色一样。一碰栏杆，手就会变黑。楼上的房间都冷冰冰的，毫无生气。

前厅有一个带壁炉的大房间，许多砖头已经从壁炉上掉了下来，壁炉后面是两间小卧室。

在我将要告诉你的那件事发生的时候，威尔逊和他的女人就住在这里。由于他们是在五月搬进来的，我想他们并不在意所住的那间房子的大前厅里的寒冷和荒芜。房间里有一张断了一条腿的木床——那个女人从填料盒中取下一些木条来想把它修好——还有一张餐桌，威尔逊也把它用作写字台，此外就还有两三把便宜的厨房椅。

这个女人在伦道夫街的一家剧院谋得一个服装师的职位，他们靠她的收入过活。据说，她得到这份工作是因为她与某个与剧院有关系的人，或者某个在那里演出的演员有过一腿，但是人们总能从任何一个在剧院工作的女人身上听到这样的故事——从女清洁工到明星，不一而足。

不管怎么说，她在那里工作，以安静和勤快在剧院获得了认可。

至于威尔逊，他写的那种诗我以前从未读过，不过，像大多数记者一样，我现在也开始写诗——押韵的诗和新奇的自由体诗都写。我本人更喜欢古典音乐。

关于威尔逊的诗——对我来说犹如天书。好吧，现在我们来好好谈谈这个问题，它既是天书，同时也不是。

当我拿了一整捆书，晚上一个人坐在房间里读的时候，他写的这种东西让我感到有点头晕目眩。那里面全是有关墙、深井，以及里面挺立着小树的巨大的碗之类的东西——树木试图沿着碗的边缘找到阳光和空气。

奇怪而疯狂的描述，每一行都是，但从某种程度上说也很吸引人。某种带着新的价值观进入新的世界，我想这毕竟就是诗歌的意义。世上有一个实实在在的世界——我们对此都知道，或自认为知道——一个由多户住宅、带铁丝栅栏的中西部田野、福特森拖拉机，以及高中、广告牌，以及一切组成生活的东西——或者我们认为构成生活的东西——所构成的世界。

我们就行走在这样的世界里，但还有另一个世界，我认为那就是威尔逊的世界——至少在我看来是一个昏暗的地方——一个极为偏远的地方——一切事物都崭新如初，奇形怪状，人们袒露着内心，目之所及皆为新事物，手指所触都是新奇的东西。

这是一个到处都是墙的地方。我侥幸获得了威尔逊的全部诗句。我作为报社记者碰巧在那个女人的尸体被发现的当天晚上,第一个进入那个地方,他所有的东西都在那里,仔细地写在一本像是儿童读物的书上,我身边还站着两三个傻里傻气的警察。我趁他们不注意,把书塞进了我的外套。后来,在威尔逊受审期间,我们在报纸上发表了其中更容易理解的内容。这在报纸上成了极为吸引眼球的题材——诗人杀死了他的情妇,

"他没有穿紫色上衣,
因为血和酒都是红色的。"
就是这样,芝加哥就爱这样。

让我们暂时回到诗歌本身。我只是想解释,贯穿全书的理念是,人们在自己周围筑起了高墙,而所有人或许注定会永远站在这堵墙后面——他们不断用拳头或任何能找到的工具敲打着墙。他们想要突破,你懂的。人们无法完全分辨那里到底是一堵高墙,还是许多面独立的小墙。威尔逊有时这样说,有时又那样说。人们亲手建造了这些墙,现在站在墙后,他们隐约能感到墙外的世界是温暖的,那里有阳光、空气、美好的事物,事实上还有生命——同时,由于他们内心

怀揣着一种疯狂，这些墙就不断地被建造得更高、更坚固了。

这个想法会让你感到有些惶恐不安，不是吗？不管怎样，我是这么觉得的。

诗中还提及了深井：各地的人都在井里不停地挖，越挖越深。他们不想这样做，你知道的，没有人想要他们这样做，但事情始终还是一样的，也就是说，井在不断变得越来越深，挖井人的声音在底下越来越模糊——并且，光线、生命的温度越来越稀薄，因为人们都在盲目地拒绝相互理解，我想。

在我琢磨它的时候——我指的是威尔逊的诗——我觉得非常奇怪。其中有一点：正如你将看到的，它与墙、碗或深井主题没有直接关系，但它是我们在他审判期间从报纸上读到的一个主题，并且许多人相当喜欢——我承认我自己也很喜欢这个主题。也许在这里将它呈现出来，可以通过给故事的主人公制造一点陌生感，从而给我的故事提供一点线索。在这本书里，这个主题仅仅被称为"第97号"，内容如下：

我的手指紧紧握着薄薄的烟卷，我现在很镇定。有时，情况并非如此。当我不得安宁之际，我很软弱，而当我如现在这般安静时，我很坚强。

刚才，我沿着我所居住的城市里的一条街道在走，随后穿过一道门来到这里，现在我躺在床上，正从窗口望出去。突然我意识到，我可以像现在握着这支香烟这般轻松自如地抓住高楼的边缘。我可以用手指捏住这座建筑，把它放在我的嘴唇上，然后从嘴里吐出烟来。这样就可以驱散困惑。我可以把一千个人从一栋高楼的屋顶吐入天空，并飘入未知。我可以一栋又一栋地去抽，就像我去抽放在烟盒里的香烟一样。我可以把燃尽的城市越过肩头，丢到窗外去。

我不太经常有现在这样的状态——如此安宁且自信。当这种感觉袭来时，我有一种直接和朴素的感觉，这两点让我能够爱自己。在这种时候，我会对自己说一些甜言蜜语。

我坐在窗边的沙发上，我可以请一个女人来睡在我身边，也可以请一个男人来和我一起就寝。

我可以把街上的一排房子推倒，把里面的人都赶走，把所有人都压到一个人身上，然后爱上这个人。

你看到这只手了吗？假如它正握着一把刀，就可以割断你所有的虚伪。设想，这把刀或许可以砍倒许多楼房和屋子的墙壁，而成千上万人正在里面睡觉。

如果这只手正握着一把刀，能够切开并撕裂包裹着数百万生命的丑陋外壳，这将是值得思考的事情。

就是这样，你看到了一种想法，这也可以是一种温柔的力量。我再给你引一些他写的东西，内容相对更委婉一些。在这本书里，它被称为"第83号"：

  我是一棵长在墙边的树。我一直在用力往上爬。

  我身上满是伤疤。我的躯体已老，但我还在往上爬，向着墙顶往上爬。

  我愿花朵和果实落满墙头。

  我会温润所有干燥的嘴唇。

  我会把花从墙顶落在孩子的头上。

  我要用落花爱抚墙那头的身体。

  我的枝条正在向上爬升，新的汁液从墙下黑暗的土地进入我的身体。

  我的果实从我的臂弯落下，越过墙头，落到别人的手中，

  那时它们将不再是我的果实。

现在说说在旧木屋里住着的那对男女的生活。一个偶然

的机会,让我对这方面有了相当深的了解。

在他们搬进这所房子之后——就在去年春天——那个女人受雇的剧院很长一段时间里都很不景气,他们比往常更缺钱,那个女人想要去赚点外快——我猜是想赚钱来垫付房租——把他们家后面两个房间分租了出去。

于是,各种各样的人就住进了黑漆漆的斗室,那里没有家具,我都不知道他们是怎么在那里住的。不过,在芝加哥,还有一些被称为"廉价旅馆"的地方,你只要花五到十美分就可以睡在地板上。光顾那些地方的人数之多,恐怕是体面的人无法想象的。

我真正发现的是一个小个子的女人——她不再年轻,已驼背,身材矮小,很难不把她当成一个女孩来看——她曾经在房间里住了好几个星期。她在附近一家小洗衣店当熨烫工,有人给了她一张便宜的折叠床。她是个非常多愁善感的人,有着畸形人常有的那种受伤的眼神。我猜她对威尔逊怀有一种浪漫的爱慕之情。总之,我从她那里了解到很多。

威尔逊的女人死了,他则由于舞台工作人员的供述,洗清了谋杀指控,在这两件事过后,我常常去他住过的房子,有时是在傍晚干完活儿之后。我们发行的是下午档的报纸,两点钟以后我们大多数人都有空。

有一天，我发现那个驼背的女孩站在房子前，于是便和她攀谈起来。她可真是一座金矿。

我跟你说过她的眼神，那是一种受伤的敏感眼神。我和她攀谈起来，聊起了威尔逊。她一直住在后面一个房间里。她立刻将那件事告诉了我。

有些日子里，她觉得自己没力气去洗衣店干活了，这时候她就待在房间里，躺在小床上。剧烈的头痛会持续好几个小时，在这几个小时里，她几乎完全不知道在她身上发生的一切。后来她恢复了知觉，但很长一段时间里身子骨都很虚弱。我想她注定不会是一个能活很久的人，而且我猜她对此也不怎么在乎。

不管怎么说，她就一直待在房间里。在经历病痛，处在虚弱中时，她对前面房间里的人越来越好奇，所以她会时常从折叠床上下来，穿着袜子轻轻走到房间之间的门前，透过锁眼窥视。她这样窥视时，身体就跪在满是灰尘的地板上。

一开始，房间里的生活就使她着迷。有时，那个男人会独自一人在厨房里，坐在餐桌旁写东西，他所写的就是后来我收集起来的那些内容，也就是我所援引内容的那本书，有时那个女人会和他待在一起，有时则是他一个人待在那里，但没有写东西。那时他总会走来走去。

在那两人都待在房间里，而男人在写东西的时候，那个女人很少走动，只是两手交叉着坐在窗边的椅子上。他会写几行，然后踱来踱去，自言自语或跟她说说话。他说话时，她总会用眼神来回答，那个驼背的姑娘说。坦白讲，我不太清楚有多少内容是从她的话中得到的，又有多少出自我自己的想象。

不管怎么说，无论是我得到的信息，还是我试图传递给你的信息，无非都在表明这两人关系中的一种陌生感。总之，这并不只是一个运气欠佳的家庭。他想做一件非常困难的事情——我猜是写诗——而她正以她自己的方式试图给予他帮助。

当然，我并不怀疑从我引用的威尔逊的诗句中，你已经了解到，这个问题与人与人之间的关系有关——不一定是碰巧发生在那个房间里的特定男女之间，而是会发生在所有人之间。

这个家伙对这类事抱有一种略微神秘的理念，在他找到自己的女人之前，他一直在世上漫无目的地寻找伴侣。后来，他在堪萨斯州找到了那个女人，对他来说——至少他是这样认为的——一切都已经明朗。

这么说吧，他认为世上没有人能独自思考或感受一切，当人们试图这样做时，就会惹上麻烦，把自己困在围墙里，在里面碰得叮当作响。在真正的生命之歌开始吟唱之前，人必须发出一种足以盖过所有声音的高音。请注意，我并没有在传达我自己的想法。我所做的无非是想让你了解，我从阅读威尔逊的作品，从对他的了解，以及看到的他对别人产生的影响中，得到了一些想法。

他很明确地感到，在这个世界上，没有人能独自感受，甚至思考。还有一种观点认为，如果一个人试图用心灵来思考，而不把身体因素考虑在内，那他就会变得一团糟。真正有意识的生命会像金字塔一样构筑自己。首先，你所爱之人的身体和心灵必须进入你的思想和感觉，然后，世界上所有其他人的身体和心灵，必须以某种神秘的方式融进来，必须得像一阵风——或者类似的东西——一样刮进来。

你看了我写的威尔逊的故事，是否感到有点混乱？也许事实并非如此。也许你的头脑比我更清楚，在我看来艰难的事，对你来说或许就很简单。

然而，在深入这一片动机和冲动的海洋之后，我不得不把我所能发现的东西告诉你——我承认我不是很理解。

那个驼背的女孩感觉（或者是我通过幻想粉饰了她说的话？）——这真的不重要。我想说的是埃德加·威尔逊的感受。

我想，他会觉得在诗歌领域他能表达一些在找到一个女人之前无法表达的东西，这个女人会以一种独特而绝对的方式出现——随后，就会带来一段婚姻，而从婚姻里则会诞生对所有人而言都堪称美好的东西。他必须找到那个拥有这种力量的女人，我想这种力量必须不受私利的影响。你看，他是一个极端的自我主义者——他认为他已经在堪萨斯的药剂师妻子身上找到了他所求的东西。

他找到了她，对她做了些什么。至于做了什么，我不太清楚，只知道她和他在一起获得了绝对、全然的幸福，但奇怪的是，她和他在一起是不太说话的。

要想谈论他这个人以及他对别人产生的影响，就像在拥挤街道上的两座高楼之间走钢索。高楼之下传来喊叫声、笑声、汽车喇叭的轰鸣声，然后一个人就遁入了虚无，只会变得荒唐可笑。

他似乎想把他自己和他女人的肉体和精神都浓缩进他的诗里。你们应该记得，我引用过他说的有关凝缩的一句话，他说过，要将城市里所有人都挤压成一个，然后爱上这个人。

人们或许会认为他是一个强大的人，几乎强大到令人生畏。当你读到这些的时候，你就会明白，他是如何把我掌握在他的手中，并让我为他的目的而服务的。

他抓住并紧紧将那个女人握在手中。他需要她——非常需要，并占有了她——也许，所有男人都想那样对自己的女人，却又不敢这样做。也许她也有自己的贪心，无论他们在一起还是分开，他日日夜夜都在向她施予实实在在的爱意。

我承认我自己对整件事也感到困惑。我试图表达我的某种感受，不是我自己的感受，也不是那个驼背女孩对我说的话，你会记起，我把她置于跪在后屋的地板上，从钥匙孔里往里看的场景中。

你看，她就在那儿，那个驼背的人，而在前面的房间里，有一个男人和一个女人，那个驼背姑娘也倒在威尔逊的权威之下。她也爱上了他——这是毫无疑问的。她跪在黑洞洞的房间里，那里满是灰尘。地板上一定积起了厚厚一层土。

她所说的——又或许，她没有说的那些话，让我感到威尔逊在房间里工作，或在她的女人面前走来走去，而且，当他这么做时，他的女人就坐在椅子上，在她的脸上，在她眼中，有一种神情——

他每时每刻都在和她做爱，用这种抽象的方式和她做爱，这是一种和所有人做的爱吗？有可能，因为女人是纯粹的肉体，而他是另外的东西。如果这一切对你来说毫无意义，那至少对那个驼背的女孩来说不是——她肯定没有受过教育，也不会认为自己有任何特殊的理解能力。她跪在尘土里，聆听着，从钥匙孔窥视着，最后她觉得，这个她从来没有见过、从来没有碰触过她身体的男人，也在和她做爱。

她已经感觉到这一点，这使她所有的天性都得到了满足。或许可以说，她成了她自己，这让她的生活有了意义。

房间里发生过的一些小事，我也可以说给你听。

例如，那是六月一个阴暗而温暖的雨天。驼背姑娘就跪在她的房间里，威尔逊和他的女人则待在他们的房间。

威尔逊的女人一直在洗衣服，因为衣服在室外无法烘干，所以她在房间里拉了绳子，把衣服挂在屋内。

衣服全部挂好后，威尔逊冒雨走了进来，走到书桌前坐下来，开始写作。

他写了几分钟，然后站起身来，在房间里踱来踱去。走着走着，一件湿衣服拂过他的脸。

他一直走着，跟那个女人说着话。他边走边说，把所有的衣服都抱在怀里，走到屋外楼梯顶的小平台，把它们扔到了下面泥泞的院子里。他这么做时，那个女人坐着一动不动，也没有说什么，直到他回到桌前，她才走下楼梯，捡起衣服，又洗了一遍——直到她把衣服洗完，再在房间里晾起来之后，他才明白他刚刚做了什么。

在她重洗衣服的时候,他又出去散步了。当听到楼梯传来他的脚步声时,那个驼背姑娘跑向钥匙孔。她跪在那里,这样在他走进房间时,她就可以直视他的脸。"在那一刻,他就像一个迷茫的孩子,然后,尽管他什么也没说,眼泪却顺着脸颊流了下来。"她说。这时,那个正在重新挂衣服的女人转过身来,看见了他。她的胳膊里塞满了衣服,但她把衣服扔在地上,跑向他。"她半跪着,"驼背姑娘说,用双手搂住他的身体,抬头望着他的脸,恳求他,"不要。不要难过。相信我,我什么都知道,你不要难过。"她说。

现在来谈谈这个女人的死因。那件事发生在那年秋天。

在她有时去工作的地方——也就是戏院里——另外一个人,那个半疯的舞台工作人员,开枪打死了她。

他爱上了她,就像她家乡堪萨斯州那些镇上的男人一样,曾给她写过几张愚蠢的字条,她对威尔逊什么也没说。信写得不太好,在其中一些胡编乱造的信件里,竟然还签上了威尔逊的名字。后来在她身上还发现了其中的两封,在对威尔逊的审判中,这两封信成了指控他的证据。

那个女人就这样一直在剧院里工作了一整个夏天。秋天的一个晚上,剧团要带妆彩排,女人就带着威尔逊一起去了。

就像我们在芝加哥时常遇到的那样,秋日里的天气又冷又湿,浓雾笼罩着整座城市。

带妆彩排并没有如期进行。明星病了,威尔逊和他的女人在空荡荡的剧院里坐了一两个小时,然后那个女人被告知那一晚可以先回去了。

她和威尔逊穿过城市,在一家小餐馆停下来吃了点东西。他一如既往地沉默着。毫无疑问,他在想他想要写的东西,在构思他的诗歌。他继续往前走,没有注意身边的女人,也没有看见街上向他们走来的人。他就这样走着,而她——

毫无疑问,她此刻就和往常在他面前一样——沉默不语,并非常满足于自己和他在一起。他无论在想什么,在感受什么,无疑都与她有关。他身上流的血也是她的血。他让她感觉到了这一点,于是她就这样沉默且满足地走着。他的身体在她身旁,而他的思绪却在那片由高墙和深井组成的世界摸索前行。

他们从环形街区餐厅走出来,穿过一座桥往北部去,却仍然没有说过一句话。

就在他们快要走到家时,那个给她写过信,双手紧张不安的小个子剧院工作人员,不知从哪儿冒出来,朝那个女人开了枪。

就是这么回事。事情就这么简单。

他们正如我所描述的那样走着,一个人的脑袋突然就在雾中闪现在那个女人面前,有只手开了枪,传来一阵快速而突兀的枪击声,那个怪异的、长着一张如虚弱老太太般皱巴巴的脸孔的小个子,转身跑走了。

正如我写的那样,发生的这一切在威尔逊的脑海里根本没有留下任何印象。他继续往前走,就像什么也没发生一样。那女人差点跌倒,随后直起身来,继续走在他身边,一句话也没说。

他们就这样走了大约两个街区。在走到楼梯脚下时,一个警察跑过来,那个女人向他撒了谎。她说有两个醉汉打了架,几句话把警察打发走了。警察朝着与那个舞台工作人员相反的方向离去。

他们站在黑暗和浓雾之中,女人挽着她男人的胳膊上了楼梯。到目前为止——就我所能给出的解释而言——他没有意识到枪声,也不知道她快死了,尽管他什么都看到了,什么也听到了。那些后来给她做了检查的医生证实说,她心脏里控制心跳的某根筋或某块肌肉,因枪击而受到了重创。

应该说,她已是半死不活的人。

不管怎样,两个人走上楼梯,进入楼上的房间,然后发生了真正戏剧性而又动人的一幕。我希望这一幕,连同它的全部内涵,都能在舞台上表演出来,而不是用文字呈现。

两人走进房间,其中一人已经死了,但却无法宣布死亡已经降临,因为没有一丝独特而动人的东西会随之消失,也就是说,她虽死犹生,而另一人却虽生犹死。

他们走进的房间黑洞洞的,但是女人凭着一种动物的本能,穿过房间走到壁炉边,而男人则在离门十英尺的地方停了下来,用他心不在焉的方式思考着。壁炉里堆满了废弃物和烟头——这个人烟抽得很厉害——还有他在上面乱写的纸片——所有像威尔逊这样的人都会有这样的垃圾。在秋天这个突然降温的夜晚,所有这些易燃的东西都被塞进了壁炉里。

女人走过去,在黑暗中找了一根柴,把那堆东西点燃了。

我将永远记得这幅画面——就是这样——空荡荡的房间里,一个目空一切、对周遭视而不见的男人站在那里,而一个女人跪在地上,在生命的最后一刻闪耀出一丝美感。小火苗蹿了起来。光在墙壁上摇曳。火苗下面,在房间的地板上,有一口漆黑的深井,站在里面的是一个自蒙双目的人。

一定是那堆燃烧着的纸把屋子照亮了,于是那个女人在壁炉旁,在光焰外站了一会儿。

然后,她脸色苍白,步履蹒跚地穿过火光,仿佛穿过一个灯火辉煌的舞台，默然且轻柔地向他走去。她有话要说吗？没有人知道。事实却是，她什么也没说。

她向他走过去，刚走到他跟前，就倒在地上，在他脚边死去了。与此同时，那堆纸片燃起的小火苗也熄灭了。如果说她死前在地板上曾挣扎过，那也是在默默挣扎。一点响动也没有。她摔倒了，就倒在他和通向楼梯的那扇门之间。

就在那时，威尔逊成了一个完全没有人性的人——其程度之深，超出了我的理解。

火已熄灭，他爱过的女人已死。

他站在那里望着虚无，想着——只有老天知道——或许也想着虚无。

他站了一分钟，五分钟，或许，十分钟。在他找到那个女人之前，他早已深深陷入了怀疑和疑问的深海。在他找到那个女人之前，他从未有过任何表达。他也许只是从一个地方漫游到另一个地方，他注视着人们的脸，思忖着人们，想要接近别人，却不知道该如何接近。那个女人曾一度把他托到生活的海面上。他和她一起在海面上、在天空下、在阳光下浮游。女人温暖的身体——怀着爱意给予他的身体——曾经像一条小船，他坐在里面在海面上漂浮，现在小船失事了，他又沉回了海里。

这一切都发生了,而他却不知道——也就是说,他既不知道,同时也知道。

我猜,他是个诗人,也许此刻他脑子里正在构思一首新诗。

不管怎么说,就像我刚才说的那样,他站了一会儿,然后他必定有了一种感觉,他应该采取行动,如果可能的话,他应该从即将到来的灾难中拯救自己。

他心中涌起一种冲动,想走到门口,从楼梯上走下去,到街上去,但是那个女人的尸体挡在他和门之间。

他所做的,以及他后来向别人说起的那件听起来非常残忍的事是这样的:他就像人们对待黑夜中在树林里倒下的树一样处理了她的尸体。他先是用脚试图把尸体推到一边,然后,像是不可能发生的那样,他笨拙地跨了过去。

他的脚直接踩在那个女人的手臂上。后来在尸体上人们发现了被他脚踩而留下的淤青痕迹。

他差点摔倒,然后他挺直身子,沿着摇摇晃晃的楼梯走下楼去,来到了街上。

晚上雨停了。天气变得更冷了,一阵冷风把雾吹散。他若无其事地走过了好几个街区。他平静地走着,就像你,读者,在和朋友吃完午饭后,可能会去走走那样。

其实，他甚至还停了下来，在商店里买了点东西。我记得那个店名叫"鞭子"。他走了进去，给自己买了一包烟，点上一支，站了一会儿，显然在听几个闲人谈话。

然后他又踱来踱去，边走边抽烟，心里一定在想他写的那首新诗。然后他来到了一家电影院。

这也许触动了他。他也像一个旧壁炉，里面装满了旧的思想、未完成的诗歌碎片——天知道有多少垃圾！他常在晚上到那女人工作的戏院去，陪她一起回家。现在人们正从这家小戏院里走出来。他们在那里看了一出叫《世界之光》的戏。

威尔逊走入人群，抽着烟，消失在人群中，然后脱下帽子，紧张地四下张望了一会儿，突然大声喊叫起来。

他站在那里，大声喊叫着，带着一种试图回忆梦境的恍惚神情，试图把刚才发生的事情讲给大家听。他就这样持续了一会儿，然后沿着人行道跑了一小段，停下脚步，又开始讲他的故事。他就这样匆匆走了回来，沿街走到那座房子前，爬上摇摇晃晃的楼梯，来到那个女人躺着的地方——人群好奇地跟在他后面——一个警察过来把他逮捕了。

起初他似乎很兴奋，但后来就安静下来。当为他聘请的律师试图在法庭上为他辩护时，他对这个疯狂的想法笑了起来。

正如我说的那样,在审判期间他的行为让我们大家都很困惑,因为他似乎对谋杀和自己的命运完全不感兴趣。在开枪的凶手认罪之后,他似乎也对他没有任何怨恨。他就像与这件事毫无关系。

你看,在他找到那个女人之前,他就是那样,在这个世界上游荡。他在他诗歌中提到的深井中越挖越深,在他和我们所有人之间筑起了一堵越来越高的墙。

他知道自己在做什么,但停不下来。这就是他一直在说,并恳求人们帮忙的事儿。这个男人从疑惑的海洋中浮起身来,曾一度抓住了那个女人的手,也一度握着女人的手在生命的海面上漂浮——但现在他又开始下沉。

他开始说个不停,拦住街上的人说,走进人们的房子里说,据我猜测,他这样做,如同他后来一直在做的一样,无非是在努力不让自己永远沉入大海,这就是一个溺水的人在垂死挣扎。

无论如何,我已经把这个人的经历告诉了你——不得不把他的经历告诉你。他身上有一种力量,这种力量对我产生了影响,就像对那个来自堪萨斯州的女人,以及那个跪在地板上的灰尘中,不知其名的驼背女孩所产生的影响一样。

自从那个女人死后，我们一直在努力把威尔逊从怀疑和沉默的海洋中拉出来，我们感到他在这个海洋中越沉越深——毫无好转的迹象。

也许我是不得已才讲了他的故事，我希望通过写他的故事，自己也能了解他。难道就没有可能，在理解之后，产生一种力量，从而把胳膊伸到海里，把威尔逊这个人再拉回水面吗？

俄亥俄州的异教徒

一

汤姆·爱德华兹是个威尔士人，出生在俄亥俄州北部，他是威尔士诗人托马斯·爱德华兹的后代。托马斯·爱德华兹在他的时代和国家里被称为"Twn or 'r Nant"——在我们的语言中，意为"峡谷中的汤姆"。

托马斯·爱德华兹是威尔士人精神史上的大人物。他不仅写了许多关于生、死、土、火和水的抒情诗歌，而且拥有威尔士强健、爱好吟咏的种族激情。他歌唱得很好，是个坚定完美的男人。曾有一则威尔士语的故事——诗人也将它写进了一本书——讲的是三百名威尔士人执行任务失败后，他如何带领一队人马将一艘大船从陆地拖到了海里。他还教威尔士樵夫使用起重机和滑轮在森林里搬运大块木材。有一次他还差点把一个村里的恶霸打死，那可是威尔士人中出了名的残忍家伙。而这诗人的后裔，汤姆·爱德华兹就出生在俄亥俄州离我家乡彼得韦尔镇不远的地方。他本来不姓爱德华兹，但他父亲在他出生时去世了，于是他威尔士的母亲，便给他取了这个名字。男孩长到六岁时，母亲也去世了，有个叫哈里·怀特黑德的农民把男孩带到了自己家养活，孩子的父母都为哈里打过工。

怀特黑德家族都是身材高大的人。哈里本人重达二百七十磅，他妻子则比他还要重二十磅。就在他带小汤姆来和他一起住时，这个农夫迷上了赛马，于是他丢下三个农场，来到了我们这个镇上。

彼得韦尔镇有一幢老旧的木屋，那里曾是制作木桶的工厂，但已闲置多年，没有窗户的墙正对着街道。哈里以低价买下了它，并把它变成一间极好的马厩，里面有一间铺着木板的阁楼和两排养马的单圈。他在克利夫兰市举行的一次纯种马拍卖会上买了二十匹小马，所有的小马都是能参加慢速赛的赛马，随后他便以赛马训练师自居。

就这样这些小马就被带到我们镇子，其中有一匹叫"布塞弗勒斯"的黑色上等马。哈里是从我们镇上的诗歌爱好者约翰·特尔弗那里得到这个名字的。"这是一个强者[1]养的骏马的名字。"特尔弗说，哈里听了很满意。

---

[1] 布塞弗勒斯曾是亚历山大大帝坐骑的名字。

年轻的汤姆被派去专门看护"布塞弗勒斯",这匹拥有田纳西州"帕琴家族"[1]血统的黑色种马很快成了马厩里的骄傲。它本性是一头脾气粗暴的野兽,像一个歌剧明星天生充满奇思妙想,而且从一开始就喜欢惹是生非。整整一年时间里,除了哈里·怀特黑德和小汤姆之外,没人敢进它的马厩。两人照看这匹良驹的方式完全不同,但同样有效。有一次,在马厩的木板上,大个子哈里将骏马松开,随后关上了所有的门,手里拿着一根无情的长鞭,走到它身边,要么制服它,要么被它制服。结果他胜利了,从那以后,只要他靠近,马就变得很温顺。

那个男孩采取的方法则不同。他爱"布塞弗勒斯",而这个动物也爱他。汤姆无论日夜都睡在马厩的小床上,即使附近有母马,他也会毫不畏惧地走进"布塞弗勒斯"的马厩。种马发脾气时,有时会在男孩进门后转过身去,打一个响鼻,用铁做的马掌撞击着马厩的墙壁,但汤姆会笑笑,把一根简易的绳索套上马头,牵出它来清洗,或将它套上一辆车,好让它在我们镇上的半英里长的赛道上小跑。血管里

---

[1] 美国赛马历史上著名的赛马族群,曾出过被誉为"铁马"的"乔·帕琴"等骏马,因此"帕琴"马族的马一度被认为是品质的保证,在赛马界赫赫有名。

流着"Twn or 'r Nant"之血的男孩，牵着"帕琴"家族的贵胄——"布塞弗勒斯"的鼻子，此景可谓壮观。

"布塞弗勒斯"长到六岁后，开始在俄亥俄州哥伦布市举行的春季赛马大会上比赛和征战。大个子哈里架着马车赢下了"混速赛"的两场预赛——这是马会的重要比赛——随后颤颤巍巍地下了车。在接下来的一场预赛中，一匹名叫"东方之光"的骟马击败了它。汤姆那时还是个十六岁的孩子，他坐上了马车，他们两个——马和男孩——同一匹骟马和一匹枣色的小母马展开了一场激烈的角逐，这匹马以前从未有人听说过，却突然迸发出旋风般的速度。

最终高大的种马和瘦弱的男孩赢下了比赛。在一群咒骂、叫喊、挥舞着鞭子的人群中，一匹黑马蹿了出来，一个脸色苍白的男孩向前探着身子，对那匹黑马喊起了什么。"加油，男孩！冲，男孩！冲，男孩！"在整场比赛的过程中，那个小伙子的声音一遍又一遍地呼喊着。"布塞弗勒斯"取得了 2 分 06¼ 秒的成绩。汤姆·爱德华兹一下成了报纸争相报道的主角。他的照片刊登在《克利夫兰领袖报》和《辛辛那提询问者报》上。当他回到彼得韦尔镇的时候，我们这些男孩子都嫉妒得哭了。

就在那时，汤姆·爱德华兹从高处跌了下来。他，一个高大的男孩，几乎和成年人一样高，除了冬天住在怀特黑德农场的那几个月，外加他在六到十三岁时读过一所乡村学校，在那儿学会了读、写、算术之外，他没受过其他教育。他在哥伦布取得胜利的那一年秋天，彼得韦尔镇的逃学督导——一个一头白发的瘦子，同时也是浸信会主日学校的负责人——在某个下午来到了怀特黑德的马厩。他说，如果汤姆不准备去上学，那么他和他的雇主就会有麻烦了。

哈里·怀特黑德气坏了，汤姆也气坏了。他，一个高大苗条的小伙子，驾着赛马足迹遍布俄亥俄州和印第安纳州北部地区，而恰恰就在今年秋天，他刚从巡回赛中归来，在此期间，他参加了"巡回大奖赛"中的"混速赛"，并让"布塞弗勒斯"创下了 2 分 06¼ 秒的成绩。

难道要让这样一个男孩坐在教室里，手拿一本愚蠢的教科书，学习如何处理黄油、鸡蛋、土豆、苹果吗？难道要让这样一个孩子和年龄小他一半，也没有他那般丰富生活经验的孩子坐在一起，受女教师的监督吗？

汤姆很难接受。哈里·怀特黑德说，法律就是要让没有登记在册的孩子去读书。但这和他自己有什么关系，汤姆却不明白。逃学督导走后，汤姆和他的老板单独留在马厩里。男人和男孩闷闷不乐地对视了好久。受教育当然没有问题，但汤姆觉得书本上的教育他已经够了。他能读、能写、能算，一个赛马骑师还需要什么知识呢？至于书，每逢下雨的晚上，在没有人坐在马厩门口谈论马匹和比赛的时候，看看书倒是挺合适的。另外，如果他要去一个陌生的城镇看赛马，或许会在星期天抵达那里，但比赛要到下星期三才开始——那时候，在铺着马毯的箱子里放一本书倒也无妨。当天气很好，手上的活儿都在晴朗的下午干完了，别的黑人和白人马童都进了城，那时倒可以带一本书去树下，读读遥远而陌生的地方的生活，那里的生活和他本人的生活一样奇怪，而且一样吸引人。汤姆读过《鲁宾逊漂流记》《汤姆叔叔的小屋》和《圣经故事》，这些书都是在他怀特海德的房子，以及彼得韦尔镇一个叫雅各布·弗里德曼的校监那里得来的。这个校监督喜欢马，会借给他冬天里读的书。它们就放在他的柜子里——一本叫《格列佛游记》，另一本叫《莫尔·弗兰德斯》。

现在，法律规定他必须放弃赛马，要去上学，做一些愚蠢的算术题，他已经证明自己是个男子汉了。哪个学生能比他更懂得如何生活吗？难道他不曾见过世上了不起的人，并和他们说过话吗？这些曾驾马打破了世界纪录的人难道不尊敬他吗？在他成为赛马骑师后，像波普吉尔、沃尔特·考克斯、约翰·斯普兰、墨菲等人或许不会问他读过什么书，也不会问他一根竿子长多少英尺，一英里等于多少根竿子。在哥伦布市举办的比赛中，他作为一名骑师赢得了荣誉，他已经证明了他拥有他所需的教育。驾驭那匹叫"东方之光"的骗马的车夫，在第三轮比赛中企图恐吓他，但没有得逞。那个车夫是个大个子，长着黑胡子，瞎了一只眼，看上去又丑又凶。当两匹马拼命角逐，并驾齐驱驶入非冲刺直道时，汤姆匀速且平稳地赶着"布塞弗勒斯"跑在前面，那家伙就坐在马车上盯着他，"你这个该死的傲慢小子，"他喊道，"你要是不收着跑的话，我就把你从车上揍下来。"

他这样恐吓汤姆，然后用马鞭的尾端朝男孩打过去——或许只是吓唬他，于是鞭子故意从汤姆头边滑过，但汤姆目不转睛地盯着自己的马，驾着它稳稳进入了上弯道，时机恰到好处，他又和后面拉开了距离。

后来，他甚至都没有把这事儿告诉哈里·怀特黑德。他同时也隐约感到，这有关他作为一个男人的资格。

现在，他们要把他送去学校和别的孩子待在一起了。他正在马厩里干活，给一匹看上去很干净的小马擦腿，而"布塞弗勒斯"正在马厩里待命，它将被带去参加下周一印第安纳波利斯举行的晚秋马会，他有点受打击。哈里·怀特黑德走来走去，向两个坐在马厩门口的人发牢骚。"嗯，剥夺汤姆的机会，剥夺一个孩子的机会，你们说这法律像话吗？"他在那两人的鼻子底下挥舞着马鞭问道，"我从来没见过这样的法律。要我说，国防部真应该废除这样的法律。"

汤姆把小马牵回原处，随后走进了"布塞弗勒斯"的马厩。这匹种马这会儿情绪不错，转过身来让人给它揉鼻子，汤姆走过去，把脸埋在那匹马又大又黑的脖子上，就这样浑身颤抖着站了好长时间。他原以为哈里或许会让他在下赛季驾着"布塞弗勒斯"参加所有的比赛，而现在一切都结束了，他将被抛回童年，变成一个在学校读书的孩子。"我不要这样。"突然，他下定了决心，眼里闪过一丝执拗的光。他这样或许会牺牲未来成为一名赛马骑手的资格，但这不重要，因为相较之下，让他去读书这件事更让他感到羞辱。他决定什么也不对哈里或他的妻子说，独自采取行动。

"我要离开这里。在他们把我送进学校之前，我要逃离这个镇子。"他一边对自己说，一边用手抚摸着"布塞弗勒斯"——帕琴家族的贵胄——柔软的鼻子。

汤姆在夜里离开了彼得韦尔镇，乘上一列货运火车往东去，那儿的人从此再也没有见过他。那年冬天，他在克利夫兰市一个工厂地区找了一份开运奶车的工作。

然后春天来了，又带回了他对过往春天的记忆——雷雨洒遍了麦田，田里刚从黑土地里冒出了鲜嫩的麦苗——新翻的土地发出甜美的味道，尤其是彼得韦尔镇的北部，怀特海德农场里的马厩里散发出的气味和声音。他清楚地记得在彼得韦尔度过的日子，那时他睡在马厩里，每天早晨赶着小马，绕着彼得韦尔赛马场里半英里长的赛道慢跑。

那才叫生活！他们一圈又一圈地跑着，年轻的马和年轻的男人在一起，什么也不想，内心却对生活充满了热情。马驹的腿正变得越来越结实，跑起来带动的风呼呼作响，这让男孩仿佛沉醉在梦中，像过着和美好、勇敢相伴的生活，这种生活充满了喷涌的生命力。在位于城镇边缘的马场里，赛道内的围场里长满高草，树上传来松鼠喋喋不休的声音，这声音伴随着筑巢的鸟儿的鸣叫，而蜜蜂探访早开的花朵，昆虫藏在草丛中发出的声音则在为鸟鸣伴奏。

相比之下，春日里城市街道上的生活是多么不同！对汤姆来说，这是一种恶臭和肮脏的感觉。几个月来，他一直和六个人，有时是八到十个人，一起住在一条肮脏街道的寄宿公寓里。这些年轻人都还没有结婚，工资也很丰厚。每逢冬天的晚上和星期天，他们就会穿上漂亮衣服出门，喝个半醉回来，在房间里大声吹牛。因为汤姆生性害羞孤僻，有时还会被城里的所见所闻感到惊愕，所以其他人都不愿和汤姆来往。他们有点瞧不起他,把他当作一个"土包子"。傍晚,他干完手头的活儿后会经常独自徜徉在阴沉的街道上,呼吸着烟雾沉沉的空气,耳边是大工厂里的机器发出的嘈杂轰鸣。有些时候一吃完晚饭,他就会回到自己房间睡觉,他始终对他周围的一切抱有莫名的恐惧。

于是,在他十七岁那年的初夏,汤姆离开了这座城市,回到了俄亥俄北部的家乡。他和一个叫约翰·伯茨福德的人一起找了份工作。约翰有一套脱谷设备,他们和俄亥俄州伊利的农民一起干活。这个曾驾着"布塞弗勒斯"获得大胜,并带领它跑出最快纪录的瘦弱孩子,现如今已然变成一个高大强壮的男人,他外表粗犷,长着棕色的眼睛和一双粗大无力的手——尽管他看起来有些笨拙,但依旧很有活力。现在,他赶着一队犁地的灰马,他的工作是保证脱谷机配有足够的水和燃料,并把脱粒的谷物从地里拖到谷仓。

脱谷手伯茨福德是个肩膀宽阔、身强力壮的六十岁老人,除了汤姆之外,他还有三个成年的儿子给他当下手。他一直是个农民,一辈子都在租来的土地上干活,攒了一些钱,然后买下了一整套脱谷设备。他们五个人整天像奴隶一样干活,晚上就睡在谷仓的干草堆里。那是湖区多雨的时节,刚开始脱谷的时候,伯茨福德的情况不太好。

老脱谷手很担心。投资脱谷设备已经花光了他所有的钱，他很害怕会欠债。由于他是个虔诚的教徒，所以他会在别人睡着以后，从干草棚里爬出来，跪在谷仓的地板上祈祷。

汤姆身上也发生了一些事，他有生以来第一次开始思考生命的意义。他现在正在乡下，在沐浴着阳光的金黄田地里，远离城市可怕的噪音和尘土，而且这里有一个他的同类，从某种意义上来说，算是他的兄弟，这个人不断呼唤着身外的某种力量，某种在太阳、云层、在夏雨的轰鸣声中的力量——它就蕴藏在这些东西中，同时也控制着这些东西。

年轻的脱谷学徒被触动了。整个雨季里，当没有活儿干的时候，他就四处游荡，等待夜晚降临。等大家都进了谷仓准备入睡时，他依旧保持着清醒，思考着，倾听着。他想到了上帝，想到了上帝参与人间事务的可能性。脱谷工的小儿子，一个快活的胖墩儿，就躺在他身边。在他们爬进干草堆后，好长一段时间里，这两个男孩都会一起窃窃私语，一起欢笑。胖墩儿的皮肤很敏感，干枯的断草茎钻进他的衣服，戳得他直发痒。他咯咯笑着，身体不停扭动。汤姆看着他也笑了起来。关于上帝的思绪从他脑海中消失了。

谷仓里一片寂静，下雨的时候，头顶会传来一阵低沉的鼓声。汤姆能听到马和牛在下面走动的声音。所有的气味都很好闻。特别是牛的气味,那甚至让他感到兴奋,就好像喝了烈酒一样。他身体的每个部分都似乎被激活了。那两个年龄大一点的男孩,也像他们的父亲一样,生性严肃,正躺在地上,把脚埋在干草堆里。他们静静躺着,一股暖烘烘的霉味从他们的衣服上冒了出来,那上面全是汗水。那个留着胡子的老脱谷工已经睡了一觉了,于是便小心翼翼地站起身来,只穿着袜子走过干草堆。他从梯子上爬到楼下,汤姆仔细听着。那个胖墩儿打起呼噜来。楼下传来的每个声音都被放大了。他听到马在谷仓地板上跺蹄的声音,还有牛用角摩擦饲料槽的声音。老脱谷工热诚地祷告着,祈求耶稣来助他摆脱困境。汤姆无法一一听清他说了些什么,只能听清几句话,其中一些词一直在重复:"仁慈的耶稣,"他祷告,"请赐予我好日子。让好日子快快来临。请赐福这片土地。赐予我们晴朗温暖的日子。"

晴朗温暖的日子来了,汤姆心里却打起了鼓。最近每天早晨,等太阳高高升起,机器上摆满了一捆捆麦子之后,他就驾着拖罐车去远处的小溪或池塘里加水。有时他不得不驱车到两三英里外的湖边去。道路上灰尘飞扬,马匹慢吞吞地走着。他穿过一片树林,走过一条小巷,来到一个有泉水的小山谷。他想起了那个老人在寂静和黑暗的谷仓中说的那句话。他把自己想象成耶稣,像一个年轻的神在这片土地上行走。这位年轻的神穿过小巷,穿过荫蔽之地。马蹄在尘土中发出砰砰的声响,远处的树林里也发出了砰砰的回音。汤姆探身听着,脸颊变得有点苍白。他已不再是一个正在成长的男人,而是重新变成了那个善良敏感的孩子,驾着"布塞弗勒斯"穿过一群一心想取胜的愤怒暴徒。老诗人"Twn O 'r Nant"的血液第一次在他身上苏醒了。

脱谷队里的取水少年骑着飞马穿过农场屋后的小巷,来到了小溪边,他必须在这里给脱谷机的水箱装满水。在他身旁,年轻的耶稣在森林里松软的地上行走。在溪水边,诞生于海洋之泉的"帕加索斯"[1]踩在地上。农场里的马停下了脚步。汤姆·爱德华兹眼里带着茫然的神情,从马车座位上站起,准备用软管和水泵给水箱加水。耶稣走过这片土地,挥手召唤起那些欢快的日子。

汤姆·爱德华兹的眼睛里闪过一丝光芒,他那正在成熟的笨重身体里似乎也洋溢着优雅。他涌起了新的冲动。当脱谷队穿过公路,越过村庄,从一个农场到另一个农场时,女人和年轻的姑娘都会微笑地看着这个年轻的小伙子。有时,

---

[1] 飞马帕加索斯,古希腊神话中缪斯女神的坐骑。

当他载着一袋袋小麦从田间到谷仓时，农夫的女儿会走出农舍，站在那里看他。汤姆看着这个女人，心中燃起了渴念。到了晚上，当脱谷工和他的儿子们坐在谷仓边谈论各自的事时，他就紧张不安地走来走去。胖墩儿对父亲和兄弟们的谈话并不太感兴趣，于是，汤姆朝胖墩儿打了个手势，两个年轻人便到附近的田野和乡道散步去了。有时，他们在黄昏跌跌撞撞地走在一条乡间小路上，随后来到灯火辉煌的城镇街道。年轻姑娘们在商店的灯光下走来走去。两个男孩站在一幢建筑物旁的阴影里看着她们。后来，当他们摸黑回家时，胖墩儿说出了他们俩共同的感受。他们穿过一块漆黑的地方，那里有条路蜿蜒穿过一片树林。青蛙在寂静中呱呱叫着，栖息在树上的鸟儿也被它们的出现搅扰了，四下拍打起翅膀来。那个胖墩儿穿着沉重的工装裤，两条粗壮的腿互相摩擦着。粗布发出一种奇怪的嘎吱声。他激动地说："我想抱女人，紧紧、紧紧、紧紧地抱住她。"

一个星期天，脱谷工带着所有人去了教堂。他们一直在一个叫卡斯塔利亚的村庄附近干活，但没有进过城，只去过一个白色的小教堂。这座教堂位于村庄以北一英里外的树林中，旁边就是一条在路边流淌的小溪。他们上了汤姆的运水车，他们把水箱提起来，在上面放了几块木板当座位。那个男孩赶着马。

在教堂附近的小树林里,有许多队人把马拴在树荫下,而陌生的人们——农夫和他们的儿子——三三两两谈论着当季的庄稼。虽然天气很热,但微风在他们脚下的树叶间游走,小溪在教堂背面和小树林里的石头上流过,不停发出柔和的潺潺声,盖过了人声的嘈杂。

在教堂里,汤姆坐在胖墩儿边上。胖墩儿在他们走进教堂时一直盯着乡下姑娘看。布道开始后,胖墩儿就睡着了,汤姆则热切地听着布道。牧师是个留着胡子、身体强健的老人,汤姆觉得他的样子和他的雇主——脱谷工伯茨福德——并无二致。

乡村教堂的牧师说起了抹大拉的玛利亚,这个女人因通奸而被人抓了起来,而忘了自身有罪的人们想要朝她丢石头,在牧师所说的故事里,耶稣那时走进人群并救了那个女人,汤姆听得心怦怦直跳。后来,牧师又谈到耶稣在高山上如何受魔鬼试探,不过那个孩子没在听了。他身子前倾,视线越过窗外的田野,牧师的话断断续续传到他的耳朵里。汤姆把牧师所说的耶稣在山上受到的诱惑,理解成了玛利亚跟随了耶稣,并把身体献给了他,而到了那天下午,当他和其他人回到第二天一早要脱谷的农场时,他把胖墩儿叫到一边,想要听听他的意见。

两个男孩走过一片麦茬地,坐在小树林里的一块圆木上。汤姆从来没有想到一个男人会被一个女人所诱惑。他一直觉得情况一定是相反的,女人会被男人诱惑。"我以为总是男人在索要,"他说,"现在似乎女人有时也会主动索要。如果这事儿能发生在我们身上那就好了,你不觉得吗?"

两个男孩站起来,在树下走着,黑影开始在他们脚下集结成形。汤姆突然口若悬河,不停地问这问那,而那个胖墩儿有点尴尬,因为他常去教堂,耶稣的形象已失去了大部分的真实性。他认为不应该像这样随意讨论这个问题,而那时汤姆脑子里一直在想着耶稣的想法,他被一个女人纠缠、引诱,他咕哝着说出了不赞同的观点。"你认为他真的拒绝了吗?"汤姆一遍一遍地问。胖墩试图解释。"耶稣有十二个门徒,"他说,"这是不可能发生的。他们总跟着他。你看,她连一点机会也没有。无论他走到哪里,他们都跟着他。他们都是他教导的传道人。其中一人后来把他出卖给了士兵,后来士兵把他给杀了。"

汤姆犯起了嘀咕。"这是怎么回事?那样的人怎么会被人出卖呢?"他问道。"因为一个吻。"胖墩儿回答说。

在汤姆·爱德华斯——第一次也是最后一次——去教堂

的那天晚上，天空下起了小雨，这是三个月来，约翰·伯茨福德手下的脱谷工人遇到的唯一一场雨，而这位威尔士男孩一直跟在他们身边，这场雨没有妨碍他们要干的活儿。雨不期而至，下了几分钟就停了。因为那是星期天，没有活儿可干，人们都聚集在谷仓里，从开着的谷仓门往外看。从农场主的房子里来的两三个人和他们一起坐在箱子和木桶上，按乡下人的习惯，他们很少说话。人们从口袋里掏出小刀，开始削一根小木棍。老脱谷工把双手插在裤子口袋里，不安地走来走去。汤姆坐在门边，不时有一滴雨打在脸颊上。他一会儿望望老板，一会儿望望田野上的雨点。有个农民说，雨季快到了，好几天不会有适合脱谷的好天气了，与此同时，脱谷工没有回答，汤姆看见他的嘴唇在动，灰白的胡子上下摆动着。他觉得脱谷工在抗议，但不想用言语来抗议。

当脱谷队在乡下干活时，北面，南面和东面都下过雨，并且在有些日子里，乌云会整天挂在他们头上，但一滴雨也不会下，当他们到达一个新地方之后，他们被告知前三天已经下过雨了。有时，当他们离开农场，汤姆就站在运水车的座位上回头看。他的目光越过田野，朝他们曾干活的地方望去，然后抬头望向天空。"现在可能要下雨了。谷子已经脱好了，麦子都放进粮仓了。雨水现在不会对我们的劳作产生负面影响了。"他想。

星期天晚上,当他和这些人一起待在谷仓时,汤姆确信现在肯定会下雨了,但只是暂时的。他想,雇主一定和掌管天堂事务的耶稣很熟,因为这位脱谷工不愿意下大雨,所以雨一定不会下很久。他陷入了沉思,约翰·伯茨福德走了过来,站在他身边。脱谷工把手放在门框上,往外看,汤姆还能看到他的灰胡子在动。那人正在祈祷,但他离自己太近了,裤腿碰到了汤姆的手。男孩的脑海里浮现出约翰·伯茨福德晚上在谷仓地板上祈祷的情景。就在那天早上,他刚祈祷过。天刚亮,这个男孩就被弄醒了,因为当老人爬过干草下去时,脚碰到了他的手。

汤姆那时就像往常一样,竖起耳朵想听清老人祈祷的每一个字。他紧张地躺着,倾听着从下面传来的每一个声音。一缕微弱的光从谷仓侧面的裂缝里透进来,一只公鸡在叫,谷仓附近的猪圈里,几头猪在大声哼哼着。它们听见了脱谷工的走动声,想要讨点吃的,它们发出的咕噜声,还有从楼下马厩里不时传来的马或牛不安的走动声,让汤姆无法听清祷告。然而,他却明白了,他的雇主正在感谢耶稣为他们带来这么好的天气,并说他请求继续赐予这样的天气并不是出于自私。"耶稣啊,"他说,"你若愿意,因我们对你的爱,就降一点雨下来吧，因为我们今天不用在地里干活。而到了明天，就赐给我们一个好天气吧，等我们从教堂回来，再让雨水使大地焕然一新吧。"

汤姆坐在谷仓门旁的箱子上，看到耶稣对他雇主的请求做出了恰如其分的回应，他知道这场雨不会持续太久的。在他看来，他为之工作的那个人如此接近上帝，以至于他举起手来，将约翰·伯茨福德的裤腿拉到嘴边偷偷亲吻了一下——然后他又朝外面的田野望去，看到云被风吹走了，傍晚的太阳即将落下。在他看来，年轻而迷人的主耶稣一定就在他身边，就在能听到他声音的范围内。"他正站在……"汤姆对自己说，"果园里的一棵树后面。"雨停了，他悄无声息地走出谷仓，朝农舍旁边的一个小苹果园走去。当他来到篱笆前正要翻过去时，他停了下来。"如果耶稣在那里，他是不会想让我找到他的。"他想。当他再次转向谷仓时，看到田野的另一边有一座低矮的长满草的小山。他断定耶稣根本不在果园里。夕阳倾斜的光落在山顶上，轻拂着青草的茎，那上面落满了沉重的雨点，顷刻之间，这座山就像戴上了一顶珠宝王冠。无数小水滴反射着光线，山顶闪闪发光，仿佛镶满了宝石。"耶稣就在那里，"这个男孩喃喃地说，"他正肚子朝下，趴伏在草地上，正从小山的边缘望着我。"

二

约翰·伯茨福德和他的脱谷队去了桑达斯基镇附近,去给一个叫巴顿的大农场主干活。脱谷的季节快结束了,天气依然晴朗、凉爽动人。汤姆现在进入的这片乡村,在他的脑海里留下了深刻的印象,他永远不会忘记夏日最后的几个星期里,在巴顿的农场里所经历的一切。

牵引车拖着沉重的红色脱谷机隆隆前进,它冒着浓烟,狗和孩子们都兴奋地注视着它。它缓慢地拖着机器走了好几英里的路,几乎快到伊利湖了。汤姆和身边那位伯茨福德家的胖墩儿一起坐在运水车上,他们跟在冒着烟隆隆前进的牵引车后面。当他们抵达要在这里待上几天的新地方时,他从车座位上看到,从桑达斯基镇的工厂里冒出的烟,正在早晨清爽的空气里冉冉升起。

约翰·伯茨福德要为之打谷的人拥有三个农场,一个建在河湾的一个小岛上,他就住在那里,另外两个建在大陆上,在大陆上那个较大农场的谷仓附近,地里堆着大量的小麦。这座农场位于一块广袤的盆地,土地肥沃,一条小河从这里向北流进桑达斯基湾,除了盆地里的那一堆堆小麦之外,小河边的高地上也堆了一些,一片丘陵地带的乡野从那里开始延展开去。从这些土地上可以看到，河湾里的水在秋日明亮的阳光下闪闪发光，汽船从桑达斯基开往一个叫雪松角的旅游胜地。每当北风或者西风吹起的时候，待到中午时分，脱谷机停下之后，工人们就靠在麦秆堆上休息，那时可以听到从汽船上传来的乐队演奏的声音。

那一年的秋天来得早，沿着河流低洼处铺设的道路边有一片片树林，树林里的树叶开始泛黄、泛红。到了下午汤姆去小河取水时，他走在马的边上，干树叶在脚下噼啪作响。

由于这个季节收成不错，伯茨福德决定让最小的儿子在秋冬时节去镇上读书。他给自己买了一台砍柴机，打算和两个大儿子一起干这份营生。"要把原木从伐木场拖到我们安装锯子的地方，"他对汤姆说，"如果你愿意，可以和我们一起干。"

脱谷工开始和汤姆谈论学习的价值。"今年冬天你最好自己到城里去一趟。最好去一所学校念书。"他严厉地说，渐渐激动起来，在运水车旁走来走去。汤姆就坐在座位上听他说着话。他说，人的身心都是上帝赐予的，不能因为旷课而腐朽。"我已经注意到你了，"他说，"我猜，你不怎么说话，但你会想很多。去学校吧，看看书上是怎么说的。而当他们说谎时，你不必相信他们。"

伯茨福德家住在贝尔维尤镇附近面朝石子路的一个租来的房子里，那个胖墩儿则准备动身要去那个镇子了——那里距离他们工作的地方大约十八英里。到了晚上临行之前，他和汤姆走出谷仓，打算最后一次在路上一起散散步、说说话。

他们在秋天傍晚的薄暮中走着，各自想着心事，朝山谷中小河上的一座桥走去，随后在桥栏上坐了下来。汤姆没什么可说的，可他的同伴却想谈谈女人。夜幕降临时，他对这一话题不再感到尴尬，于是便大胆地畅所欲言起来。胖墩儿说，在即将到来的冬天，他在贝尔维尤镇生活和上学时一定会和一个女人搞在一起。"遇到这样的机会，我可不会被骗。"他宣称。他解释说，等他搬到镇子去之后，父亲就管不着他了，这样他就可以自由选择自己的住处。

胖墩儿的想象力被激发了，他把他的计划告诉了汤姆。"我不打算同任何年轻姑娘交往，"他精明地说，"那样只会把人困住，我就不得不娶了她。我要去和一个寡妇住在一起，这就是我的打算。到了晚上，我们俩会单独待在一起。我们开始交谈，我会不停地用手抚摸她。她会被我摸得兴奋起来。"

胖墩儿跳了起来，在桥上来回走。他很紧张，还有点害羞，想要证实自己所说的话。他渴望得到的东西已经变成了一种可能——已实现了一半。他站在汤姆面前,把一只手放在他的肩上。"晚上我会去她的房间,"他说,"我不会告诉她我要来,等她睡着了我再偷偷溜进去。然后我会在她的床边跪下,我会吻她,狠狠地、狠狠地吻她。我会紧紧抱着她,让她无法动弹,我会亲吻她的嘴,直到她也想做我想做的事儿为止。我整个冬天都会住在她家。没有人会知道。即使她不想要我,我搬出去就可以了,这样肯定能保证我的安全。如果她告发我,没有人会相信她说的话。我再也不会像个小男孩那样了,我告诉你——我已经长大成人了,我要像男人一样做事,这就是我。"

两个年轻人回到谷仓,他们要睡在那儿的干草堆上。他们现在为之工作的富农有一栋大房子,富农为脱谷工和他的两个大儿子提供了床铺,但两个年纪小的孩子则被安排睡在谷仓的阁楼上。前一天晚上,他们就躺在一条毯子上。然而,在经历过桥边谈话之后,汤姆感到不太舒服,而那个浑圆的小伯茨福德也有些尴尬。在路上,这个名叫保罗的年轻人略微走在他同伴的前面,他们到达谷仓时,两人都在阁楼上找了一个单独的地方。两人都希望自己的思绪不要被另一个人所干扰。

汤姆的身体第一次燃起对女人的强烈欲望。他躺在谷仓的一边，那里可以从一条裂缝望向外面，起初他脑子里想的全是动物。他从下面的马厩里取来了一条马毯，侧身躺在上面，眼睛紧盯着那条裂缝，心里想着马和牛的交配。他回想起为赛马人怀特黑德工作时，在马厩里看到的事情，一种奇怪的动物般的饥渴感掠过他的全身，他的腿僵住了。他不知为何在干草堆上辗转反侧，他的欲望转变为愤怒，他恨那个胖墩儿。他真的很想爬过干草堆，用拳头揍他的脸。虽然他在保罗·伯茨福德谈论寡妇时，汤姆没有看到他的脸，但他能感觉到保罗身上志得意满的气息。"他以为他打败了我。"年轻的爱德华心想。

他又翻身到那条裂缝边，凝视着外面的夜色。一轮新月升了起来，田野的轮廓朦胧初显，通往桑达斯基镇的道路两旁，一丛丛的树木就像笼罩在大地上的乌云。不知为何，月光下的那片朦胧且安静的土地的景象，平息了他所有的怒火，他开始想，倒不是在想保罗·伯茨福德眼神中闪耀着炽热的欲望，悄悄进入贝尔维尤一个寡妇的房间，而是在想主耶稣，想他与他的女人玛丽一起上了山。

他的同伴想要走进一个有女人睡觉的房间，悄无声息地把她带走，这一想法在他看来完全是卑鄙的，那种由炽烈的嫉妒转变成的愤怒和仇恨现在完全消失了。他开始想，那个给脱谷带来美好日子的神会对一个女人做什么呢？

汤姆的身体仍然被欲望灼烧着，脑子里装满了淫荡的念头。藏在云背后的月亮探了出来，起风了。天刚黑，在桑达斯基镇寻欢作乐的人正乘船越过河湾到度假村去，风把音乐声吹到了汤姆的耳朵里，风越过海湾的水面，顺着水域吹了过来。在谷仓附近的一个小树林里，风轻轻摇摆着小树的树枝，地上到处晃动着阴影。

伯茨福德家最小的孩子已经在谷仓的一角睡着了，现在大声打起了鼾。汤姆双腿上的紧张感消失了，他准备睡觉。但在睡觉前，他略带胆怯地嘀咕了几句，一半在祈祷，一半是在对黑夜中的某个精魂恳求。"耶稣啊，给我个女人吧。"他低声说。

谷仓外面的田野里，风越刮越大，麦秆的碎片都被刮了起来。风吹在硬挺的残茬之间，发出轻柔的低语，像是众神在回应他的请求。

汤姆把胳膊枕在头下，眼睛紧贴着那道能看见月光下的田野的裂缝，睡着了。在梦里，那叫声在他的内心里一遍又一遍地重复。神秘的主耶稣已经听到并回应了他雇主的恳求。约翰·伯茨福德确信自己的需要也会得到理解和眷顾。"给我一个女人。我需要她。耶稣啊，给我一个女人吧。"他在夜里低声自语。

伯茨福德家的小儿子走了以后，汤姆的工作性质发生了变化。脱谷工现在已经进入一个有大农场的乡村，那里的小麦都是从地里运来的，堆在谷仓附近，而且附近总有充足的水。一切工作都很变得简单了。脱谷机被拖到谷仓门附近，脱了粒的谷子就从脱粒机直接运进箱中，把成捆的谷物塞进旋转的分离机的齿轮里，这不是汤姆的工作——这项工作是约翰·伯茨福德的两个大儿子干的——所以这队人里的车夫也就没什么事可做了。有时，约翰·伯茨福德会离开半天，去安排下一站的行程，这时候，学了点操控技术的汤姆就会来操作机器。

然而，在别的日子里，他什么事也没有，头脑长时间没有什么可想的事儿，于是便开始捉弄他。第二天早晨，在这队人喂好了农场里的马，把毛梳理得像赛马一样发亮之后，他走出谷仓，走进果园。他在口袋里装满了成熟的苹果，随后走到篱笆前，弯下身子。马驹在田野里玩耍。当他拿着苹果，轻声叫唤它们的时候，马驹就会胆怯地走上前来，警觉地停下脚步，然后再向前走一小段，直到其中胆子大一点的马，从他手中吃起了一只苹果。

在这些明亮、温暖、晴朗的秋日里，汤姆总觉得有一种不安贯穿着自然界的一切。在静静竖立在农场的这一簇林地里，树枝向外蔓延着火红色，在谷仓附近，种着一片幼小的枫树，看起来就像一队姑娘，她们从一块坡地上走下来，机警地停下脚步，观看在干活的男人们。汤姆站在那里看着那些树。一阵微风吹得它们轻轻左右摇摆起来。两匹马站在树林里，彼此靠得很近。其中一匹缠住了另一匹的脖子。互相蹭着脑袋。

脱谷队去了另一个大农场，这将是他们这个季节的最后一站。"我们干完这单活儿后就回家去，把我们家自己的秋收搞定。"伯茨福德说。星期六晚上，脱谷工和他的儿子们赶着马去自己家度周末，把汤姆一个人留在那里。"我们星期一一大早就回来。"他们驾车离开时，脱谷工这样说道。在陌生的农民家独自度周末，给汤姆带来全新的体验。他体验过这种感觉后，便决定不等脱谷季结束，就在这几天给自己放假——但得辞去工作，进入城市，向学校妥协。他想起了雇主的话："看看书上是怎么说的。当他们说的都是谎言时，你不必相信。"

在那个星期天的早晨，汤姆穿过草地，走过农场的山坡，停在桑达斯基湾的岸边，他一直在想他的朋友，那个胖墩儿，年轻的保罗·伯茨福德。他在秋冬时节就要去贝尔维尤了，他想知道他在那里的生活会是什么样子。他自己也曾住在彼得韦尔这样的小镇上，却很少离开哈里·怀特黑德的马厩。在这样一个小镇上会发生什么？晚上，在小镇里的房子里会发生什么？他还记得保罗的计划，他要和一个寡妇独处，他要在夜里潜入她的房间，把她紧紧抱在怀里，直到她想要他也想要的东西。"不知道他会不会有这个勇气，不知道他会不会有胆量这么做。"他喃喃自语。

保罗走后的很长一段时间，他都找不到可以说话的人。在汤姆心里，事情有了新的变化。他走在林子里，脚下的干树叶发出沙沙声，阳光洒在田野上，影子在嬉戏，昆虫在小路篱笆旁的干草堆里歌唱。到了晚上，谷仓里的动物发出幽静而满足的声音，这些声音对他来说不再那么甜美了。年轻的主耶稣不再与他同行，不再走在他的视线之中，不再走在低矮的山后，不再走在干涸的河床。他内心沉睡的东西现在觉醒了。当他在秋日晚上从田野散步归来，一想到保罗·伯茨福德在贝尔维尤与一个寡妇在一起，他就希望自己也能和他一样。他在这位温文尔雅的老脱谷手面前感到羞愧，之后再也没有躺在床上偷听老人祈祷。附近农场来的男人过来帮忙脱谷，他们说笑着，有的把稻草堆成一垛，有的把装满的谷袋搬到谷仓。他们当中有人是带着妻子女儿一起来的，她们正在厨房里干活，那里也传来了笑声。厨房门口不断有女孩和女人走出来。她们当中有高高笨笨的女孩，有丰满红润的女孩，有脸庞瘦削、胸部下垂的女人。所有的男人和女人似乎都很配。

人们说说笑笑，很有默契，只有他形单影只。没有一人让他感到温暖亲近，没有一个人让他想要靠近。

那个星期天，伯茨福德一家都走了，汤姆在田野里走了一上午，回来后和其他人一起吃了晚饭。为了给接下来脱谷的日子做好准备，也为了填饱更多人的肚子，农场来了几个女人，她们是来帮忙准备食物的。农夫的女儿已经结婚，住在桑达斯基，她也和她的丈夫一起来了，另外还来了三个女人，她们都是住在附近农场的邻居。汤姆没看她们，只默默地吃饭，吃完他就走出屋子，去了谷仓。他走进一个棚子，坐在一辆马车上，这辆车因长期不用而沾满了灰尘。燕子在头顶的椽子间飞来飞去，它们在棚上的一个角落筑起了窝，黄蜂在半明半暗的地方嗡嗡叫着。

那个从镇上来的农夫的女儿，怀里抱着一个婴儿从屋里走了出来。又到了喂奶的时间，她想从那间挤满人的屋子走出来喂奶，但她没看见汤姆，于是就坐在小屋门附近的一个箱子上，撩开了衣服。汤姆很尴尬，同时又被女人的胸部给吸引住了。他低着头，一直躲在那儿，直到那个女人回屋为止。

那个星期天下午，那位威尔士诗人的孙子在路上又有了许多新的感触。从某种程度上来说，他开始明白，保罗曾说过要做的事情，以及不久前曾让他厌恶的事，现在对他自己也都成了一种新可能。过去，当他想到女人的时候，情欲中总有一种动物性的东西，但现在它们有了新的形式。身体以外的某种激情，钻进了他的脑海，他开始看到幻象。女人对他来说，成了与自然界其他所有东西都不同的存在，比自然界其他所有东西都更令人向往。同时，自然界的一切也都成了女人。在谷仓旁的苹果园里种着的树，就像女人的手臂。树上的苹果圆圆的，像女人的乳房。它们就是女人的乳房——当他爬上一座低矮的山丘，篱笆的轮廓就变成了女人身体的曲线，连天空中的云朵也像女人的身体。

他沿着小巷走到小河边，跨过木桥，又爬上另一座山，那是整个乡下最高的一座山。他在那里觉得身上更燥热了。一种奇怪的疲倦感笼罩着他，他躺在山顶的草地上，闭上了眼睛。很长一段时间，他都处于一种安静的、半睡半醒的、无梦的状态中，然后他睁开了眼。

女人的身影又一次浮现在他面前。在他的左边，河湾被微风吹得起了波纹，远处的桑达斯基湾显然有帆船正在比赛。船的桅杆上挂满了帆，但在一大片水面上，它们似乎一动不动。在汤姆眼里，河湾就像一个女人的头和身体，那两艘帆船就是女人的眼睛，正盯着他看。

海湾是一个女人，她的头躺在桑达斯基市。浓烟从停靠在城市码头上的汽船上冒出来，烟雾就成了一团又一团的黑发。一条小河穿流而过，来到了他脱谷的农场。河流从他躺着的山脚急转而下。那条小河就是那个女人的胳膊。她的一只手伸到陆地，身体的下半部分隐去不见——在遥远的北方，海湾汇聚成了伊利湖的一部分——但她的另一只手臂还能看见。河湾的远岸勾勒出她的轮廓。她抬起另一只胳膊，用手捂着脸。她的身体因疼痛而扭曲着，但与此同时，这个巨型的女人正对山上的男孩微笑。那微笑中有某种东西，很像那个在小屋里给孩子喂奶的女人不经意间从嘴角流露出的笑意。

汤姆把脸从河湾移开，望向天空。一大片白云在南部地平线形成一个巨人的头颅。汤姆看着云慢慢划过天空。巨人的脸和头发高贵而宁静，纯白、浓密得像六月的小麦，这更增添了他的高贵感。不过，只能看到那张脸。肩膀下只有一团白色的、不成形的云。

然后这个无形的物体也开始变化。一张巨大的女人的脸出现了。它朝着一个男人的脸扑面而去。那个男人张开双臂紧紧抱住了女人。两张脸合二为一。汤姆的脑子里突然闪过了什么。

他笔直地坐起，既不望向海湾，也不抬头看天。夜幕降临，柔和的阴影开始笼罩大地。在他的下面是农场、谷仓和房屋。在他躺着的那座小山下面，还有两座小山，在他的眼里，那两座小山变成了一个女人的丰满的乳房。两只白羊出现了，站在那里啃着女人乳房上的草。它们就像嗷嗷待哺的婴儿。谷仓附近果园里的树就是那个女人的头发。他上山时穿过木桥走过的那条小河，其中有一条伸向河湾的支流，它穿过两座小山后面的一片草地，在那里扩展成一个池塘，池塘成为女人的嘴巴。她的眼睛是两个黑洞——田野上的两个洼地，猪把那里的草啃完之后，正在寻找草根。水坑里注满了黑色的水，像在对他发出诱人光芒的眼睛。

这个女人也笑了，她的笑现在成了邀约。汤姆站起身匆匆下山，悄悄走过谷仓和房子，来到了路上。他整晚都在星空下散步、思索。"我想有个女人，这想法让我着迷。我还是到城里去上学吧，那样就可能会拥有一个女人，"他想，"今晚我不睡觉，我要等到明天，等伯茨福德回来，然后就辞职到城里去。"他一边走，一边想着计划。即使像约翰·伯茨福德这样的人，也有自己的女人。他为什么不行？

这个想法令他感到兴奋。那一刻，他仿佛觉得只要到城里去一趟，到学校里念一段时间的书，他就会变得更好，就会有女人爱上他。处在这种半狂喜的状态下，他忘记了在克利夫兰城里度过的冬天，忘记了那些阴森的街道、一排排漆黑如监狱的工厂，也忘记了城里生活的孤独。他走在月光下尘土飞扬的路上，此刻，他想到了美国的城市，那里是所有像他这样的人都可以展开华丽冒险的地方。